아무도
펼쳐보지 않는
책

아무도 펼쳐보지 않는 책

초판 1쇄 발행 • 2011년 12월 12일
초판 5쇄 발행 • 2020년 6월 18일

지은이/김미월
펴낸이/강일우
책임편집/이하나
펴낸곳/(주)창비
등록/1986년 8월 5일 제85호
주소/10881 경기도 파주시 회동길 184
전화/031-955-3333
팩시밀리/영업 031-955-3399 · 편집 031-955-3400
홈페이지/www.changbi.com
전자우편/lit@changbi.com

© 김미월 2011
ISBN 978-89-364-3721-3 03810

아무도 펼쳐보지 않는 책

김미월 소설집

창비

아무도
펼쳐보지 않는 책

왕복 10차선 간선도로를 차들이 쉼 없이 오가고 있었다. 퇴근 시간대라 인도에도 행인이 많았다. 진수는 인도 가장자리에 서서 누렇게 단풍이 들어가는 플라타너스 이파리들을 올려다보고 있었다. 팀장을 기다리는 중이었다. 그는 오늘 팀장과 함께 시인을 만나러 갈 예정이었다. 필명 에이치. 두 권의 시집이 베스트쎌러이자 스테디쎌러가 되면서 텔레비전 광고에까지 출연한 스타 시인. 편집자들 사이에 은밀히 오가는 정보에 따르면 시인은 세번째 시집을 펴낼 출판사를 아직 정하지 않았다고 했다. 술 취하면 개가 된다더라, 편집자를 종 부리듯 한다더라, 맞춤법이 엉망이라더라…… 시인이 외투처럼 걸치고 다니는 소문들이 모두 진실이라 해도, 다수의 출판사가 그와 계약을 맺지 못해 안달하고 있다는 것 또한 진실이었다.

　팀장이 늦는다. 지갑을 못 찾았나. 진수는 회사가 있는 쪽으로 고개를 돌렸다. 그녀는 왜 하필 나를 지목했을까. 팀장이 에이치 시인의 다음 시집 계약을 따내러 가는 자리에 자신이 동행하게 될 줄은 몰랐다. 이직률 높기로 소문난 직장에서 삼년을 근속했지만 한번도 윗사람 눈에 들어본 적이 없는 그였다. 부모가 손님 앞에서 못난 자식 숨기듯 어느 상사도 대외적으로 중요한 일은 그에게 맡기지 않았다. 진수는 자신에게 편집자로서 내세울 만한 재능이나 근성이 없다는 것을 잘 알고 있었다. 그의 단점은 장점이 없다는 것이요, 그의 장점은 자신에게 장점이 없음을 본인도 아는 것이라 할까. 그러니 말 그대로 그만두지 못해 다니는 꼴이었다. 그는 밤에 잘 때는 아침이 올 것을 두려워했고, 아침이 되면 저녁이 오기만을 기다렸다. 금요일에는 월요일이 오리란 것에 괴로워했고, 월요일에는 어서 금요일이 되기만을 고대했다. 그러면서도 시간이 너무 빨리 흘러간다는 것에 아쉬움을 느꼈다.

　서른하나. 자신의 나이에 대해 생각해보았다. 애인이든 직장이든 하나만 있으면 그럭저럭 버틸 수 있는 나이. 다행히 그도 둘 중 하나는 갖고 있었다. 아직은 젊다. 그것이 위안이 되었다. 하지만 나중에는? 십년 후를 생각해보았다. 마흔하나. 아아, 사십대라니. 시든 배춧잎 같은 나이가 아닌가. 자신의 머리 위로 드리워질 중년의 그늘을 상상하자 진수의 마음은 배추벌레처럼 오그라들었다. 그래도 그즈음에는 뭔가 이루어져 있겠지. 자신이 어떤 삶을 살고 싶어 하는지, 진정으로 원하는 게 무엇인지, 분명하게 알 수 있겠지. 그는 십년 후의 자신에게 막연한 기대를 걸어보기로 했다. 그러면서 십여년 전의 제가 지금의 자신에게 기대했던 것들이 전혀 이루어져 있지 않은 현재의 상황을 돌아보았다. 그랬다. 십대 소년 시절의 그가 바랐던 것은 적어도 지금의 자신 같은 모습은 아니었으리라. 다시 플라타너스 이파리들에 눈길을 주었다. 여전히 초록빛을 간직한 잎도 있고 연갈색으로 물든 잎도 있으며 두 색이 반반씩 섞인 잎도 있었다. 태어나서 단풍을 처음 본 사람처럼 진수는 '신기하군' 하고 속으로 중얼거렸다.

고등학생일 때 그는 에프엠라디오를 즐겨 들었다. 요 위에 엎드려 시집을 펴놓고 카펜터스가 부른 팝송 「예스터데이 원스 모어」의 가사처럼 자신이 좋아하는 노래가 나오기를 기다리면서 마이마이 카쎄트에 귀기울였다. 그는 밤 열시부터 자정까지 방송하는 심야 음악프로그램을 애청했다. 듣다가 졸기도 했다. 졸다가 깼을 때 우연히 자신이 좋아하는 노래가 나오고 있으면 생일케이크라도 받은 듯 행복했다. 세상이 오직 자신만을 위해 존재한다는 느낌, 그 잠깐의 희열을 누리고자 그는 더욱 성실하게 라디오를 들었다.
 그가 고교 삼년간 라디오에서 들은 노래들은 당연히, 앞의 몇장만 풀고 내팽개친 문제집들보다, 조준하여 던졌으나 골대 밖으로 튕겨나간 농구공들보다, 짝사랑하는 여학생의 호출기 번호를 누를까 말까 망설이던 순간들보다 훨씬 더 많았다. 그런데 희한한 것은 라디오를 껐을 때 정작 기억에 남는 것은 그런 노래들이 아니었다는 점이다. 그의 머릿속에 각인된 것은 매시 57분마다 흘러나오던 교통정보였다. 개켜놓은 새 교복 같이 단정하던 아나운서의 목소리.

도로교통안전협회에서 제공하는 교통정보입니다.

그리고 낯선 서울의 지명들.

강남대로에서 테헤란로 방향으로…… 강변북로로 진입하는 데…… 이수교차로에서 반포 인터체인지 쪽으로…… 마포대교 주변에서……

강원도 산골에서 태어난 그는 고등학생이 되도록 서울에 가본 적이 한 번도 없었다. 그러므로 미국이나 소련 혹은 달나라와 똑같이 아득하게만 느껴지는 대한민국 수도의 도로와 인터체인지와 한강 다리의 낯선 이름들은 그에게 많은 것을 상상하게 했다. 그중에서도 특히 그의 마음을 사로잡은 고유명사는 '테헤란로'였다. 그것은 먼 이국의 감수성 풍부한 소녀의 이름 같기도 하고 전설 속에만 존재하는 고대 현악기의 이름 같기도 했다. 교과목 중 세계사 성적이 나빴던, 아니, 세계사 성적도 나빴던 그는 테헤란이 이란의 수도라는 것을 알지 못했다. 대한민국과 이란 양국의 수도가 결연한 결과로서 테헤란에도 '서울 스트리트'라는 거리가 있다는 것 역시 몰랐다.

어쨌거나 울림소리가 세 개나 들어간 테헤란로의 부드러운 어감에 매료된 그는 그곳에 가보고 싶었다. 그래서 서울 소재의 대학에 진학하기를 꿈꾸었다. 그의 내신성적은 15등급 중에서 10등급이었다. 수능성적이라고 별다를 것 있겠는가. 그가 공부로 서울권 대학에 가는 것은 요원했다.

"걱정 마, 이진수. 넌 시를 잘 쓰잖니."

묘수를 내놓은 것은 그의 담임선생이었다. 아, 왜 미처 생각지 못했던가. 문학특기생으로 진학하는 방법이 있었다. 선생의 말마따나 그는 시를 잘 썼다. 읍내 백일장에 나갔다 하면 맡겨놓은 물건 찾듯 상을 타왔다. 또래 여학생들에게 팬레터도 가끔 받았다. 말하자면 그는 드물게 문학성과 대중성을 고루 갖춘, 장래가 촉망되는 문학소년이었던 것이다.

대입 면접을 하루 앞둔 날 밤에도 그는 라디오를 들었다. 듣다가 졸았다. 졸다가 깼는데 마침 서태지와 아이들의 노래가 나오고 있었다. 그가 좋아하는 곡 「컴백홈」이었다. 길한 징조였다. 그는 머리맡을 더듬어 자신이 지원한 대학에서 배포한 응시 안내책자를 집었다. 책자 뒷면에 인쇄된 학교 주소 어디에도 테헤란로 네 글자는 적혀 있지 않았다. 상관없었다. 면접이 끝나면 그곳에 찾아가보리라 그는 베개를 고쳐 베며 결심했다.

"좋아하는 작가가 있나요?"

예상한 질문이었다. 그는 면접관의 눈을 피하지 않았다. 옆구리 아래로 늘어뜨린 두 주먹을 꼭 쥐었다.

"예, 저는 류시화 시인을 좋아합니다."

다른 면접관이 어떤 책을 주로 읽느냐고 물었다. 그는 베스트쎌러들은 빼놓지 않고 거의 다 읽는다고 당당하게 대답했다. 면접이 끝났다. 예감이 좋았다. 그는 입가에 웃음을 물고 밖으로 나왔다. 복도가 살짝 소란스러웠다. 문예창작과 재학생인 듯한 남녀 둘이 탁자를 끼고 앉아, 면접 차례를 기다리는 수험생들에게 뜨거운 녹차와 커피를 권하고 있었다. 테헤란로에 찾아가는 방법을 물어보기 위해 그는 탁자 쪽으로 갔다. 남자 대학생이 더벅머리 수험생에게 무언가 조언을 해주고 있었다.

"하여간 이외수는 곤란합니다. 베스트쎌러 작가니까."

여자 대학생이 대화에 끼어들었다.

"작가든 작품이든 일단 베스트쎌러랑은 거리가 먼 게 좋아요."

더벅머리가 그럼 시인 중에서 꼽지 말아야 할 사람은 누구냐고 물었다.

"예를 들면 류시화가 있겠죠."

진수는 걸음을 멈추었다. 남자 대학생이 목소리를 낮추었다.

"안 팔리는 시인을 대세요. 이미 죽은 시인이면 더 좋고. 김수영이나 백석이 딱 모범답안입니다."

더벅머리가 자리를 뜨자 두 남녀는 이외수의 소설이 얼마나 재미있는지, 류시화의 시가 얼마나 아름다운지에 대해 수다를 떨기 시작했다. 그는 걸었다. 탁자를 지나쳤다. 오층부터 일층까지 계단으로 걸어내려갔다. 얼마 걷지도 않았는데 다리에 힘이 빠졌다. 나는 실수한 것일까. 좋아하는 작가 취향에도 모범답안이 있다니. 실기가 아니라 면접 때문에 불합격한다면 얼마나 억울할까. 머릿속이 복잡했다. 그는 테헤란로고 뭐고 곧장 고향마을로 '컴백홈' 하고 말았다.

지갑을 들어 보이며 팀장이 어깨를 으쓱했다.

"미안해요. 책상 위에 놓고 깜빡 잊어버리는 바람에."

지갑이나 휴대폰, 키홀더, 우산 따위 소지품들을 수시로 잃어버리는 그녀가 어떻게 회사 업무에 관해서는 그렇게 꼼꼼할 수 있는지 진수는 새삼 의아했다.

"뭐 하고 있었어요?"

그는 플라타너스 이파리를 손가락으로 가리켰다.

"단풍이 드는 원리가 뭘까 생각하면서 보고 있었습니다."

별 생각 없이 말해놓고 아차 했다. 아니나 다를까, 팀장이 눈을 크게 뜨고 그를 쳐다보았다. 밀린 업무를 처리하느라 이틀 밤을 샜다던가. 그녀의 눈 흰자위에 핏발이 촘촘히 서 있는 것이 마치 금이 간 도자기 같아 보였다.

"우리 책 중에 『대자연의 신비』 있잖아요. 기억 안 나요? 단풍이 드는 건 나뭇잎 속의 엽록소가 분해되고 안토씨아닌 색소가 도드라지면서 생기는 현상인데."

그는 고개를 주억거렸다. 듣고 보니 기억이 나는 것도 같았다. 팀장은 스카우트되어 온 지 한달밖에 안되었음에도, 회사가 기존에 출간한 모든 책의 내용을 숙지하고 있었다. 그 남다른 집중력과 기억력을 그녀는 편집자로서의 프로의식에서 비롯된 것이라 주장했다. 그녀의 주장대로라면 프로의식마저 부족한 그는, 쓸데없이 핀잔의 빌미를 제공한 제 멍청함을 탓하는 수밖에 없었다.

지하철을 타기 전에 팀장은 들를 곳이 있다고 했다. 미리 주문을 해놓았는지 꽃집 진열대에 두 팔로 끌어안기에도 벅찰 만큼 커다란 장미꽃 다발이 다소곳이 앉아 있었다. 팀장이 앞장서고 그가 뒤를 따랐다. 빨간 장미꽃 다발을 들고 그녀 뒤를 쫓고 있는 자신의 모습이 여자에게 구애하는 남자로 보일 거라는 생각에 진수는 얼굴을 붉혔다. 두 사람은 지하철을 탔다. 그녀는 열차 안에서도 에이치 시인의 시집을 읽고 기획안을 살펴보았다.

진수와 팀장은 동갑이었다. 사석에서라도 말을 놓자고 먼저 제안한 것은 그녀였다. 진수는 그에 찬성했으나 사석에 가지 않았다. 자신의 직속 상사가 저와 동갑이라는 사실을 잊고 지내는 쪽이 그에게는 더 편했다. 그녀뿐 아니라 회사 내의 선배 후배 동료 모두와 그는 말을 놓지 않았다. 삼년 전 그가 입사하던 날, 지금은 회사를 떠나고 없는 예전 팀장이 말했다.

"다른 업종에서는 일을 일년 더 해보고 덜 해보고가 별 차이 없는데, 출판일은 달라. 종잇밥 일년 더 먹고 덜 먹고에 따라 차이가 엄청나거든."

당시 대부분의 선배 편집자들이 진수보다 나이가 어렸다. 팀장의 말은 선배들 어리다고 무시하지 말고 그들에게 많이 배워라, 이런 뜻이었다. 옳은 말이었다. 선배들은 나이는 어려도 일 처리에 능숙하고 기획력이 우수했으며 예기치 않은 상황에도 발빠르게 대처했다. 아니다. 엄밀히 말하면 그 팀장의 말이 꼭 옳기만 한 것은 아니었다. 진수는 자신보다 한 해 늦게 입사한 후배 편집자에 비해 종잇밥을 일년이나 더 먹었는데도 특별히 나은 점이 없었다. 있다면 회사 창립 이래 면접에서 그만큼 강렬한 인상을 남긴 지원자는 없었으리라는 것 정도? 면접 때 진수는 최근 베스트셀러 동향에 대한 치밀한 분석과 안목, 방대한 독서량, 베스트셀러를 출간하고자 하는 의욕과 향후 계획을 내세워 주목을 받았다. 당당하게 입사했다. 그리고 지난 삼년간 단 한 권의 베스트셀러도 만들어내지 못했다. 삼년을 내리 한 부서에 눌러앉아서 그는, 몸값을 올려 다른 회사로 떠나는 선배와 새 인생을 시작하겠다며 과감히 사직서를 제출하는 동기와 자신을 앞질러 승진하는 후배 들을 묵묵히 지켜보았다. 그러면서 누구와도 말을 놓지 않기를 잘했다고 되뇌었다.

"학창시절에 시 썼다면서요?"

기획안에서 눈을 떼며 팀장이 물었다. 시라니, 뜬금없이. 진수는 장미꽃 다발을 품에 당겨 안았다. 꽃에서 지린내 비슷한 냄새가 났다. 그는 콧등을 찡그렸다. 하기야 시를 썼다. 쓰기는 했다.

"그래서 같이 가자고 했어요. 만나보고 싶지 않았어요?"

진수의 대답을 듣지도 않고 그녀가 말을 이었다.

"잘나가는 시인이잖아요. 진수씨도 관심 많을 것 같은데."

순간 지하철이 덜커덩거렸다. 진수는 뒤통수를 벽에 부딪혔다. 꽤 아팠으나 그는 문지르지 않았다. 그렇다면 팀장은 과거에 시를 썼던 부하 직원의 개인적인 관심사를 위해, 업무상으로는 별 효용가치가 없으리라는 것을 알면서도, 유명 시인과 계약을 맺어야 하는 중차대한 자리에 그를 데려간다는 말인가. 지하철이 역에 정차했다. 진수는 오늘 계약 건을 꼭 성사시켜야겠다고 생각했다. 반갑지만은 않은 호의지만 그래도 호의는 호의. 그는 팀장의 호의에 보답하고 싶었다. 그나저나, 자신이 시를 썼다는 이야기를 그녀는 누구에게 들었을까. 회사 사람들은 아무도 모를 텐데. 창밖으로 시선을 주었다. 열차가 출발했다. 서울에 처음 올라왔을 무렵의 시간들이 차창 너머에서 그를 향해 종종걸음 쳐오고 있었다.

문예창작과 재학생 선배들의 조언과 배치되는 답변을 했음에
도 진수는 대학에 합격했다. 역시 문학에는 정답이 없는 모양이라
고 그는 혼자 감탄했다. 서울의 한귀퉁이에 방을 얻었다. 모든 것이
낯설고 놀라웠다. 서울 생활을 시작하고 나서 그가 가장 먼저 놀란
것은 쓰레기를 버릴 때 아무 비닐봉지에나 버리면 안된다는 것이
었다. 시판되는 쓰레기 규격봉투를 돈 주고 사야 한다고 그가 자취
하는 집의 주인사내는 말했다. 쓰레기를 버리는 데도 돈이 든다니.
일찍이 전국적으로 쓰레기종량제가 실시되고 있었음을 몰랐던 그
는 어리둥절할 수밖에 없었다. 고향 산골에서 쓰레기는 퇴비로 쓰
거나 소각하면 그만이었으니까. 과연 서울 사람들은 깍쟁이라고
그는 노여워했다.

두번째로 놀란 것은 서울 사람들이라고 서울의 지리를 다 꿰고
있는 것은 아니라는 점이었다. 길을 물어보면 사람들은 모른다고
대꾸하기 일쑤였다. 그들은 지하철에서는 지하철노선도를 들여다
보았고 버스에서는 버스노선도를 들여다보았다. 자신이 사는 동
네, 자신과 연고가 있는 동네 말고는 지리에 영 어두운 이들이 대
부분이었다. 그의 고향마을에서는 아무나 붙잡고 아무데나 물어보
아도 대답이 척척 나왔는데. 그는 과 선배에게 물었다.

"서울 사람들은 왜 서울에 살면서도 서울 지리를 잘 모르나요?"

"넌 학생이면 교과서 내용을 다 아냐?"

선배의 논리는 어딘가 적절하지 못한 것 같았지만 그것이 '성급
한 일반화의 오류'인지 '잘못된 유추의 오류'인지 아니면 또다른
오류인지 헤아려보느라 그는 반박을 하지 못했다.

이런저런 놀라운 일들과 더불어 또한 어이없는 일은, 테헤란로에 가보고 싶어 서울에 올라왔으면서도 막상 서울에 사니 그곳에 가보게 되지 않는다는 것이었다. 언제든 마음만 먹으면 갈 수 있다는 이유로 하루하루 미루다 보니 대학 졸업반이 되도록 갈 기회가 없었다. 그래도 크게 아쉽지는 않았다. 언제든 갈 수 있으므로, 마음만 먹으면.

그는 열심히 학교에 다녔다. 수업시간에 최초로 배운 것은 그가 이전까지 시입네 하고 써왔던 것들이 실은 제대로 된 시가 아니었다는 점이다. 두번째로 배운 것은 시는 타고난 재능 없이 노력만으로 잘 쓸 수 있는 장르가 아니라는 점. 세번째로 배운 것은 결정적으로 자신에게는 타고난 시적 재능이 없다는 점이었다. 아울러 배우는 것에 비해 등록금이 지나치게 비싸다는 것도. 이상의 것들을 깨달았다면 학교에 더 다닐 이유가 없다고 느낄 법도 한데 그는 열심히 다녔다. 성실함만이 자신의 존재이유라는 듯. 시도 부지런히 썼다. 백일장에서 상을 받거나 선생들의 칭찬을 받거나 여학생에게 팬레터를 받는 일은 더이상 없었지만, 그는 시를 썼다. 동기들이 공모전에 작품을 내는 것을 보니 왠지 자신도 그래야 할 것 같아서였다. 해마다 신춘문예에 시를 투고했다. 해마다 떨어졌다. 마침내 졸업을 앞둔 해의 1월 1일 아침, 그는 자신의 이름이 일간지 신춘문예 특집 지면의 최종심 심사평에 올라 있는 것을 발견했다. 거기 언급된 낙선의 이유는 이러했다. 이진수의 시들은 딱히 꼬집을 만한 결점이 없다. 완성도가 너무 높아서 도리어 맥이 빠지는 형국이라 하겠다. 그는 머리를 긁적였다. 완성도가 '너무' 높다는 것이 말이 되나? 완벽하다는 것도 결점이 될 수 있나? 그러나 오래 고민할 필요가 없었다. 심사평에 거론된 시의 제목을 본 순간 그는 최종심에 오른 응모자가 자신과 동명이인임을 알아차렸기 때문이다.

팀장은 에이치 시인을 만나자마자 그에게 꽃다발을 안겼다.
"선생님 시에 장미꽃이 유독 자주 나오잖아요."
그제야 진수는 그녀가 많고 많은 꽃 중에 왜 장미를 골랐는지 알게 되었다. 그녀다운 세심함이었다. 시인은 쑥스러워하느라 고맙다는 인사도 잘 못했다. 예상외로 소탈하고 겸손한 사람 같았다. 세 사람은 근처의 고급 중식당으로 향했다.
시인의 용모는 사진으로 보던 것보다 준수했다. 눈썹이 짙고 눈 위가 쑥 들어간 데다 웃을 때 눈매가 서글서글한 것이 서양 영화배우처럼 보이기도 했다. 옷차림도 사십대 중반이라는 나이가 믿어지지 않을 만큼 젊고 감각적이었다. 특이한 것은 식탁에 올려놓은 시인의 두 주먹 중 오른쪽 주먹이 왼쪽 주먹보다 눈에 띄게 크다는 것이었다. 크기가 다르니 주먹의 세기도 다를까 진수는 궁금했다. 통 말이 없는 시인을 보며 그는 이 자리의 목적을 상기했다. 자신의 역할이 무엇일까 고민해보았다. 우선 가벼운 화제로 분위기를 화기애애하게 만들어야 할 것 같았다. 그런데 문득, 그동안 회사에서 자신이 나서서 한 일은 항상 결과가 좋지 않았다는 사실이 떠올랐다. 그의 목이 움츠러들었다. 그냥 가만히 있는 게 나으려나. 그는 애꿎은 꽃다발만 노려보았다. 팀장이 꽃다발을 쓰다듬으며 입을 열었다.

"장미꽃이 백 송이밖에 안되는데 이렇게 풍성해요. 그러니 백만 송이 장미꽃은 대체 어땠을까요?"

시인은 수줍게 웃기만 했다. 팀장이 따라 웃으며 말을 이었다.

"심수봉 노래 「백만 송이 장미」 말이에요. 그 노래가 원래 러시아에서 실화를 바탕으로 만든 러시아 가요라는 거 아시지요? 아, 모르신다고요. 저희 출판사에서 나온 책 중에 『세계의 국민가요』라는 게 있거든요. 거기 보면……"

흥미로운 내용이다 싶어 귀가 솔깃했는데 책 제목이 등장하기에 진수는 기겁을 했다. 다행히도 팀장은 그에게 책 내용이 기억나느냐고 묻지 않았다.

"러시아의 어느 마을에 가난한 무명 화가가 살았대요. 그는 젊고 아름다운 여가수를 짝사랑했어요. 물론 여가수는 가난뱅이 화가에게 눈길도 주지 않았죠. 그러나 자신의 생일날, 그녀는 창문을 열어보고 깜짝 놀랐어요. 드넓은 정원 전체가 온통 붉은 장미로 뒤덮여 있었거든요. 그것은 바로 화가가 그녀를 위해 자신의 집과 그림, 전 재산을 팔아 산 백만 송이 장미꽃이었지요."

진수는 장미를 백만 송이 사려면 돈이 얼마쯤 들까 계산해보았다. 한 송이에 보통 천오백원이지만 대량 구입이니까 천원씩에 샀다고 치자. 그래도 백만 송이면, 세상에, 무려 십억원이었다. 재산이 십억원인 화가가 무슨 가난뱅이냐고 따지고 싶었으나 그는 잠자코 팀장의 말에 귀기울였다. 시인은 삼품냉채와 금가루가 들었다는 게살수프와 해삼관자며 깐쇼새우며 고추잡채를 말없이 먹어치웠다. 약자는 말이 많고 강자는 먹는 게 많구나 하고 진수는 생각했다.

2차 장소로 시인은 자신의 단골 바를 추천했다. 술이 들어가자 말문이 열린 모양이었다. 시인은 무인도에 혼자 갇혀 있다 가까스로 구조된 사람인 양, 중식당에서와 생판 다른 모습으로 쉬지 않고 말을 쏟아냈다. 화제는 대부분 자신의 시세계, 독자 및 평단의 찬사, 자신의 막대한 수입에 대한 것이었다. 진수는 조금 전 자신의 판단이 잘못되었음을 알았다. 약자가 말이 많은 게 아니었다. 강자가 말이 많았다. 정확히는, 강자에게 선택권이 있었다. 강자가 말을 하면 약자는 듣고 강자가 침묵하면 약자는 눈치를 살피며 무슨 말이든 해야 했다. 시인은 표정도 풍부하고 손짓도 다채로웠다. 그의 언행에는 불특정다수의 시선을 받는 데 익숙한 사람 특유의 여유와 자만과 약간의 쇼맨십이 깔려 있었다.

"아까 그 러시아 화가 말입니다. 그래서 어떻게 됐습니까?"

하고 싶은 말을 다 했는지 시인이 자신의 독무대에 팀장을 끌어들였다.

"백만 송이 장미에 감동해서 여가수는 화가의 구애를 받아들였어요. 하지만 시간이 지나면 장미는 시드는 법이잖아요. 여가수의 사랑도 식었고 그녀는 떠났죠. 화가는 혼자서 쓸쓸히 남은 생을 보냈대요."

시인이 대꾸했다.

"그거 참 시적이네요."

팀장이 본격적으로 업무에 관련된 이야기를 꺼낸 것은 그때부터였다. 그녀는 에이치 시인의 시가 얼마나 훌륭한지, 그의 두 시집이 디자인과 편집과 마케팅 면에서 왜 아쉬웠는지, 그리고 자신이라면 세번째 시집을 어떻게 만들 것인지에 대해 열변을 토했다.

"정말 최고의 시집을 만들어보고 싶어요. 전 자신있거든요. 실은 저도 한때 시인이 꿈이었어요. 예전에는 신춘문예에 투고도 했었죠. 최종심에도 못 올라봤지만. 해도 해도 안되니까 딱 서른살까지만 하자 그랬었는데, 작년에 서른이 됐어요. 그래서 포기했죠. 저도 먹고살아야 하니까."

진수는 입속의 안주를 씹다 말고 조용히 삼켰다. 팀장이 시를 쓰고 싶어 했다니. 그녀의 다음 대사는 더욱 예기치 못한 것이었다.

"아 참, 그거 아세요? 몇해 전이던가. 신춘문예 최종심 심사평을 읽는데, 막판에 아깝게 떨어진 시에 대해 심사위원들이 극찬을 했더라고요. 당선작에 대한 평보다 그 낙선작에 대한 평이 더 길었을 정도로요. 그래서 그게 무척 인상적이어서 그 시를 쓴 사람 이름을 기억해두었거든요. 나중에 알고 보니 그 주인공이 바로 여기 이진수씨인 거 있죠?"

"오오오, 그으래요?"

시인이 과장된 표정으로 감탄사를 내지르며 박수를 쳤다. 진수는 손사래를 쳤다. 그 이진수는 내가 아니라 다른 사람이라고 해명을 해야 했다. 진수가 말을 고르는데 시인이 잔을 높이 들었다. 시인이 되고 싶었고 될 뻔도 했으나 끝내 되지 못한 두 남녀의 사연이 진짜 시인의 마음을 움직였던 것일까.

"오케이. 다음 시집, 근사하게 한번 만들어주십쇼."

바 안의 조명이 갑자기 밝아진 듯했다. 세 사람은 건배를 했다.

술 마시는 속도가 빨라졌다. 그러나 셋 중 누구도 취하지 않았다. 진수는 업무상 목적을 이루었다는 데 안도하면서도 그렇게 되기까지 제가 한 일이 아무것도 없다는 게 부끄러워 좀처럼 술이 넘어가지 않았다. 문자메씨지를 읽는 척하면서 휴대폰으로 시간을 확인했다. 열한시가 넘었다. 조금 있으면 지하철 막차가 끊길 것이다. 팀장은 이틀 밤을 샌 뒤라 더욱 피곤할 테니 이쯤에서 일어나야 했다. 물론 그것을 결정하는 이는 진수가 아니라 팀장이었다. 아니, 시인인가. 술을 마셔서인지 팀장의 눈이 더욱 붉게 충혈되어 있었다. 3차까지 가지는 않을 게 확실했다.

그들은 3차까지 갔다. 시인이 안내한 곳은 뜻밖에도 바에서 가까운 곳에 위치한 그의 오피스텔이었다. 유명 시인의 집필실을 방문한다는 것은 흥미로웠으나 한편으로 진수는 폐점 시간도 없는 그곳에서 어떻게 빠져나올까 걱정이 되었다. 오피스텔 안은 훈훈했다. 모든 집기가 고급스러운 데다 정리정돈이 지나치게 잘되어 흡사 모델하우스 같은 분위기를 풍기는 곳이었다. 진수는 시인 대신 제가 들고 온 장미꽃 다발을 탁자에 내려놓았다. 세 사람은 푹신한 양탄자가 깔린 바닥에 앉아, 시인이 장식장에서 꺼내온 21년산 발렌타인 위스키를 마셨다. 시인이 진수에게 물었다.
"그럼 지금도 시를 씁니까?"
진수는 지은 죄도 없이 죄지은 기분이 들었다.
"아니요."
시인은 언젠가 기회가 되면 진수의 시를 읽어보고 싶다고 했다.

작품만 좋으면 문예지의 신인 추천을 받도록 자신이 힘써보겠다고도 했다. 진수는 사방을 둘러보았다. 침대가 놓인 쪽 벽면을 제외한 나머지 삼면이 책장이었다. 빽빽이 꽂힌 시집들을 보아도 아무런 감흥이 일지 않았다. 그는 시인이 되고 싶지 않았다. 아니, 시인이 될 수 없다는 것을 일찌감치 깨달았다고 해야 하나. 따지고 보면 그의 꿈의 변천사는 '되고 싶다'와 '될 수 없다' 사이의 지난한 투쟁의 역사였다. '되고 싶다'가 번번이 패배했다. 기권패였다.

그의 최초의 꿈은 농구선수였다. 진수는 농구를 좋아했고 운동신경도 나쁘지 않았다. 그러나 그의 키는 165쎈티미터에서 성장을 멈추었다. 상대적으로 작은 키의 결점을 보완할 만큼 절대적으로 뛰어난 기량이 없었으므로 그는 첫번째 꿈을 접었다. 두번째 꿈은 변호사였다. 텔레비전 드라마에 나오는 유능한 변호사들처럼 똑똑하고 말 잘하는 사람이 되고 싶었던 것이다. 그러나 변호사는 원래 똑똑하고 말 잘하는 사람이 되는 것이지, 그렇지 못한 사람이 똑똑하고 말 잘하기 위해서 되는 것이 아니었다. 성적마저 형편없었으므로 그는 곧 두번째 꿈을 버렸다. 세번째 꿈은 가수였다. 그러나 그는 노래를 좋아했지만 노래가 그를 좋아하지 않았다. 가수가 되는 것에 전혀 관심이 없는 친구들이 저보다 노래를 훨씬 잘 부른다는 것을 알고 나서 그는 세번째 꿈을 포기했다. 네번째 꿈은 테헤란로에 가보는 것이었다. 그 거리의 사람들 중 하나가 되는 것이었다. 언제나 자신감에 차 있고, 자신의 직업에 자긍심을 가지며, 실제로도 능력을 인정받는 멋진 어른이 되어……

그밖에도 많은 꿈들이 있었으나 더는 기억나지 않았다. 책상서

랍 속의 딱지들처럼, 벽에 붙여놓았던 연예인 브로마이드처럼, '7
월 27일 수요일 맑음'이라고 썼던 일기장처럼 어느 틈엔가 모두 사
라져버렸기 때문이다. 진수는 더이상 꿈을 꾸지 않았다. 어릴 때 그
는 자신이 세상의 중심인 줄 알았다. 꿈꾸는 것은 모두 이루어지리
라 믿었다. 하지만 그건 착각이었다. 꿈은 꾸는 동안에만 아름다웠
다. 그는 세상의 주변이었다. 서점 베스트셀러 진열대 뒤 구석에 꽂
힌, 아무도 펼쳐보지 않는 책이었다. 엄연히 존재하지만 아무도 입
어주지 않는 옷이고 아무도 불러주지 않는 노래였다. 그것을 알아
버린 순간부터 그는 꿈을 꾸지 않게 되었다. 꿈이 꾸어지지 않았다.

"거기 침대에서 잠깐 눈 좀 붙여요."

시인의 말을 듣고서야 진수는 옆자리의 팀장이 앉아서 졸고 있
음을 깨달았다. 그녀는 수그렸던 고개를 화들짝 쳐들며, 괜찮다고
말하기는커녕 기다렸다는 듯이 등 뒤의 침대로 기어올라갔다. 진
수는 저도 모르게 그녀를 향해 팔을 뻗었다.

"팀장님, 인제 가셔야죠. 택시 타고……"

진수의 말을 자른 것은 시인이었다. 잠깐 누웠다 일어나면 한결
낫다면서 시인은 친절하게도 이불을 끌어다가 팀장의 몸을 덮어주
었다. 이불 밑으로 그녀의 왼발이 빠져나와 있었다. 맨정신이라면
업무 때문에 만난 작가의 집필실에서 눕는 일 따위는 절대로 하지
않을 텐데. 진수는 그녀의 발뒤꿈치 부분 스타킹의 올이 나간 것을
보면서 자리에 도로 앉았다. 어쩌면 첫차가 다닐 시간이나 되어야
이곳에서 벗어날 수 있을지도 모르겠다는 예감이 들었다. 시인은
술자리를 끝낼 생각이 없어 보였다. 안주 접시의 육포를 젓가락으

로 집었다가 떨어뜨렸다. 세 번을 연거푸 그랬다. 취한 것이 분명했다. 팀장도 시인도 멀쩡하기만 하더니 언제 취중의 영역으로 넘어간 것일까. 시인은 마침내 손으로 육포를 집어 입에 넣었다. 그러고는 비척거리며 탁자로 가더니 꽃다발의 장미 한 송이를 빼왔다. 요모조모 뜯어보다가 꽃 모가지를 분질렀다. 잎도 죄 떼어냈다. 꽃송이도 없고 이파리도 없이 줄기만 남은 장미는 꽃이 아니라 회초리 같았다. 시인은 컵에 물을 담아 거기에 회초리를 꽂았다. 그 기이한 행동을 보면서 진수는 천천히 시들어갔을 러시아 화가의 백만 송이 장미꽃을 떠올렸다. 시간이 흐른다는 것, 그에 따라 생명이 시들고 말라비틀어지고 마침내 소멸된다는 것은 다행스러운 일이었다. 영원히 싱싱하게 활짝 핀 상태 그대로 남아 있는 꽃들이라니, 너무 뻔뻔스럽지 않은가 말이다.

"시인, 시인, 시인, 하다 보면 신이 돼. 시인은 곧 신이다, 이거지."

시인은 이제 반말을 하고 있었다.

"시는 아무나 쓰는 줄 알아?"

시인은 입가에 흐르는 침을 소매로 닦았다.

"최고는 나뿐이야. 나머진 전부 들러리지."

진수는 그만 집에 가고 싶었다. 침대 쪽을 흘깃거렸다. 곤히 잠든 팀장을 보니 비가 올 거라던 예보가 틀린 날 아침부터 챙겨온 우산을 바라보는 기분이었다. 시인은 누구에게랄 것도 없이 이런저런 욕을 퍼붓기 시작했다. 방 안의 공기는 시인의 입에서 나온 언어의 분비물들로 질펀해졌다.

"난 좀 자야겠어."

시인이 자리에서 일어났다. 그러더니 아무렇지도 않게 침대로 향했다. 진수는 당혹스러웠다. 팀장이 이미 침대에서 자고 있지 않은가.

"저기, 선생님, 저희 팀장이."

시인은 벌써 침대 위에 엉덩이를 걸쳤다.

"난 내 침대 아니면 못 자."

"아, 그러면 잠시만요."

진수는 팀장을 깨우려 했다. 시인이 그의 팔을 낚아챘다. 술 취한 사람답지 않게 손아귀 힘이 억셌다.

"너 지금 날 뭘로 보는 거야?"

진수는 머뭇거렸다. 내가 과민하게 구는 것일까. 시인은 평소대로 자신의 침대에서 자려 하는 것뿐이다. 그런데 마침 손님이 먼저 잠들어 있는 것이고 손님의 성별이 시인과 다를 뿐이다. 게다가 침대는 킹싸이즈다. 팀장이 한쪽에서 자고 시인이 반대편 쪽에서 잔다 해도 그 사이 공간이 꽤 넓다. 세 사람이 누워도 넉넉한 너비가 아닌가. 옳지, 이렇게 하면 어떨까. 진수는 말도 안되는 의견이라고 생각하면서도 말했다.

"그럼 제가 두 분 가운데서 자겠습니다, 선생님."

시인의 동공이 커다래졌다. 그가 주먹을 치켜들었다.

"이 새끼가 진짜!"

진수는 주먹을 피해 상체를 옆으로 빼며 팀장을 흔들었다.

"팀장님! 팀장님!"

시인이 휘청거리다가 한 손으로 침대 모서리를 짚었다. 팀장이
눈을 떴다. 눈이 시뻘겠다.

부상병을 부축하여 전장을 빠져나오는 병사처럼 비장한 얼굴로
진수는 팀장을 데리고 오피스텔 건물을 나왔다. 한기 탓일까. 둘 다
몸이 떨리고 있음을 서로 느낄 수 있었다. 그녀는 이까지 맞부딪쳐
가며 떨었다. 새벽 세시였다. 택시요금 할증 시간대이긴 하지만 그
래도 첫차 다니는 시간보다는 이르게 귀가하게 되었으니 이를 다
행이라 해야 할까. 택시 뒷문을 열어주는 그에게 잠이 덜 깬 얼굴
로 팀장이 물었다.

"우리 계약 제대로 한 거 맞죠?"

취하지도 않은 술이 확 깼다. 진수는 침을 삼켰다. 오늘 그들의
목적은 에이치 시인과의 계약 성사였다. 그는 주저하다가 그렇다
고 했다. 시인이 설마 술자리에서의 사소한 시비로 일과 관련된 약
속을 저버리랴 싶었던 것이다. 팀장이 뒷좌석에 타고 그가 앞좌석
에 탔다. 택시기사가 목적지를 물었다. 뒷좌석에서 팀장이 말했다.

"핸드폰."

그가 뒤를 돌아보았다. 그녀가 제 이마를 때리며 다시 한번 말
했다.

"핸드폰을 놓고 왔어요."

시인은 침대에 앉아 있었다. 진수는 그와 눈을 마주치지 않으려
애쓰며 방 안을 훑어보았다. 탁자의 장미꽃 다발 옆에 팀장의 휴대
폰이 놓여 있었다. 진수는 그것을 재킷 주머니에 넣었다. 사방에서

꽃향기에 뒤섞여 술 냄새가 진동했다.

"너 내가 누군지 알아?"

어느샌가 시인이 진수 옆에 다가와 있었다.

"내가 누구야? 응?"

시인이 그의 왼뺨을 후려쳤다. 순식간에 일어난 일이었다. 시인은 두 눈의 초점이 풀린 상태였다. 우리 계약 제대로 한 거 맞죠? 네, 팀장님. 시인이 이번에는 진수의 오른뺨을 후려갈겼다. 곧이어 왼손 오른손을 번갈아 써가며 그의 양 뺨을 난타했다. 우리 계약 제대로 한 거 맞죠? 네, 팀장님. 진수는 때리는 대로 맞았다. 시인의 손은 오른손이 더 크지만 왼손이 더 셌다. 아니, 나중에는 어느 게 왼손이고 어느 게 오른손인지 분간할 수도 없었다.

"말해봐, 새꺄. 내가 누구야?"

내가 잘못한 것일까. 진수는 눈을 뜬 채로 맞았다. 내가 무엇을 잘못한 것일까. 시인의 등 뒤로 물컵에 꽂힌 장미 회초리가 보였다. 우리 계약 제대로 한 거 맞죠? 우리 계약 제대로 한 거 맞죠? 맞을 때는 아프지 않다. 아픔이 느껴지는 건 맞고 나서다. 차라리 아픔을 느낄 수 없도록 계속 맞았으면 좋겠다고 그는 생각했다.

휴대폰을 챙겨 건물 밖으로 나왔다. 팀장이 보이지 않았다. 진수는 그녀를 소리쳐 불렀다. 주변을 기웃거려보기도 했다. 헛일이었다. 이 시간에 어디로 갔을까. 팀장의 휴대폰을 제가 갖고 있으니 전화를 걸어볼 수도 없었다. 춥고 피곤하고 뺨이 쓰리고 속이 거북했다. 악몽을 꾸고 있는 것 같았다. 그는 쓴웃음을 지었다. 지금 이 순간도 시간이 지나면 시들고 말라비틀어져 결국은 소멸될까.

먼 훗날에는 그저 웃으며 떠올릴 한 줄 과거가 될까. 그땐 참 난처했었지, 끔찍한 하루였어, 기억하기도 싫은 날이야…… 이렇게. 지나가던 택시가 그의 앞에 와 섰다. 언제까지나 그곳에서 헤맬 수는 없었다. 그는 일단 회사로 가보기로 했다.

하루종일 차들의 왕래가 많은 왕복 10차선 간선도로는 새벽 시간이라 한산했다. 택시에서 내리자 바로 맞은편 대로에 회사가 입주해 있는 빌딩이 보였다. 삼층에 위치한 회사의 창문은 플라타너스 궁륭에 가려 보이지 않았다. 진수는 행인이 없는 길을 걸었다. 하늘은 영영 동이 트지 않을 것처럼 검었고 대기는 영영 봄이 오지 않을 것처럼 차가웠다. 재킷 주머니에서 두 개의 휴대폰을 꺼냈다. 그의 휴대폰도 팀장의 휴대폰도 영영 전화가 걸려오지 않을 것처럼 잠잠했다. 그는 고개를 들어 멀리 도로 양쪽으로 솟아 있는 고층빌딩들을 바라보았다. 포스코, 동부금융쎈터, 유니온스틸, 르네쌍스 호텔, 강남파이낸스쎈터, 한솔빌딩, 지에스타워…… 저 끝까지 어떤 빌딩들이 늘어서 있는지 그는 보지 않아도 알 수 있었다. 테헤란로는 그가 삼년간 아침저녁으로 매일 다닌 길이니까. 십대 소년일 때부터 꿈꾸어온 곳이니까. 그런데 말이다, 늘 이곳을 지나다니는데도, 지금 이렇듯 이곳에 서 있는데도, 왜 자신은 아직 한번도 테헤란로에 가본 적이 없는 듯 느껴지는 것일까.

어디선가 경적이 울렸다. 테헤란로 끝에서 빈 택시 한 대가 그를 향해 달려오고 있었다. 진수는 걸음을 멈추지 않았다. 무엇인가를 기다리는 사람처럼 빌딩들 너머 어딘가 먼 곳을 바라보았다. 실제로 그는 기다리는 중이었다. 무엇을 언제까지 기다려야 하는지는 자신도 모르지만 어쨌든 지금으로서는 기다리는 것밖에 할 수 있는 일이 없었다. 택시는 진수를 지나쳤다. 금세 그의 시야 밖으로 멀어져갔다. 시간은 새벽 3시 57분, 테헤란로에서 강남대로 방향으로 소통이 원활했다.

29200분의 1

학교에서 보내는 시간은 늘 비슷비슷했다. 선생들은 수업을 했고 학생들은 수업을 듣거나 혹은 듣지 않았다. 그들 사이에 끼어 앉아 나는 과연 10년 후에도 지금 이 순간을 기억할 수 있을까 스스로에게 물어보고는 했다. 대답은 언제나 '아니요'였다. 그것이 희한하게도 위로가 되었다. 어차피 10년 후에는 기억도 못 할 텐데 뭐. 그렇게 생각하면 마음이 한결 가벼워졌던 것이다.

"너희도 이제 고3이야."

어제 담임선생은 그런 말로 종례를 시작했다. 요즘 학교에서 복도를 걷다 보면 '선생님 안녕하세요' 다음으로 자주 듣게 되는 말이 바로 그거다.

"너희도 이제 고3이야. 명심해."

명심이야 했다. 하지만 내게는 고2였던 작년이나 고3이 된 올해나 별다를 바가 없었다. 굳이 다른 점을 찾으라면 올해부터는 CA 활동을 하지 못하게 되었다는 것 정도? 아쉬울 것은 없다. 그 대머리 문예부 선생 또한 더이상 나를 안 봐도 되니 살맛날 터였다. 어제 담임은 반 아이들에게 저마다 희망하는 대학과 학과를 적어서 토요일까지 제출하라고 했다. 학기 초의 결심을 얼마나 잘 유지하는지 학기 말에 각자 확인해보게 하겠다는 것이었다. 종례를 마치면서 그는 인생의 목표를 종이에 써서 눈에 잘 띄는 곳에 붙여놓고 생활하면 그렇게 하지 않을 때보다 꿈을 이룰 확률이 훨씬 높다고 했다.

정말일까. 나는 우리 집에서 눈에 가장 잘 띄는 자리인 현관문 위쪽에 일찌감치 써붙여둔 문구를 쳐다보았다. 가스불 확인할 것. 인생의 목표라고까지 할 수는 없지만 일상의 목표라고는 할 수 있는 것이었다. 언젠가 가스레인지에 주전자를 올려놓고 학교에 갔다가 집 전체를 홀랑 태워먹을 뻔한 일이 있었기 때문이다. 그후로 나는 현관문의 글귀를 읽을 때마다 가스레인지로 눈을 돌려 꺼진 불도 다시 보게 되었다. 그러니 일단 주의를 환기시킨다는 점에서 벽에 붙여놓은 문구는 효력을 지니며, 그에 관한 담임의 말 또한 신빙성이 있는 셈이었다.

나도 한번 인생의 목표를 책상 앞에 큼지막하게 써붙여볼까. 어젯밤에 잠깐 망설인 것은 사실이다. 그렇지만 무엇을 적어야 한단 말인가. 인생의 목표라니. 당장 내일모레 토요일까지 써서 제출해야 할 희망 대학과 학과도 못 쓰고 있는 마당에. 나는 숨을 깊이 들이마셨다가 내쉬었다. 마침내 결정을 내려야 할 때가 온 것이다.

아침 밥상머리에 앉았다. 밤새 잠을 설쳐서 입안이 깔깔했다. 오늘의 반찬은 신 김치, 무말랭이, 콩자반이다. 어제는 콩자반, 신 김치, 무말랭이였는데. 그저께는 무말랭이, 콩자반, 신 김치였고. 나는 남산 위의 저 소나무처럼 바람서리에도 불변하는 밥상을 내려다보며 말했다.

"나 있지, 대학에 안 가기로 했어."

할아버지는 묵묵히 숟가락질만 했다. 놀라지도 않는 눈치였다. 내 딴에는 비장하게 말한다고 한 건데. 하기야 놀랄 일도 아니다. 시험문제는 선생이 내고 아기는 여자가 낳고 교황은 바티칸에 살듯이, 돈이 없으면 대학에 못 간다. 공부 못해서 대학 못 간다는 건 다 옛날 얘기였다.

"근데 솔직히 대학 가고 싶기는 해."

할 필요가 없는 말이었다. 그런데 해버렸다. 할아버지의 마음을 아프게 하고 싶었나 보다. 나는 하나밖에 없는 손녀니까 그래도 될 것 같았나 보다. 할아버지는 숟가락으로 밥을 떴다가 숟가락으로 무말랭이를 떴다가 다시 숟가락으로 콩자반을 떴다. 할아버지는 젓가락질을 하지 못했다. 오른손 중지와 약지가 잘려나가고 없기 때문이다.

"뱁새가,"

할아버지는 말을 할 때 꼭 첫마디를 하고 나서 잠시 쉬는 버릇이 있다.

"황새를 따라가면, 가랑이가 찢어지는 법이다."

순간 그의 입에서 씹히다 만 콩자반 한 알이 톡 튀어나와 내 밥그릇에 떨어졌다. 나는 숟가락을 내려놓았다. 서둘러 일어나다가 천장에서 전깃줄과 함께 늘어뜨려져 허공에 위태롭게 매달려 있던 형광등 갓에 머리를 부딪혔다. 에이씨. 머리를 문지르며 책가방을 어깨에 둘러멨다.

"밥을,"

할아버지의 다음 말을 짐작할 수 있었다. 먹고 가야지.

"먹고 가야지."

딩동댕! 그러나 뱁새의 다리는 이미 문지방을 타넘어 현관으로 향하고 있었다. 가랑이가 아직 찢어지지 않은 게 천만다행이었다.

"학교 다녀오겠습니다!"

앞으로 이 인사말을 외칠 날도 얼마 안 남았구나. 현관문을 닫으면서 나는 생각했다. 고등학교를 졸업하고 나면 아침마다 다녀올 학교도 없어질 테니 말이다. 비로소 내가 대학에 진학하지 않는다는 사실이 실감났다.

누가, 언제, 어떻게, 이런 길을 만들었을까.

내가 사는 산동네에서 아랫동네로 이어지는 길을 걸을 때마다 나는 새삼 신기해한다. 스쿠터 한 대나 겨우 빠져나갈 수 있을 이 좁고 비탈진 골목에서는 직선을 찾아보려야 찾아볼 수가 없다. 온통 곡선뿐인 골목에서 다른 골목으로 꺾고, 돌고, 울퉁불퉁 층마다 높이가 다른 규격 불량 계단을 오르내리기를 수차례, 술 취한 사람은 술이 깨고 술 취하지 않은 사람은 술 취한 것처럼 정신이 몽롱해질 즈음이면 드디어 훤히 트인 대로가 나온다. 하기야 없이 사는 사람들이 밝고 넓은 세상으로 나가는 길이 어찌 수월할 수 있으랴, 아무렴. 어쨌거나 길눈마저 어두운 나는 이 길에 익숙해지기까지 숱한 시행착오를 겪어야 했다. 지도를 그린다는 게 불가능할 만큼 복잡하고 요상하게 얽힌 이 길들을 만든 건 대체 어떤 인간일까. 더 신기한 것은 할아버지는 눈도 침침한데 이 길을 혼자서 헤매지도 않고 잘 다닌다는 사실이다. 그것도 캄캄한 새벽에, 더러는 지게까지 지고. 그러니 할아버지는 무서운 사람이다. 나이 일흔이 되어서도 봉양을 받기는커녕 부양을 해야 할 손녀가 있으면 저절로 슈퍼맨이 된다. 하늘을 날지는 못하고 기껏해야 요런 골목이나 누비고 다니는. 나는 이다음에 늙어서 손녀와도 손자와도 절대 함께 살지 않을 것이다.

골목이 끝나고 큰길이 나타났다. 불현듯 입가에 미소가 떠오르는 것을 나는 억누르지 않았다. 골목을 무사히 빠져나온 직후면 종종 준 오빠 생각이 났다. 오빠를 처음 만났을 때도 내가 이렇듯 뇌주름처럼 구불구불하게 엉킨 시장 골목을 헤매고 있었기 때문일 것이다. 헤매다 지쳐 주저앉고 싶던 순간, 주위에 아무도 없는 줄 알았는데 한 남자가 홀연히 내 앞에 나타났다. 만화에서처럼 등 뒤에서 짜잔 소리가 들릴 것같이 갑작스러운 등장이었다.

"아까부터 어디를 그렇게 찾아다녀요?"

그는 내가 같은 자리를 맴도는 것을 쭉 지켜본 모양이었다. 호리호리한 체격에 레몬빛으로 탈색한 머리카락, 목에 헤드폰을 걸고 담벼락에 기대 있는 모습이 어찌나 근사해 보이던지 나는 순간 다리 아픈 것도 잊어버렸다. 할아버지가 일하는 곳의 주소를 대자 그는 앞장서서 걸었다. 긴 다리로 걸음을 옮길 때마다 품이 약간 큰 청바지가 그의 허벅지에 닿았다 떨어졌다 하는 것이 보기 좋았다. 그때만 해도 내가 그를 또 만날 일이 생길 줄은 몰랐다. 하지만 두번째에도 세번째에도 그는 갑자기 내 앞에 짜잔 하며 나타나곤 했다. 할아버지를 찾아갈 때마다 번번이 길을 헤매도록, 그러다 번번이 그와 마주치도록, 나를 길눈이 어두운 이로 태어나게 해주신 신에게 그저 감사드릴 뿐이었다. 세번째 만났을 때 나는 그에게 내 이름을 알려주었다. 그는 사람들이 자신을 준이라고 부른다고 했다.

"우리 앞으로 말 놓을까?"

갑자기 그가 내게로 상체를 숙였다. 그의 입술이 코앞으로 다가왔다. 나는 헉 하고 숨을 멈추었다.

"다음부턴 오빠라고 불러, 알았지?"

준 오빠는 나와 눈높이를 맞추더니 웃으면서 내 머리를 쓰다듬었다. 나는 고개를 끄덕이고 싶었지만 젤리에 박힌 과일 조각처럼 꼼짝도 할 수 없었다. 그의 얼굴과 내 얼굴이 맞닿을 듯 가까이 있다는 것이 믿어지지 않았기 때문이다. 헤이, 준! 그때 그의 뒤에서 누군가 소리쳤다. 각진 얼굴에 눈 코 입 모두 피어씽을 한 흑인 청년이었다. 세상에서 가장 멋지고 자상하고 매력적인 준 오빠는 내게 손을 흔들어 보인 후 그쪽으로 뛰어갔다. 그러고 보니 그를 마지막으로 만난 지도 꽤 오래되었다. 그래서 내가 요즘 이렇게 웃을 일이 드문가.

버스정류장에는 나와 같은 교복을 입은 여자애 세 명이 수다를 떨며 서 있었다. 명찰 색깔을 확인할 필요도 없었다. 이름은 몰라도 얼굴은 자주 본 그애들은 나와 같은 학년이었다. 개들 뒤쪽에 가서 섰다. 그들의 대화 주제는 올해 첫번째 대입 모의고사였다. 이 아이들은 대학에 진학할까. 그럼, 하겠지. 나는 버스가 오는 쪽으로 몸을 돌렸다. 대학 생각을 하지 않으려고 하는데 자꾸만 하게 된다. 어쩔 수 없다. 인문계 고등학교 3학년에게는 대학이 인생의 전부까지는 아니더라도 구십 퍼센트 이상은 되니까. 그 정도면 인체에서 물이 차지하는 것보다도 더 비중이 큰 셈이다. 그렇게 생각하자 느닷없이 목이 말랐다. 애들은 전부 대학에 가는데 나만 못 간다. 나만 구십 퍼센트가 부족한 것이다. 뭐랄까, 모두들 버스가 오는 방향을 보고 있는데 나 혼자 멍청하게도 반대 방향을 보고 있는 느낌이 들었다.

저만치 버스가 달려오는 것이 보였다. 똑같은 하루가 시작되려하고 있었다. 29200일 중의 어느 하루가.

29200일에 대해 처음 들은 것은 영어선생을 통해서였다. 언제였던가. 겨울이었다. 영어선생은 수업을 했고 학생들은 수업을 듣거나 혹은 듣지 않았다. 나는 일분단 앞쪽을 바라보고 있었다. 맨 앞줄 왼쪽에 앉아 있는 애부터 한 명씩 쟤는 10년 후에 무엇이 되어 있을까, 쟤는 10년 후에 어떻게 변해 있을까, 상상하면서. 딱히 그애들의 미래가 궁금해서라기보다 그런 거라도 하지 않으면 달리 시간을 때울 방법이 없어서였다. 옆 분단에서 누군가 속삭이는 소리가 들렸다.

"야, 밖에 눈 와."

어머, 첫눈이다! 진짜야? 야, 밖에 눈 온대. 우와, 첫눈 온다! 속삭임은 삽시간에 앞으로 옆으로 이윽고 교실 전체로 퍼져나갔다. 창밖에 정말로 함박눈이 쏟아지고 있었다. 우리 생애 열일곱번째의 첫눈이었다. 여든 개의 눈동자가 노골적으로 창밖을 향했다. 영어선생의 눈동자도 예의 그 여든 개에 포함되어 있었다. 그럴 수밖에. '첫눈이 온다'라는 말은 힘이 세니까. 그것은 특별한 문장이니까. 똑같은 1형식 주술구조라 해도 '기차가 달린다'라든가 '개가 짖는다'라든가 '나는 졸립다' 따위 문장과는 본질적으로 다르지 않은가. 마치 한 제과점에 있어도 곰보빵이나 단팥빵이 티라미수 케이크와 절대 같을 수 없는 것처럼.

아니나 다를까, 그 문장의 위력을 절감하고 의기양양해진 몇몇 아이들이 선생에게 첫사랑 이야기를 해달라고 졸랐다. 나는 코로 웃었다. 설마하니 가뜩이나 말수 적고 숫기도 없는 영어선생이 잘도 그런 얘기를 해주겠다 싶었다. 예상대로였다. 평소에도 콩나물처럼 늘 고개를 숙이고 다니는 그녀는 잠자코 교탁만 내려다보았다. 나는 아까 하던 상상을 계속했다. 쟤는 평범한 회사원이 되어 있을 것 같아. 쟤는 간호사, 쟤는 공무원 그림이 그려지는군. 반면에 쟤는 십중팔구 백수가 되거나 외국 유학을 가 있을 테고, 쟤는 까페를 차릴 테고, 또 쟤는 인물값 하느라 일찌감치 시집가서 애를 낳을지도 모르고……

"선생님, 어디 편찮으세요?"

미래의 간호사가 물었다. 가만 보니 선생의 얼굴이 유난히 핏기

없이 수척했다. 첫눈 오는 날 실연당한 사연이라도 있는 것일까. 미래의 백수 혹은 유학파가 눈치없이 또 첫사랑 이야기를 해달라고 보챘다.

"얘기해봤자 여러분은 이해를 못해요."

어럽쇼, 이게 무슨 말씀이신가. 아이들이 이해할 수 있다고, 우리도 알 거 다 안다고, 이야기해달라고 목소리를 높였다. 선생은 고개를 저었다. 자신도 아직 이해하지 못한다는 것이었다. 그녀는 다들 교과서의 다음 장을 펼치라고 했다. 아이들이 아우성을 치며 버텼다. 그러자 그녀는 창밖으로 시선을 돌리더니 느릿느릿 입을 열었다.

"그냥…… 그 사람이 나를 떠나갔어요. 그게 다예요."

교실 안이 물속처럼 고요해졌다. 내 앞에 앉은 아이가 헝겊필통의 지퍼를 닫다 말고 동작을 멈추었다. 영어선생은 창밖에 시선을 둔 채 우리에게 물었다.

"여러분, 사람의 일생을 날짜로 계산하면 모두 며칠일 거 같아요?"

사람의 평균수명을 80세라고 가정했을 때 그것을 일수로 환산하면 얼마가 나오겠느냐는 것이었다. 뜬금없는 질문이었다. 그리 물어놓고 선생은 알파벳의 왕국을 헤매던 아이들의 뇌가 숫자의 왕국으로 미처 넘어오기도 전에 먼저 대답했다. 80년에 365일을 곱하면 답은 29200일이 된다고. 그녀는 덧붙였다. 인간의 한평생이라는 게 그래봐야 고작 30000일도 못 된다고.

고작이라니. 나는 선생이 택한 부사에 동의할 수 없었다. 무려

30000일이라고 해야 옳지 않은가. 교과서의 여백을 이용하여 곱셈을 해보았다. 17×365=6205. 에계계, 내가 이제껏 살아온 열일곱 해는 겨우 6000일 남짓한 시간이었다. 29200-6205=22995. 이는 곧 앞으로 남은 삶이 약 23000일이며, 따라서 지금까지 살아온 만큼의 무려 네 배 정도를 더 살아야 함을 뜻했다. 그런데 고작이라니. 선생은 교과서의 한귀퉁이를 만지작거리고 있었다. 새벽에 혼자 깨어 있는 사람처럼 어딘가 쓸쓸해 보이는 표정이었다.

"나는 조금 있으면 태어난 지 10000일이 돼요. 10000일쯤 살고 나면 그래도 조금은 그 사람을 이해할 수 있지 않을까 생각하며 살아왔지요. 그런데 이제는 잘 모르겠어요. 누가 누구를 이해한다는 게 애초에 가능하기나 한 일인지."

말을 마친 선생은 교과서의 책장을 넘겼다. 아이들 중 누구도 그녀를 따라 교과서를 넘기지 않았다. 창밖에서는 눈이 쉬지 않고 내렸다. 그녀는 스물일곱살. 나는 열일곱살. 그녀와 나 사이에는, 고작과 무려 사이에는, 꼭 10년의 세월이 놓여 있었다. 이윽고 선생은 중단했던 수업을 다시 시작했다. 아이들은 다시 산만해지고 교실 안은 다시 소란스러워졌다. 평소와 다를 바 없는 하루였다. 어차피 10년 후에는 기억도 못할, 29200일 중의 어느 하루.

신호등의 녹색불이 켜졌다. 바람이 불었다. 검은색 비닐봉지가 홀로 횡단보도를 건너고 있었다. 그것을 멀거니 바라보다가 정류장에 나 혼자 남아 있다는 사실을 알아차렸다. 그렇다. 나는 버스를 타지 않았다. 불현듯 의문이 일었기 때문이다.

학교에 왜 가지? 가서 뭐하지?

　나는 모범생은 아니지만 문제아도 아니다. 이전에는 무단결석을 한 적이 한 번도 없었다. 학교가 좋아서 꼬박꼬박 출석을 한 건 물론 아니고 그냥 남들이 다 학교에 가니까 나도 따라서 다녔던 것이다. 내 인생은 늘 다수가 하는 대로 따라 흘러왔으니까. 그래야 튀지 않고 욕먹지 않고 외톨이가 되지도 않으니까. 남들 하는 대로. 그것이 나의 신조였다. 그런데 이제는 남들 하는 대로 할 수 없게 되었다. 나는 대학에 가지 않을 예정이고 오늘은 올해 첫번째 대입 모의고사가 있는 날이니까. 아직 내 이름도 못 외웠을 게 뻔한 담임도, 내게 결코 먼저 말을 거는 법이 없는 짝도, 내가 저랑 같은 반이라는 것조차 모르고 있을 반장도, 그밖의 아이들도 모두, 내가 하루쯤 결석했다고 아쉬워하진 않을 것이다. 문제는 학교에 가지 않는다면 지금 마땅히 갈 곳도 없다는 것.

　교복 코트 주머니에 손을 넣었다. 손끝에 닿은 교통카드가 차가웠다. 오른쪽 발끝을 세워 신발 앞코로 보도블록을 문질렀다. 평일 아침에 학교에 안 가면 어디로 가야 할지, 그런 문제에 대해서는 고민해본 적이 없었다. 어쩐지 아주 길고도 깊은 잠에서 깨어난 기분이었다. 문득 잠자는 숲속의 공주가 떠올랐다. 100년 만에 잠에서 깨어난 공주는 맨 먼저 무엇이 하고 싶을까. 글쎄, 양치질? 나는 양 볼에 바람을 집어넣었다가 푸우 소리를 내며 뺐다. 지금 이 상황에서 양치질을 할 수는 없다. 그러니까 패스. 그렇다면 좀 걷고 싶지 않을까. 100년 동안 세상이 어떻게 변했는지 구경도 하고 100년간이나 쓰지 않은 다리근육이 제 기능을 할 수 있는지 확인도 해볼 겸. 나는 돌아서서 걷기 시작했다.

이른 아침의 시내는 적적했다. 까페도 술집도 노래방도 간밤의 영화를 잊은 듯 맨얼굴로 잠들어 있었다. 불 꺼진 간판들을 따라 걸었다. 문을 연 가게보다 열지 않은 가게가 더 많은 거리는 이가 몇개 남지 않은 할아버지의 입속처럼 삭막하기만 했다. 조금 추웠다. 다리도 아팠다. 마침 버거킹이 눈에 띄었다. 나는 매장 이층의 화장실에서 따뜻한 물로 손을 씻고 입을 헹궜다.

삼층에는 손님이 한 명도 없었다. 창가 자리에 앉자 창밖의 플라타너스 우듬지가 눈을 찔렀다. 하늘빛이 우중충했다. 시선을 내려뜨리자 내 종아리 밑에서 우중충한 갈색 교복을 입은 남자애가 뛰어가는 것이 보였다. 옳거니, 지각을 면하려면 뛰어야 할 시간이었다. 우중충한 회색 점퍼 속에 넥타이를 맨 아저씨들과 우중충한 남색 코트 아래 레깅스를 신은 아가씨들이 출근하는 것도 보였다. 모든 것이 우중충했다. 저 남자애는 곧 학교에 도착할 것이다. 곧 졸업을 할 것이고 저 아저씨들처럼 넥타이를 매고 출근할 것이다. 시간이 더 흐르면 레깅스를 신은 아가씨들 중 한 명과 결혼하겠지. 두 남녀는 아파트 대출금과 자동차 할부금을 갚기 위해 낮밤 없이 일할 것이다. 주말에는 주중에 밀린 잠을 자기 바쁠 것이고. 드디어 아파트를 장만하고 자동차를 소유하게 되면 아마 나이가 쉰쯤 됐으리라. 그때쯤이면 둘 중 하나는 암에 걸려 있을지도 모른다. 당뇨나 허리디스크, 우울증도 피해갈 수 없겠지. 아아, 정말이지 너무나 우중충한 미래였다.

나는 회사에 다니고 싶지는 않다. 장사를 하고 싶지도 않다. 공부에 흥미가 있거나 운동에 소질이 있는 것도 아니니 그쪽으로 빠질 리도 없다. 그렇다고 비구니가 되거나 마도로스가 될 것도 아니다. 그럼 어떡하지. 왜 사람은 꼭 뭔가가 되어야만 할까. 세상은 나에게 끊임없이 무언가를 요구한다. 하다못해 우리 반의 학급 목표만 해도 그랬다. Girls, be ambitious! 왜 다들 야망을 가지라고 하는 것인가. 나는 야망 따위엔 아무 관심도 없는데. 그뿐 아니다. 학급 목표가 끼워져 있는 액자 밑에는 일력이 걸려 있었다. 날짜를 거꾸로 헤아리는 일력이었다. 240, 239, 238…… 그것은 수능시험날까지의 카운트다운이었다. 반 아이들의 숨통을 시시각각 옥죄는 그 숫자놀음은 고로 대학에 가지 않을 내게는 아무 의미도 없었다. 내가 원하는 것은 대단한 것이 아니었다. 그저 자유였다. 아무것도 되지 않고 아무것도 하지 않을 자유.

책가방을 열었다. 영어선생이 추천해준 책을 꺼냈다. 프랑스 시인 랭보의 시집. 이미 오십 번은 읽었을 것이다.

I. 열일곱 살 무렵 누구도 진지하지 않네.
–어느 날 저녁, 맥주와 레모네이드 따위 팽개치고,
　반짝이는 불빛 아래 떠들썩한 카페도!
–푸른 보리수 아래 산책로를 걷네.*

고개를 들었다. 하늘빛이 여전히 우중충했다. 열일곱살 무렵에 나는 어떠했던가. 진지했던가, 진지하지 않았던가. 어떤 일이 있었고 어떤 생각을 했는지 오십번째 떠올려보는 건데도 기억이 나지 않았다. 기억할 만한 일이 없어서일 것이다. 학교에 다녔겠지. 야자 시간엔 아르바이트를 했겠지. 집에 가면 아무도 없고. 할아버지는 새벽에 나가 밤에 들어오고. 우리 집 전기요금 고지서에는 기초생활수급자 감면 내역이 인쇄돼 있었을 테고 나는 학교에서 급식비 지원을 받고 있었겠지. 그래, 지금과 다를 것이 없었으리라.

책장을 넘겼다.

내가 지옥에 있다고 믿으니, 고로 나는 지옥에 있다. 이게 교리문답을 실천하는 것이다. 나는 내 세례의 노예이다. 부모여, 당신 때문에 나는 불행했고, 당신도 불행해졌다.

불쌍한 죄없는 자여! 지옥은 이교도를 공격할 수 없다.

—이게 인생인 것을!**

오십 번을 읽었지만 이게 무슨 소리인지 여전히 이해할 수 없었다. 영어선생은 시란 반드시 이해되어야만 하는 것은 아니라고 했다. 이해되지 않아도 전달될 수 있다면 그것으로 족하다는 것이었다. 선생의 이야기 또한 선뜻 이해되지 않기는 마찬가지였으나 최소한 전달은 되었다. 이해도 안되고 전달도 안되고 그래서 차라리 다행인 문예부 선생의 말과는 차원이 달랐으니까.

"넌 정신적으로 문제가 좀 있어."

문예부 선생은 내게 말했다. 다른 부원들이 모두 듣고 있는 데서 그랬다. 나는 씨앗이라도 심고 싶을 만큼 땀구멍이 크고 깊고 많은, 외모적으로 문제가 좀 있는 그의 민머리를 노려보았다. 그러나 집으로 가는 길에 분해서 눈물이 나는 것까지는 어떻게 할 수가 없었다. 준 오빠를 만나러 간 것은 젖은 얼굴로 빈집에 들어가고 싶지 않아서였다. 오빠는 골목 어귀에서 서성이던 내 앞에 어김없이 짜잔 하고 나타났다. 그리고 말없이 나를 안아주었다. 왜 우는지 안 물어보느냐고 묻자 오빠는 여자가 울 때는 이유를 묻는 게 아니라고 했다. 나는 단박에 기분이 좋아졌다. 그는 말도 참 멋있게 할 줄 아는 사람이었으므로. 그날 오빠는 자신의 휴대폰 번호를 알려주었다. 그것을 저장할 휴대폰이 내게는 없었지만 저장할 필요도 없었다. 듣는 순간 곧바로 외워버렸기 때문이다.

문예부 선생에게 그런 말을 듣고도 나는 부서활동에 열심이었다. 내가 조금이라도 남의 눈길을 끌 만한 아이였다면 당장 학교에 소문이 퍼졌으리라. 내가 정신적으로 이상이 있다는 둥, 부모 중 하나가 지금도 정신병원에 있다는 둥, 이런 식으로 부풀려져서. 그렇지만 가십의 주인공이 되기에 나는 발바닥의 티눈만큼도 존재감이 없는 아이였고, 그래서 선생의 말은 부원들 머릿속에서 유야무야 잊히고 말았다. 처음에는 문예부가 내 적성에 맞을 거라는 예상을 하지 못했다. 다른 부서는 돈이 들거나 부원끼리 협동해야 하는 경우가 있지만 문예부는 그렇지 않을 것 같아서 택했을 뿐이다. 그런데 막상 가입을 하고 보니 작문이라는 것이 의외로 흥미로웠다. 나는 쓰고 또 썼다. 백일장에 나가서 입상한 적은 한 번도 없지만 원고지 100매 분량의 긴 글을 완성해본 것은 전학년 문예부원을 통틀어 나 하나뿐이었다. 대학에 문학 특기생 전형으로 응시하려는 부원들은 수상 실적을 쌓기 위해 노회한 사냥꾼처럼 총 대신 펜을

장전하고 공모전과 백일장을 휩쓸고 다녔다. 그들은 문예부 활동에 열심인데도 백일장에서 상 한번 타지 못한 나를 드러내놓고 무시했다. 내가 글도 못 쓰는 주제에 문학소녀처럼 보이려고 외국 시집을 읽는다며 비아냥거리기도 했다. 문예부 선생은 또 말했다.

"넌 사상이 위험해. 불결하다 이 말이야."

그는 내 글이 항상 인류 멸망이나 천재지변, 전쟁, 지구의 종말로 끝나는 것이 마음에 들지 않는다고 했다.

선생님 마음에 들기 위해 글을 쓰는 것은 아니에요. 그리고 전 감수성 예민한 십대 소녀라고요. 불결하다니요. 사상이 위험하다니요. 선생님 말씀이 제게 상처가 될 거라는 생각은 안하시나요?

나는 속으로만 대꾸했다. 내가 그를 이길 방법은 없었다.

당신은 나보다 빨리 죽을 거야. 나보다 늙었으니까.

속으로 그의 죽음을 앞당겨 상상하는 것만이 내가 할 수 있는 유일한 복수였다.

영어선생에게 내 글을 보여준 것은 그 얼마 후의 일이었다. 그녀는 발상이 신선하고 재미있다고 했다. 내 글을 칭찬해준 최초의 독자인 영어선생을 나는 그날 이후 마음속 깊이 따르게 되었다. 그녀는 나에게 문학책들을 빌려주었고 나는 그것들을 읽었다. 주로 영미권 작가들의 책이었으나 그녀는 정작 내 영어 성적에 대해서는 한마디도 하지 않았다. 어느날 나는 다 읽은 책을 돌려주면서 선생에게 첫사랑이 왜 그녀를 떠나갔는지 정말 모르느냐고 물었다. 그녀는 대답하지 않았다. 그러더니 내게 왜 글을 쓰느냐고 물었다. 나도 대답하지 못했다.

하지만 지금이라면 대답할 수 있다. 영어선생이 나를 떠나간 후에, 학교를 그만둔 후에, 나는 깨달았다. 글을 쓰다 보면 잊을 수 있었던 것이다. 내 곁을 떠나간 것들에 대해서.

무엇이 잘못됐을까. 내가 무엇을 잘못했을까.

영어선생만의 일이 아니었다. 나에게서도 다들 떠나갔다. 떠나지 않은 것은 할아버지뿐이었다. 한번 떠나간 것들은 다시 돌아오지 않았다. 사람도 사물도 시간도. 심지어 돌고 도는 돈도 그랬다. 시험 삼아 종이돈에 표시를 해본 적이 있다. 만원짜리, 오천원짜리, 천원짜리 지폐 각각의 뒷면 한귀퉁이에 나만 알아볼 수 있는 기호를 조그맣게 그려넣었던 것이다. 한달이 지나고 두달이 지나고 석달 열흘이 더 지나도록 그것들은 단 한 장도 내 수중에 돌아오지 않았다. 결국은 거기 그려넣은 기호가 어떤 것이었는지도 기억할 수 없게 되었다.

누구나 사는 동안 누군가를 떠나보내기 마련이라면, 할아버지는 누구를 떠나보냈을까. 아빠? 할아버지는 내 앞에서 아빠 얘기를 꺼낸 적이 없다. 딱 한 번 지나가듯이 입에 담은 적은 있지만 그것도 말을 하다 말았다. 중학생 시절 내가 명동 대형쇼핑몰에서 귀걸이를 훔치다가 걸렸을 때였다. 쇼핑몰 지하의 직원 사무실에 나처럼 절도하다 들킨 애들과 함께 붙들려 있는데, 지게는 어디다 뒀는지 지겟작대기만 들고 그곳으로 뛰어들어온 할아버지는 나를 보자마자 탄식했다.

"피는 못 속인다더니…… 니 애비도……"

거기서 말을 멈추더니 별안간 지겟작대기로 내 등을 후려치기 시작했다. 예닐곱 대쯤 맞았을까. 전화로 보호자가 당장 달려오지 않으면 나를 경찰에 절도범으로 넘기겠다고 할아버지를 을러댔던 직원은 우리더러 그냥 가라고 했다. 아마 작대기를 쥔 할아버지의 오른손에 손가락이 세 개밖에 없는 것을 보고 그랬을 것이다.

그날 집으로 돌아가는 길에 나는 할아버지에게 물었다.

"아까 피는 못 속인다는 말이 무슨 뜻이었어?"

"너 아까, 그 귀걸이 얼마짜리냐?"

할아버지는 내 말에는 대꾸도 않고 엉뚱한 것을 되물었다. 나는 비싼 거였다고 말하면 그가 더 충격을 받을까 봐 걱정이 되었다.

"천원짜리."

"아이고, 그럼 그깟 천원 때문에 도둑년이 된 것이냐?"

할아버지는 더없이 큰 충격을 받은 것 같았다. 만원짜리라고 할 걸 그랬다고 나는 집에 도착하는 순간까지도 후회했다. 그날 할아버지가 '니 애비도' 다음에 하려다 만 말이 무엇이었는지 나는 지금도 알지 못한다. 다만 아빠가 혹시 희대의 대도였던 것은 아닐까, 단순히 집을 나간 게 아니라 세상사람 아무도 모르는 무인도의 비밀 감옥에 갇혀 있는 것은 아닐까, 쓸데없는 상상을 하게 되었다. 물론 그가 어디에 있든 현재 내 곁에 없다는 점에서는 차이가 없었다. 한때나마 내 곁에 있었다는 사실도 단 하나의 추억으로만 뒷받침되었다. 언제 어디로 가는 길이었는지는 모르나 어린 내가 아빠의 오토바이 뒷좌석에 앉아 그의 등을 꼭 껴안고 오랫동안 달리던 장면. 나는 그의 점퍼 자락에서 풍겨오던 담배 냄새까지 생생하게 떠올릴 수 있다. 내가 이렇듯 10년 후에도 그 순간을 기억하리라는 것을 미리 알았더라면 그때의 나는 조금 더 행복했을까. 아빠의 등을 조금 더 세게 껴안았을까.

누구나 떠나고 누구나 떠나보낸다. 잘못한 것이 없어도, 이해할 수 없어도, 떠나는 것은 떠나는 것이다. 영어선생처럼 10000일을 살았는데도 그것을 받아들이지 못한다면 대체 얼마를 더 기다려야 하는 것일까. 20000일? 30000일?

시집을 덮었다. 책갈피에서 무엇인가 발밑으로 떨어졌다. 줍고 보니 겨울방학 때 쓰다 남은 식권 묶음이었다. 모두 네 장. 합하면 만원이었다. 액면가가 무색하게 실상 그것들은 천원짜리 햄버거 하나도 사먹을 수 없는 종이쪼가리에 지나지 않았다. 문득 배가 고팠다. 나는 시집을 책가방에 넣고 자리에서 일어났다.

오랜만이었다. 평일 대낮에 할아버지를 만나러 가는 것은 처음 있는 일이기도 했다. 그는 나이 일흔에도 정말 싫은 것이 혼자서 밥 먹는 일이라고 했다. 그와 함께 점심을 먹고 싶었다. 요즘은 일거리가 거의 없다고 했으니 밥 먹을 시간이야 충분히 있을 것이다.

할아버지는 내가 태어나기 전부터, 아빠가 태어나기 전부터, 날마다 남대문시장에서 지게를 졌다. 우리 동네에서 아랫동네로 내려가는 길만큼이나 비좁고 구불구불하고 복잡한 시장 골목들을 헤집고 다녔다. 40년 지게질에 그의 육신은 세월보다 빨리 늙었다. 손가락은 어딘가로 달아나고 무릎은 연골이 닳아 없어지고 어깨는 굽었으며 허리는 뒤틀렸다. 할아버지는 밤마다 신음하곤 했다. 어디가 아프냐고 물어도 이를 악물 뿐 설명하지 못했다. 하기야 고통은 말 이전에 있는 것이니 말로 표현할 수 없을 것이다.

달리는 지하철 안에서 나는 할아버지의 젊은 시절을 상상해보았다. 아무것도 떠오르지 않았다. 이상한 일이었다. 누군가의 10년 후 미래를 상상하는 것은 어렵지 않은데 어째서 과거를 상상하는 것은 어려울까. 미래에는 상처가 없기 때문일까. 분명한 것은 할아버지도 지금처럼 살고 싶지는 않았으리라는 점이다. 그도 내 나이 때에는 뭔가 다른 꿈을 품었을 것이다. 당신의 육체처럼 젊고 단단하고 아름다운 꿈을. 그러나 별수없었으리라. 잘못한 것이 없어도 꿈은 떠나가고, 젊음도 떠나가고, 사람도 떠나가고. 가난은 자꾸만 새끼를 치고, 자식은 자꾸만 사고를 치고.

눈에 익은 거리가 나타났다. 그릇도매상가와 공예품상가, 수입 명품상가 건물들은 옛날 그대로였다. 중학교 때 할아버지와 함께 걸었던 길이다. 아마 그때도 내가 뭔가 훔치다가 걸려서 할아버지가 보호자로 나를 찾으러 와야 했던 날이었을 것이다. 뭘 훔쳤더라. 인기가요 테이프였나. 머리핀이었던가. 아니면 초콜릿바였는지도.

"무겁지?"

"안 무겁다."

오래전 그 길을 걷는 내 귓가에 오래전 그날 할아버지와 나누었던 대화가 눈발처럼 흩날렸다. 당시만 해도 일거리가 많을 때라 할아버지는 도둑질하다 잡혀온 손녀를 지게보관소 앞 간이의자에 앉혀놓고 저녁까지 지게질을 했다. 금속자재, 포목 두루마리, 사기그릇, 냉동 생선, 속에 뭐가 들었는지 알 수 없는 스티로폼 상자 등등, 별의별 물건들이 지게 위에 차곡차곡 쌓였다. 짐 높이가 높아질수록 옆에 선 나는 점점 더 쩔쩔맸다.

"무겁지?"

"안 무겁다."

한순간 할아버지가 몸을 일으키다 말고 휘청거렸다.

"무겁지?"

"안 무겁대두."

나는 같은 질문을 반복하고 할아버지는 같은 대답을 반복했다. 그래서 나는 다른 질문을 해보았다.

"지게에 어떤 물건 실었을 때가 제일 무거워?"

"아무것도 안 실은,"

한 박자 쉬고 나서.

"빈 지게가 제일로 무겁다."

할아버지는 마저 대답했다. 아무리 무거운 짐들을 지게에 첩첩이 쌓아올려도 그게 다 돈이라고 생각하면 하나도 무겁지가 않다는 것이었다. 일이 없는 날 빈 지게를 지고 출근했다 퇴근할 때면 오히려 그 무게가 천근만근이라 등허리가 다 내려앉는다나. 나는 어린 마음에도 지게를 함께 나눠 지고 싶었다. 그럴 수 없는 것이 안타까워 나도 모르게 볼멘소리가 나왔다.

"그런데 지게는 왜 이인용이 없어?"

할아버지는 소리내어 웃었다. 그게 뭐 그리 우습다고 옆에 있던 젊은 동료 지게꾼에게도 내 말을 전했다. 그 지게꾼도 웃었다. 일찍 철이 들어버린 듯한 얼굴로 그 사람은 지게는 원래 혼자 짊어져야 하는 거라고 일렀다. 아마 그 편이 힘의 분배 차원에서 보다 효율적이라는 얘기였을 것이다. 그래서였을까. 할아버지는 너무 오래 혼자서만 짐을 져왔다. 혼자서 짊어질 수밖에 없는 짐 같은 몹쓸 기억들이 그에게는 적지 않을 터이다. 일흔살이면 그럴 나이였다. 70×365=25550. 무려 25000일도 넘게 살아오지 않았는가. 할아버지는 이빨 순서처럼 마음대로 바꿀 수 없는 게 사람 팔자라고 했다. 그가 평생 치과에 가본 적이 한 번도 없는 것처럼 그의 팔자도 25000일 동안 바뀐 적이 한 번도 없을 것이다.

의류상가와 문구상가를 지나쳤다. 제대로 가는 길이었다. 전자제품상가 앞에서 지게를 진 중년 사내 한 명과 마주쳤다. 그는 세상에서 가장 무거운 빈 지게를 지고 있었다. 이불 도매상을 돌아 아동복 판매점을 거쳐 제대로 가고 있다고 생각했는데 처음 보는 주차장이 나타났다. 나는 돌아서서 왔던 길을 되짚어갔다. 예전에 몇번이나 와봤는데도 올 때마다 사방이 낯설었다. 비좁고 더럽고 이리저리 구부러진 골목들을 따라 걸으면서 나는 이 길이 마치 볼품없는 내 인생 같다고 생각했다. 내리막길을 갈 때도 마찬가지였다. 내 삶은 왜 이렇게 한없이 밑으로 밑으로만 가라앉는가 싶었으니. 그럼 반대로 오르막길을 갈 때는 괜찮은가 하면, 그렇지도 않았다. 내 삶은 왜 이렇게 다리가 후들거리도록 험하고 가파르기만 한가 싶어졌던 것이다. 내가 바라는 것은 평지였다. 넓고 평탄하고 일직선으로 쭉 뻗은 큰길. 길을 따라 앞으로 걷기만 해도 오가는 사람들을 모두 만날 수 있는, 떠나간 사람들이 어디쯤 있는지도 찾아볼 수 있는, 운 좋게 그들을 찾아낸다면 짧은 안부라도 건넬 수 있는, 그런 길 말이다.

땅만 보고 걸었다. 두 다리가 없는 아저씨가 고무 의족을 끌며 내 쪽으로 기어왔다. 낡은 카쎄트에서 흘러나오는 축복과 구원의 노래가 그보다 한발 앞서 기어왔다. 나는 땅바닥에 나뒹구는, 크리스마스카드처럼 화려한 전단들을 밟았다. 전단 속 여자들의 벗은 가슴이 추워 보였다. 고개를 쳐들었다. 어라, 눈이 내리고 있었다. 나는 두 손을 허공으로 뻗었다.

준 오빠는 뭐 하고 있을까.

손바닥에 내려앉는 눈송이가 제법 탐스러웠다. 문득 오빠의 첫사랑 이야기를 듣고 싶었다. 나는 할아버지가 아니라 오빠를 만나러 이곳으로 온 것인지도 몰랐다. 하지만 그를 어디서 찾는담. 눈발이 점점 굵어졌다. 오빠에게 전화를 걸어볼 수도 있겠지만 이제껏 그래온 것처럼 나는 그가 또 어디선가 짜잔 하고 나타나리라 믿었다. 물미역이며 콩이며 고사리 따위를 좌판에 올려놓고 앉은 할머니들이 목도리와 모자 사이로 눈만 내놓은 채 나를 쳐다보았다. 오빠는 나타나지 않았다. 헤이, 준! 늘 그렇게 오빠를 부르던 피어씽 흑인 남자도, 목덜미에 나비 문신이 있는 내 또래 여자애도, 빨간색 가발을 쓴 엉덩이 큰 백인 아줌마도 찾아볼 수 없었다. 하긴 생각해보니 낮에는 오빠를 만난 적이 없다. 그는 항상 밤에만 돌아다니니까.

모의고사는 여태 끝나지 않았을 것이다. 지금쯤 3교시를 치르고 있으려나. 나는 사방을 두리번거리면서 걸었다. 공중전화는 어디에 있을까. 부지런히 산소를 마시고 이산화탄소를 내뱉었다. 나는 아직도 살아 있었다. 그러므로 조금 추웠고 배가 고팠고 다리도 아팠다. 100년 만에 깨어난 잠자는 숲속의 공주는 어쩌면 다시 잠자고 싶어 할지도 모르겠다는 생각이 들었다. 자는 게 차라리 속 편할 터이므로.

　10년 후에는 기억도 못할, 29200일 중의 하루가 천천히 지나가고 있었다.

* 랭보(A. Rimbaud) 「소설」 부분, 『나쁜 혈통』, 함유선 옮김, 밝은세상 2005.
** 「지옥의 밤」 부분, 같은 책.

현기증

멀리 창밖이 소란스러웠다. 중고 가전제품 삽니다. 고장 난 제품 수거합니다. 확성기 소음을 이불처럼 머리끝까지 뒤집어쓴 채 그는 눈을 떴다. 세탁기, 냉장고, 텔레비전, 컴퓨터, 모두 삽니다. 좁다란 원룸을 한귀퉁이씩 차지하고 있는 세탁기, 냉장고, 텔레비전, 컴퓨터를 차례대로 일별했다. 팔거나 내놓을 만한 것이 있나 헤아려보는 동안 잠이 완전히 깼다. 그는 남의 기지개 대신 켜주듯 건성으로 기지개를 켜고는 침대에서 빠져나왔다.

그의 이름은 달리였다. 원래 이름은 그게 아니었다. 저 유명한 스페인 화가 쌀바도르 달리와 아무 상관 없는, 그 화가보다 칠십여 년 늦게 대한민국에서 태어난 그는 어느날 책을 읽다가 이런 문장을 발견했다. 달리 할 말도 없었다. 별것도 아닌 그 문장이 기이하게도 몇날 며칠 머릿속을 떠나지 않았다. 달리라고 새겨진 명찰을 가슴에 다는 꿈을 꾼 날, 그는 제 이름을 달리로 바꾸리라 결심했다. 물론 머릿속을 떠나지 않는 문장, 그의 꿈에 이미지로 구현된 문장은 그밖에도 여럿 있었다. 내 머리맡에서 불행이 뜨개질을 한다, 어린이란 여자가 운다, 이 세상은 굴조개로니 나는 칼로써 그것을 열리라…… 하지만 이름을 뜨개질이나 이란 여자, 굴조개 따위로 바꿀 수는 없는 노릇 아닌가.

달리가 되고 나서 그가 가장 먼저 한 일은 지하철을 탄 것이었다. 열차에 오르기 직전 그는 자신의 옛 이름을 선로에 슬쩍 떨어뜨렸다. 열차가 버려진 이름을 밟으며 출발하는 순간 그는 자신을 둘러싼 세상의 공기가 어딘가 달라졌다는 느낌을 받았다. 뭐랄까, 왕이 참수당해서 갑자기 왕위에 오른 어린 왕세자가 된 기분으로 그는 컴컴한 창밖을 오래도록 바라보았다.

걸음을 옮길 때마다 너저분한 방바닥에 떨어져 있던 자잘한 무언가가 맨발바닥을 찔렀다. 욕실 앞에 다다랐을 때는 제법 큰 놈을 밟았는지 따끔하기까지 했으나 그는 개의치 않았다. 오늘은 회사에 출근할 필요가 없었다.

"제가 일을 잘 못했습니까?"

어제 달리는 입사하던 날 딱 한 번 보았던 사장을 두번째로 보았다.

"아니, 잘했네. 그러니 우리가 아니어도 자넬 원하는 회사가 얼마든지 많이 있을 걸세."

그게 끝이었다. 그가 사장을 세번째로 볼 일은 없을 터였다.

젖은 머리카락에 비누를 문질러댔다. 습기를 머금은 비누는 짓무를 대로 짓물러 조금만 힘을 주어도 맥없이 으스러졌다. 입사 한 달 만에, 시작은 있으되 끝은 없는 잔인한 휴가를 통보받고 달리의 뇌리를 퍼뜩 스친 생각은 사장이 한 말과 비슷한 말을 예전에도 한 번 들었다는 것이었다. 누구에게 들었지? 언제, 어디서 들었지? 상대를 배려해주는 척하면서 실은 자신의 힘과 지위를 재확인할 뿐인, 그럼으로써 상대에게 오히려 더 큰 모욕을 주는 언사를 한 번도 아니고 두 번이나 들었다는 자괴감이 그를 쓸쓸하게 했다.

빤 지 오래된 수건에서 쉰내가 났다. 그는 미간에 내 천(川) 자가 새겨지도록 인상을 쓰며 몸 구석구석 물기를 닦았다. 어떻게 들어간 회사였던가. 언제쯤이면 나도 남들처럼 안정된 직장에서 꼬박꼬박 월급 받으며 평범하게 살 수 있을까. 그의 눈썹 사이 시냇물이 더 깊어졌다. 다시 취업정보 싸이트를 들락거리고, 이력서를 제출하고, 면접을 보러 다니고, 좀처럼 오지 않는 합격 통보를 기다리거나 혹은 꼬박꼬박 잘도 찾아오는 불합격 통보를 받고도 애써 괜찮은 척하는 과정을 되풀이해야 하는가. 그렇게 생각하자 인생이 점심시간 구내식당의 배식 줄처럼 길고 지루하게 느껴졌다. 앞으로 어떤 일을 하며 어떻게 살아가야 할지, 달리는 누군가에게 물어보고 싶었다.

발의 물기를 훔치다가 그는 동작을 멈추었다. 발바닥과 발뒤꿈치가 만나는 부분의 굳은살 가운데 무엇인가 박혀 있었다. 세상에. 압정이었다. 이런 게 방바닥에 떨어져 있었단 말인가. 등줄기가 서늘해졌다. 하기야 청소라는 걸 당최 해본 적이 없으니, 압정이 아니라 이집트 미라의 뼛조각이 나뒹굴고 있었다 해도 몰랐으리라. 젖은 발바닥에 은빛으로 도도하게 반짝이는 제 불결함과 게으름의 징표를 내려다보며 그는 앞으로 청소를 잘해야겠다,가 아니라 이제부터는 실내에서도 슬리퍼를 신고 다녀야겠다,고 다짐했다. 압정을 빼냈다. 붉은 액체가 푸른 타일 바닥에 점점이 떨어졌다. 비로소 둔통이 느껴졌다. 달리는 쉰내 나는 수건으로 발바닥을 누르며 깨금발로 욕실을 나왔다. 중고 가전제품 삽니다. 고장 난 제품 수거합니다. 확성기 소리가 여태 그의 집 주변을 맴돌고 있었다. 세탁기, 냉장고, 텔레비전, 컴퓨터…… 왜 하필 그 순간이었을까, 오래전 기억 속에 묻어둔 목소리 하나가 떠오른 것은.

넌 괜찮은 애야. 그러니 나 아니어도 너 좋아해줄 사람 얼마든지 많이 있을 거야.

*

살다 보면 그리 힘든 일도 아닌데 늘 벼르거나 미루기만 하는 일들이 생긴다. 달리에게는 그곳에 가는 일이 그러했다. 못 견디게 가보고 싶다고까지는 할 수 없지만 언젠가 한번쯤 가보면 좋겠다고 바라던 곳. 잊었다는 사실조차 잊었던 스무살 시절 그녀의 목소리가 되살아난 순간 그는 결심했다. 오늘 그곳을 찾아가보자. 어쩌면 이 남루한 휴가를 특별하게 바꿔주는 일대 사건이 될지도 모르잖는가. 그의 마음이 분주해졌다. 몸속의 피가 어느새 스무살 무렵의 지도를 따라 흐르기 시작했다.

골목 중간에 세탁소가 있어. 그럼 넌 제대로 찾은 거야. 그 골목을 쭉 따라가. 끝까지 가면 낡은 한옥 한 채가 나올 거야.

달리의 기억에 남아 있는 그녀의 묘사는 무책임하리만치 간결했다. 막상 도착해보니 골목은 한두 개가 아니었다. 그마저도 사방팔방으로 얽혀 있어 달리를 막막하게 했다. 길이 바뀌었을 가능성도 컸다. 벌써 수년 전의 이야기가 아닌가. 그는 골목들이 갈라서는 지점에 망연히 서 있었다. 싱싱한 수박이 왔어요, 달고 시원한 수박이 왔어요. 어느 골목에선가 확성기 소리가 들렸다. 목이 말랐다. 그는 끌리듯 발을 들었다.

왼쪽에서 첫번째 골목부터 들어갔다. 주홍빛으로 만개한 능소화가 담장 위에 탐스럽게 늘어진 저택들이 나타났다. 고관대작들이나 살 법한 이런 골목에 세탁소가 있을 것 같지는 않았다. 두번째 골목 안에서는 건물을 허무는지 새로 짓는지 공사가 한창이었다. 이쪽도 아웃. 세번째 골목 안에는 지구대 초소가 있었다. 정복을 입은 경찰관 두 명이 서 있는 것을 보자 달리는 괜히 마음이 불편하여 그 길엔 발도 들여놓지 않았다. 지난 몇해 사이에 세탁소가 없어졌을 수도 있다고 의심하면서 그는 네번째 골목으로 접어들었다. 어인 일일까. 전경 일개 소대가 이열종대로 줄 맞춰 구보를 하고 있었다. 표정 없는 얼굴들이 똑같아 보였다. 아무렴, 전경에게 어찌 표정이 있으랴. 달리는 시선을 내려뜨렸다. 질서정연하게 움직이는 군홧발을 보고 있으려니 눈앞이 어지러웠다. 군화들은 서로 크기도 모양도 색깔도 같고 그림자까지 똑같았다. 수십 개의 똑같은 발들이 그에게 다가오고 있었다. 그는 돌아서서 손으로 벽을 짚었다. 숨을 크게 들이쉬고 내쉬었다.

전경들이 시야에서 사라지자 어지럼증도 가라앉았다. 골목 중간에 자리한 조그만 상점이 눈에 띄었다. 간판도 없이 파라솔 탁자만 문밖에 달랑 내놓아 겨우 상점 꼴을 갖춘 구멍가게였다. 달리가 그 앞으로 가자 가게 안에서 부채질을 하고 있던 노인이 평일 대낮에 젊은 놈이 일 안하고 어딜 싸돌아다니느냐는 듯 그를 흘겨보았다. 달리는 빙과류 냉동고에서 수박맛 아이스바를 꺼냈다. 노인이 웃으며 잔돈을 거슬러주었다, 평일 대낮에 일 안하고 싸돌아다니는 젊은 놈에게도 그럴 수밖에 없는 사연이 있으리라는 듯 친절하게.

"혹시 이 근처에 세탁소가 있지 않나요?"

노인은 고개를 저었다.

"세탁소가 있는 골목 끝에 한옥집이 있다던데. 모르세요?"

"아 글쎄, 세탁소 같은 건 이 동네에 없다니까."

노인은 재차 도리질을 하더니 잔돈 거슬러주느라 내려놓았던 부채를 찾아쥐었다. 달리는 머리를 숙여 보인 후 돌아섰다. 가게를 빠져나오는데 뒤에서 낯선 목소리가 그를 불러세웠다. 가게 안쪽에 딸린 방의 미닫이문이 열린 것이 보였다.

"총각, 점 보러 왔어?"

얼굴이 검버섯으로 뒤덮인 노파 하나가 문틈으로 고개를 내밀고 있었다.

달리가 찾던 골목의 중간에 있는 것은 세탁소가 아니라 옷 수선집이었다. 얼핏 보기에는 세탁소와 구분이 되지 않았으므로 일찍이 그에게 길을 일러주었던 그녀가 헷갈릴 만도 했다. 아무튼 길을 제대로 찾아온 셈이었다. 수선집을 지나 고만고만한 단층주택 사이를 걸어 골목 끝에 이르자, 마침내 오른쪽에 덩그마니 한옥 한 채가 나타났다. 밖에서 보니 점집이면 으레 대문 위로 솟아 있게 마련인 대나무도 없고 빨간색 흰색 깃발도 보이지 않았다. 달리는 손잡이만 쇠붙이로 제작한 예스러운 나무대문 앞에 섰다. 오른편 문짝에 입춘방인 양 세로로 긴 종이쪽이 나붙어 있었다.

‘사주, 궁합, 토정비결 ― 2000원’

숫자 0의 개수를 되짚어보았다. 일, 십, 백, 천, 이천원. 설마. 이해할 수 없는 농담을 들었을 때처럼 달리는 눈만 끔벅거렸다. 이천원이라면 겨우 지하철 왕복요금 아닌가. 일인분에 이천원짜리 삼겹살집처럼 점집에도 가격파괴 바람이 부는 것일까. 대문은 빗장이 풀린 상태였다. 오른쪽 문짝을 밀자 천년 묵은 원한을 가진 귀신의 목구멍에서나 나올 법한 끔찍하게 날카롭고 기괴한 쇳소리가 났다. 대문 안의 풍경은 여느 살림집과 별다르지 않았다. 담장을 따라 세죽(細竹)이 심겨 있는 것이 인상적이라면 인상적이었으나 그마저도 밤새 급조한 드라마 쎄트장처럼 조악하기 짝이 없었다. 누군가 들어주기를 바라는 마음에 헛기침을 하면서 달리는 인기척 없는 마당을 둘러보았다. 구석에 옛날식 수돗가가 있었다. 그는 고개를 갸웃거렸다. 점집에서 애를 키우나. 플라스틱 대야에 반나마 차 있는 물에 노란색 장난감 오리가 떠 있었던 것이다.

“사주 보러 오셨어요?”

한복 차림의 여인이 달리의 뒤에 서 있었다. 그는 얼떨결에 인사부터 했다. 여인은 이마가 좁고 눈이 작고 코가 납작했다. 말하자면 부정적인 의미에서 평범한 외모였다. 설마 이 여자는 아니겠지. 수 년 전 그가 들었던 바와 판이하게 다른 얼굴이 아닌가. 달리는 침을 삼켰다. 혀끝에서 조금 전에 먹은 아이스바의 인공적인 수박 맛이 났다.

"안내해드릴게요. 이쪽으로 오세요."

그러면 그렇지, 점쟁이는 그녀가 아니라 다른 사람이었다. 여인을 따라간 달리는 이윽고 닫힌 창호지문 앞에 섰다. 점집 내부는 어둡고 음산할 거라는 예상과 딴판으로, 햇빛이 잘 드는 실내는 밝고 산뜻했다. 방 안쪽에서 옅은 향냄새가 풍겨왔다. 그녀일까. 정말 그녀가 있을까. 문 너머에 있을 누군가에 대한 기대와 설렘으로 달리의 몸이 가느다랗게 경련했다.

*

그녀는 달리의 과 동기였다. 처음 그녀를 보았을 때 달리는 그 자리에 선 채로 굳어버렸다. 얼굴이 그리 예쁜 것도 아니고, 그렇다고 뭔가 독특한 매력이 있는 것 같지도 않은데, 눈을 뗄 수가 없었다. 친해지고 싶다든가 사귀고 싶다든가 하는 종류의 현실적인 욕망과 전혀 다른, 뜬금없이 그녀에게 용서를 빌고 싶다는 불가해한 충동이 그를 사로잡았다. 그녀가 자신의 머리를 쓰다듬어주었으면 좋겠다는 엉뚱한 갈망이 달리를 휩쌌다. 그는 자발적으로 그녀에게 조종당했다. 그녀가 가는 곳이면 어디든 그도 따라갔다. 그녀가 눈에 보이지 않는 투명 낚싯바늘을 자신에게 꿰어놓았다고 달리는 믿었다. 그녀가 낚싯줄을 감아당기면 그는 고통스러워하면서도 기꺼이 끌려갔다.

종강을 며칠 앞둔 날이었다. 달리는 우연히 마주친 척 그녀 앞을 가로막았다. 자연스러운 말투를 연출하기 위해 지나치게 애쓴 나머지 그의 목소리는 부자연스러울 정도로 컸다.

"너 어제 혹시 우리 동네 오지 않았어?"

그녀는 대꾸 없이 눈을 크게 뜸으로써 달리에게 다음 말을 재촉했다. 바람이 그녀의 이마 위 머리칼을 흩날렸다. 희고 반듯한 이마가 창문을 열고 나오는 것 같았다. 달리는 다른 곳으로 눈을 돌렸다.

"어제 우리 동네에서 너랑 똑같이 생긴 여자애 봤거든."

그래서 가까이 다가가 보았더니 네가 아니더라는 말은 하지 않았다. 그녀가 달리 앞으로 한 발 다가섰다. 그는 저도 모르게 차려 자세를 취했다.

"너 나한테 관심있니?"

달리도 대꾸 없이 눈을 크게 뜸으로써 그녀의 다음 말을 재촉하고 싶었지만, 외마디 신음이 제멋대로 튀어나와버렸다.

"아, 아니. 그게 무슨……"

그녀가 웃으면서 달리의 어깨를 가볍게 쥐었다 놓았다. 인두에 데기라도 한 듯 그의 어깨가 뜨거워졌다. 기왕이면 머리도 한번 쓰다듬어주지 않을래? 그렇게 애원하게 될까 봐 달리는 이를 꽉 물었다.

"누군가를 좋아하면, 그 사람 닮은 사람이 자꾸 보이게 되는 거야.”

그런가. 그럼 내가 그녀를 좋아하는 건가. 역시 그런 거였나. 감
정을 언제까지나 서랍 속에 숨겨둘 수만은 없다는 걸 달리도 알고
있었다. 그래도 이런 식으로 들키고 싶지는 않았는데. 이를 얼마나
세게 물고 있었는지 턱이 다 얼얼했다. 달리는 혀로 마른 입술을
핥았다. 할 말이 궁했다. 어깨에 그녀의 손바닥 무늬 낙인을 간직한
채 그는 황망히 자리를 뜨고 말았다.

종강날이 되었다. 달리는 방학이 시작되기 전에 그녀와의 관계
를 명확히 해두고 싶었다. 말로 표현하고 나면 저도 제 감정이 정
확히 어떤 것인지 알 수 있을 것 같았다. 거절당하면 어쩌나 하는
두려움도 컸지만 자신의 감정에 이름을 붙여주고 싶다는 욕망이
그것을 압도했다. 두 사람은 교내 대운동장의 스탠드에 나란히 앉
았다.

“그러니까, 저기…… 나, 너 좋아하는 거 같아.”

그녀는 말라 죽은 화분 보듯이 달리를 바라보았다. 그는 거절당
했음을 직감했다. 이제 우린 몹시 어색한 사이가 되겠지. 그녀는 내
가 부담스럽다며 날 피하려 들겠지. 섣불리 고백한 것이 후회스러
웠지만 후회의 본질은 언제나 한발 늦게 찾아온다는 데 있는 법.
이미 돌이킬 수 없었다. 그녀가 눈을 들어 먼 산을 바라보았다.

“전에 나 닮은 사람 봤다고 했지? 나도 그런 적 있어.”

잠깐, 이것은 희망의 메씨지인가. 누군가를 좋아하면 그와 닮은
사람을 보게 된다더니. 달리가 냉큼 되물었다.

"나 닮은 사람 봤다고? 언제?"

"아니, 너 말고 나. 나 닮은 여자 봤다고."

그는 화분 속으로 기어들어가고 싶었다.

"얼마 전에 시내 서점에 갔다가 깜짝 놀랐어. 거기서 나랑 똑같이 생긴 여자가 책을 읽고 있더라고. 나보다 나이는 좀 많고 몸도 나보다 더 말랐는데 얼굴이 진짜 똑같았어. 어릴 때 헤어진 친언니가 아닐까 의심이 갈 정도였다니까."

달리는 고개를 끄덕였다.

"처음엔 놀라서 얼굴만 쳐다봤는데 나중엔 그 여자가 읽고 있는 책이 뭔지 궁금해지더라. 그래서 서가에서 책을 찾는 척하면서 훔쳐봤어. 그게 무슨 책이었는지 알아? 글쎄, 자미두수였어."

그는 또 고개를 끄덕였다.

"그래, 넌 자미두수가 뭔지 아는구나. 하여튼 그걸 보고 있지 않겠어, 그 여자가?"

자미두순지 뭔지 알기는커녕 생전 들어본 적도 없으나 그렇다고 그녀의 말을 자를 수도 없어 달리는 듣기만 했다. 그 여자는 자미두수며 명리학, 역학 등에 대한 책들을 두루 통독하더니 아무것도 사지 않고 서점을 나섰다고 했다. 그녀는 심심하기도 하고 호기심도 생기고 해서 여자를 미행했단다. 지하철을 타고 버스를 갈아타고 복잡한 골목길을 이리저리 돌아 한참 만에 도착한 곳은, 웬 한옥집이었다. 담장 안쪽에 점집 깃발이 꽂혀 있는 것이 보였다. 그녀는 다시금 놀랐다. 자신과 똑같이 생긴 여자의 정체가 다른 것도 아니고 점쟁이라니. 용하다고 소문난 곳인지 대청마루에 점 보러 온 사람들이 들끓고 있었다. 차례를 기다릴 엄두도 안 났지만 자신과 닮은 사람에게 사주를 본다는 것 자체가 어쩐지 오싹하게 느껴져서 그냥 돌아왔다고, 그녀는 덧붙였다.

그녀와 달리가 앉아 있는 스탠드에서는 농구코트가 정면으로 내려다보였다. 남학생 여섯 명이 3대 3 농구를 하고 있었다. 달리는 자리에서 일어났다. 그녀가 제 의사를 분명히 밝힌 것은 아니지만 분위기상 거절당했다는 것은 말라 죽은 화분이라도 알 수 있을 터였다. 여섯 중에서 가장 키 작은 남학생이 자유투를 시도했다. 달리는 저 공이 자신에게 날아와 머리를 강타해서 기절이라도 했으면 좋겠다고 생각했다.

"넌 괜찮은 애야."

그녀가 뒤따라 일어나면서 말했다.

"그러니 나 아니어도 너 좋아해줄 사람 얼마든지 많이 있을 거야."

농구공은 골대 안에 안착했다. 달리는 만약 누군가 자신에게 마음을 고백한다면, 그런데 부득이하게 거절할 수밖에 없다면, 적어도 저런 말은 하지 않으리라 생각했다. 아니, 거절도 안할 것이다. 그는 빨리 집으로 가고 싶었다. 그나마 이튿날부터 방학이라는 게 얼마나 다행인가. 그는 집의 냉장고 안에 무엇이 들어 있나 떠올려 보았다.

"그 점집 말이야. 위치가 정확히 어떻게 돼?"

달리는 그녀의 거절에 복수하기 위해 그깟 거절쯤 아무렇지도 않다는 듯 덤덤한 표정을 짓고는 궁금하지도 않은 것을 물었다. 그러자 실제로도 마음이 덤덤해지는 것 같았다. 두 사람은 교문 앞에서 갈라섰다. 병 주더니 약도 줄 작정인지 몇걸음 가다 말고 그녀가 뒤돌아서서 손을 흔들었다. 웃는 듯 마는 듯 살짝 올라간 입꼬리, 유난히 도톰한 눈밑 애교살. 달리의 머릿속에서 펑 하고 음료수 병뚜껑 돌려 여는 소리가 났다. 그는 불현듯 발견했던 것이다, 그녀의 얼굴에 겹쳐지는 또 하나의 얼굴을. 그는 단박에 이해했다. 왜 처음 만났을 때부터 자신이 그녀에게 그토록 강렬하게 끌렸었는지를. 그 끌림의 기원을 찾아 거슬러 올라가면 중학생 시절의 주소가 나온다는 것을 그는 뒤늦게 깨달았다.

그녀는 달리가 중학교 시절 좋아했던 또 한 명의 여자와 매우 닮았다. 그걸 이제야 알아차리다니. 그는 멀어져가는 그녀의 뒷모습을 보며 점집의 위치를 물어보길 잘했다고 생각했다. 열여섯 중학생 시절로 돌아간 것처럼 온몸에 힘이 솟았다. 점집 여자, 어쩌면 그 여자가 맞을지도 모른다. 선생님은 지금 도시의 어느 한 페이지에 들어앉아 남의 인생을 읽어주는 일을 하고 있을지도 모른다. 몸인지 마음인지 못 견디게 근질거렸다. 그는 보폭을 크게 하고 두 팔을 휘두르면서 걸었다. 걷다가 자신의 심장 깊숙한 곳에 박혀 있던 낚싯바늘을 빼내 길가의 쓰레기통에 버렸다. 한 학기 동안 그를 집요하게 끌고 다녔던 그녀의 낚싯줄이 마침내 소리도 없이 끊어졌다.

*

그는 조그마한 시골마을에서 나고 자랐다. 그가 태어났을 때부터, 아니 어쩌면 그보다 더 오래전부터, 조만간 시로 승격될 거라는 소문이 헛되이 떠돌던 소읍이었다. 그곳에는 무엇이든 하나씩만 있었다. 초등학교 하나, 중학교 고등학교도 하나, 절과 성당과 교회도 하나, 결혼식장도 하나, 시장도 하나, 보건소도 하나. 그래 봬도 인생의 대소사를 관장하는 데 필요한 모든 것이 갖춰져 있는 셈이었다. 달리의 관심사도 하나였다, 언제 어른이 될까 하는 것. 고등학교를 졸업하고 어른이 되면 대부분 마을을 떠나기 때문이었다. 어른이 되어서도 떠나지 못한 사람들은 열패감을 감추기 위해 큰 소리로 웃고 떠들며 마을을 예찬했다. 대도시 가봐야 뭐해? 암, 여기가 최고지. 공기 좋고 물 맑고 사람들 인정 많고. 난 누가 도시로 가래도 안 갈 거야. 그러나 그들 역시 집에서는 자식들에게 공부 열심히 하라고, 그래야 대도시로 나가서 성공한다고 다그치리라는 것은 그들도 알고 그들 아닌 자들도 다 아는 얘기였다.

마을에 그녀가 나타난 것은 달리가 중학교 3학년이 되던 해 봄이었다. 늙수그레한 남자선생들밖에 없던 중학교에 젊은 여교사가 첫 발령을 받아 부임했다는 뉴스는 마을 안팎을 뒤흔들어놓았다. 수학선생이자 달리의 반 담임선생이 된 그녀는 딱히 미인이라고 할 수는 없었으나 신임 교사다운 순수함과 열정으로 남녀 학생 모두에게 사랑받았다. 특히 달리를 탄복시킨 것은 그녀의 사고방식이 세상의 보편적 질서에 구애받지 않는다는 점이었다.

"동성애가 왜 금지되어야 하지요?"

"좌측통행이 정말 안전할까요?"

"여러분은 신문기사의 내용이 다 진실이라고 믿습니까?"

소년소녀들은 이 새로운 수학선생에게 수학보다 더 중요한 것을 수학했다. 이전까지 당연하다고 믿어온 것들을 뒤집고 매사를 다른 식으로 해석하게 하는 그녀에게 경도되었다. 자연히 수학 성적도 올랐다. 피타고라스 정리, 이차함수며 방정식 같이 딱딱한 교과과정도 그녀를 거치면 생의 비의(秘意)라도 감춘 듯 매혹적인 암호들로 변신했던 것이다. 학부모들이야 자녀들이 좋아하는 선생을 좋아하게 되는 게 당연지사. 무엇이든 하나뿐인 마을에서 그녀는 어느 틈엔가 하나뿐인 우상이 되어가고 있었다.

6월 중순이었으리라. 땡볕이 내리쬐는 오전 아홉시. 운동장에서 조회가 열렸다. 달리는 대열의 맨 뒷줄에 서 있었다. 날은 덥고 교장선생의 훈화는 길고 달리는 자꾸 어지러웠다. 심호흡을 하고 정면을 똑바로 응시했다. 흰색 교복을 갖춰입고 서 있는 아이들 수백 명의 등이 보였다. 뒷모습이 서로 하도 비슷해서 누가 누군지 분간할 수가 없었다. 머릿속에서 물이 출렁거리는 것 같았다. 달리는 눈을 감았다. 그래도 보였다. 똑같이 흰옷을 입은 수백 명의 아이들이 모두 손을 잡고 컨베이어벨트 위의 부품들처럼 한 방향으로 돌고 있었다. 커다란 원이 만들어졌다. 원은 점점 더 넓어져서 운동장을 집어삼킬 듯했다. 그리고 곧이어, 달리는 제 뺨을 짓누르는 운동장의 흙이 싸늘하다고 느꼈다.

양호선생이 자리를 비운 모양이었다. 의식을 되찾은 달리 곁에 있는 사람은 그녀였다. 흔히 있는 일사병이라고, 괜찮을 거라고, 그녀가 양호선생의 말을 전했다. 달리는 이렇게 닫힌 공간에 그녀와 단둘이 있게 되었다는 사실이 기뻤다. 평소 궁금한 것이 얼마나 많았던가. 애인이 있으신지, 그것부터 물어보리라 마음먹었다. 그러자 얼굴이 달아올랐다. 다른 질문부터 하는 게 낫겠다 싶었다. 그는 도시락처럼 매일 가슴에 품고 다니던 물음표들 중 손에 닿는 것을 아무거나 끄집어냈다.

"선생님은 왜 수학선생님이 되셨어요?"

그녀가 어깨를 으쓱하더니 눈을 치켜떴다. 반듯한 이마에 가는 주름이 두 줄 생겼다.

"수학에는…… 정답이 있으니까."

열여섯살 소년으로서는 이해하기 어려운 대답이었다. 그럼 다른 과목엔 정답이 없냐고 달리는 묻고 싶었으나 그러지 못했다. 그녀가 갑자기 팔을 뻗어 그의 머리를 쓰다듬어주었기 때문이다.

"어때, 좀 괜찮니?"

괜찮지 않았다. 제 머리에 얹혀 있는 그녀의 손길을 느끼자 숨이 가빴다.

"괜찮아요, 선생님."

"좀더 누워 있을래? 아니면 선생님이랑 교실로 갈까?"

좀더 누워 있고 싶었다, 지금처럼 옆에 선생님만 있어준다면. 하지만 그녀는 곧 교실로 돌아가야 할 것이다.

"교실로 갈래요, 선생님. 오늘 홈룸이 있잖아요."

책임감있는 학생으로 보이고 싶었던 달리. 그는 일주일에 한 번 있는 홈룸 시간에 서기를 맡고 있었다. 그녀가 소리내어 웃었다. 눈꼬리가 부드럽게 휘면서 눈밑 애교살이 도드라졌다. 웃을 만도 했다. 중학생들의 학급회의란 건 수준이 빤해서, 서기는 말할 것도 없고 의장이 없다 해도 저절로 알아서 굴러갈 만큼 형식적이었기 때문이다.

그날의 의제는 때가 6월이니만큼 통일에 대한 것이었다. 해마다 우려먹은 주제였으므로 회의는 속전속결로 진행되었다. 평화통일을 하자, 북한 주민들을 돕자, 공산주의를 몰아내자 등 결론도 작년과 다를 바 없어서 서기 노릇을 하는 달리도 일이 손쉬웠다. 기록이 거의 끝나갈 무렵이었다. 샤프심이 부러졌다.

"여러분, 그런데 평화통일이란 게 뭐죠?"

교실 뒤에서 회의를 지켜보던 그녀가 교단 쪽으로 걸어나왔다.

"여러분 말대로 북한 정부를 없애고 통일국가에 남한 정부 하나만 세우는 거? 그게 진짜 평화통일일까요?"

달리는 샤프심을 급히 갈아끼웠다. 선생님 이야기에 집중하고 싶었다. 몇줄 남지 않은 칠판의 내용을 회의일지에 옮겨적는 그의 손놀림이 빨라졌다.

그리고 이튿날, 그녀는 학교에 나오지 않았다. 조례시간에는 옆반 담임선생이 들어왔다. 수학시간에는 자율학습을 하라는 지시가 떨어졌다. 종례시간에는 옆반 선생도 들어오지 않았다. 대신 경찰서에서 아침 일찍 그녀를 연행해갔다는 소문이 교무실에서부터 복도를 타고 교실로 들어왔다. 어제 어떤 아이가 집에 가서 회의시간에 있었던 일을 이야기했다, 아이의 아버지가 전부터 알고 지내던 경찰에게 그 이야기를 전했다, 경찰이 상부에 사건을 정식으로 보고했다…… 소문의 요지는 그러했다.

반장이 비상 학급회의를 열었다. 도대체 집에 가서 그 이야기를 떠벌린 아이가 누구냐는 불만이 먼저 터져나왔다. 그것은 학급의 평화를 위해서라도 미제로 남아야 했기에 안건으로 채택되지 않았다. 중요한 것은 그게 아니었다. 선생님에게 불순한 의도가 전혀 없었다는 것을, 그녀는 원래 매사를 다른 시각에서 보기를 즐겼다는 것을 어떻게 입증해야 할지 의견이 분분했다. 누군가 색다른 견해를 제시했다. 이 일을 처음부터 아예 없었던 것으로 하자고, 반 아이 누군가 부모님께 말을 잘못 전한 거라고, 선생님은 절대로 그런 말을 한 적이 없다고 모두 입을 맞추자고 했다. 반 아이들 전원이 우기면 증거도 없을 거라고 말이다. 반장을 필두로 몇몇 아이들이 교장실을 찾았다.

"선생님은 그런 말씀 하신 적이 없어요. 저희가 장담해요."

교장선생이 공책 한 권을 내밀었다. 언제 입수했을까. 그것은 학급회의 일지였다. 반장이 공책을 펼쳤다. 북한 정부를 무조건 없애는 게 아니라…… 진정한 평화통일은…… 북한 정부를 인정하면서…… 어, 그럴 리가 없는데. 달리가 손을 내저었다. 회의 내용도 아닌, 선생님이 지나가듯 던진 이야기를 기록했을 리가 없는데. 하지만 거기 적힌 문장의 글씨체는 분명 달리의 것이었다.

그는 방과 후 운동장에 혼자 앉아 있는 날이 많아졌다. 기다리는 사람은 오지 않았다. 가끔 출처를 알 수 없는 소문이 운동장을 어슬렁거렸다. 아무 말도 하지 않았다고 했다, 그녀는. 달리 할 말이 없다고 대꾸한 게 다였단다. 그래서 상황이 더 악화되었다고 어른

들은 혀를 찼다. 왜 그랬을까. 달리 할 말이 없다니. 할 말이 많았을
텐데. 누군가는 그녀가 경찰서에서 진작 풀려났으며, 이 마을을 아
주 떠나버렸다고도 했다. 달리는 수업시간에도 전보다 더 자주 창
밖을 내다보았다. 수학시간이었다. 운동장에서 무슨 전국체전인가
하는 대규모 행사의 개막식에 선보인다고 여학생들이 매스게임을
연습하고 있었다. 늙다리 수학선생이 칠판에 직각삼각형을 그렸
다. 여학생들은 앞면은 빨간색 뒷면은 파란색인 유니폼을 입고 있
었다. 공장에서 한꺼번에 대량 생산한 동일 모델의 인형들 같았다.
늙다리 선생이 칠판에 $a^2=b^2+c^2$이라고 썼다. 등에 저마다 a^2과 b^2과
c^2 표시를 단 인형들이 구령에 맞추어 일사불란하게 흩어졌다 모이
며 여러가지 대형을 만들었다. 그것을 보고 있는데 문득 이마가 뜨
거워졌다. 뜨거워서 못 참겠다고 느낀 찰나 달리는 그대로 책상에
머리를 박으며 정신을 잃었다. 양호선생은 이번에는 일사병이라고
말하지 않았다.

　장마가 물러나고 폭염이 지나가자 가을이 왔다. 마을은 활기로
가득했다. 학교는 시끌벅적했고 결혼식장은 주말마다 장사진을 이
루었다. 마을이 곧 시로 승격되리라는 소문이 구체화되었다. 교회
는 증축을 했고 절은 신도 수가 늘었다. 노인들은 건강했고 어린아
이들은 뛰어다니다가 곧잘 넘어졌지만 금방 일어났다. 모두들 하
나같이 여름의 일은 잊었다. 그 회의시간을, 달리도 잊었다. 그는
그녀가 마을에 오기 전에 그랬듯이 오직 하나만을 꿈꾸고 있었다.
빨리 어른이 되기를, 그래서 빨리 이 마을을 떠날 수 있기를 그는
빌었다.

*

　창호지문 안쪽에서는 아무 소리도 들리지 않았다. 그녀일까. 정말 그녀가 앉아 있을까. 점을 보러 온 것이 아니라 점치는 사람을 보러 왔다는 것을, 이 용하다는 점쟁이는 알아맞힐 수 있을까. 달리의 손이 문고리를 잡았다. 선생님을 만나면 묻고 싶었다. 수학에 정답이 있다면, 정답이 없는 것은 무엇인가요, 선생님?

　문이 열렸다. 점쟁이는 여자가 아니었다. 나이가 쉰쯤 되어 보이는 사내가 째진 눈으로 달리를 쏘아보았다. 떡 벌어진 어깨며 거멓게 탄 얼굴, 귀와 코에서 턱까지 덥수룩하게 난 수염을 보니 사내가 당장 문을 박차고 나가 마당에서 도끼로 장작을 팬다 해도 달리는 놀라지 않을 것 같았다. 문지방을 넘지도 못하고 쭈뼛거리는 달리에게 사내가 들어와 앉으라고 손짓을 했다. 별다른 장식이 없는 실내는 휑뎅그렁했다. 한쪽 벽면에 병풍이 쳐져 있고 그 앞에 앉은 뱅이탁자와 보료가 놓인 게 방 안 집기의 전부였다. 달리가 자신의 생년월일을 적은 종이를 두 손으로 건넸다. 사내는 그것을 제 이마에 문대더니 양 손바닥 사이에 끼우고 눈을 감았다. 무어라고 주문 읊는 시늉을 했다.

　"마수걸이라서 하는 거야."

　행동거지로 보나 말본새로 보나 사내는 그리 신통한 역술인 같지는 않았다. 심지어 달리가 태어난 해의 간지도 모르는지 책을 찾아보기까지 했다. 애초에 점을 보러 온 것이 아니었음에도 달리는 뭔가 속은 듯한 기분이 들었다. 사내가 두 권의 책을 펼쳐놓고 번갈아가며 읽더니 콧방귀를 뀌었다.

"흥, 직장 문제가 잘 안 풀리는구먼?"

달리는 가슴이 뜨끔했다.

"여자 문제도 잘 풀린 적이 없고 말이야."

알고 하는 말인지 모르고 하는 말인지 맞기는 맞는 말이었다. 하지만 그가 알아들을 수 있는 건 딱 거기까지였다. 술토에 재성이 암장해 있고…… 새가 날개를 다치는 형국이라…… 남방화운에 발복하나…… 만경창파에 나룻배가 떠 있는데…… 서북 방향의 호불운에 따라…… 물과 흙이 함께 있으니 습토라…… 사내는 책을 숫제 읽다시피 했다. 달리는 문득 고장 난 가스레인지가 베란다에 몇 달째 방치돼 있다는 사실을 기억해냈다. 아침에 트럭이 왔을 때 수거해가라고 내놓았으면 좋았을 것을. 안타까움에 그의 눈썹이 실룩거렸다.

"자, 이제 피흉취길하여 개운할 길을 일러주겠네!"

사내가 별안간 손바닥으로 탁자를 힘껏 내리쳤다.

"예? 피, 뭐라고요?"

달리는 화들짝 놀라 가스레인지를 내팽개쳤다.

"자넨 말이야, 부동산 중개인이나 은행 직원 같은 걸 해야 돼."

사내는 달리의 사주가 쓰인 종이에 '부동산 중계인'이라고 적었다. 그 옆에 다시 '은행 지권'이라고 썼다. 그 와중에도 글씨체에 신경을 쓰는지 획 하나 그을 때마다 한 세월이 흘러갔다. 달리는 내가 어쩌다 여기까지 왔을까 하고 생각했다. 그런데 서점에서 역학 책을 읽고 있었다던 여자, 그녀는 정말 선생님이었을까.

"궁금한 것이 있으면 물어보게."

사내가 실눈을 뜨고 그를 주시했다. 눈매가 양쪽으로 더 찢어졌다. 험악한 인상이지만 한편으로는 만화영화에서 주인공에게 늘 골탕만 먹는 멍청한 악당처럼 미워할 수 없는 구석도 엿보이는 얼굴이었다. 그렇다면 선생님은 지금 어디에 계실까. 아직도 수학을 가르치고 계실까. 달리는 물어보지 않을 수 없었다.

"복채가 정말 이천원입니까?"

사내가 상체를 뒤로 젖히며 너털웃음을 터뜨렸다. 그러더니 방문 쪽에 대고 고함을 쳤다.

"여보! 인제 들어와요!"

이마가 좁고 눈이 작고 코가 납작한 여자가 웬 쟁반을 받쳐들고 방으로 들어왔다. 쟁반에는 시루떡과 수박이 놓여 있었다. 세 사람이 먹고도 남을 만큼 넉넉한 양이 이천원어치가 훨씬 더 되어 보였다. 오늘이 개업날이라고 여자가 수박을 권하면서 입을 뗐다. 그래서 당분간 저렴한 가격에 손님을 모시고 있다는 거였다. 예전에도 이 자리에 점집이 있었는데 터가 좋아서 그런지 장사가 아주 잘되어 시내로 진출했다고, 사내가 거들었다.

"축하할 일이네요."

개업을 한 점쟁이 부부에게인지, 시내로 진출했다는 옛 점집에게인지, 말해놓고 보니 축하의 대상이 불분명했다. 달리는 시루떡을 입에 넣었다.

"어떤가, 점괘가 잘 맞는 거 같은가?"

사내가 상체를 달리 쪽으로 기울이며 어울리지 않게 눈웃음을 쳤다. 달리는 마치 입에 음식물이 들어 있어 대답을 할 수 없다는 듯 열과 성을 다해 시루떡을 씹었다. 사내도 대답을 기대하고 던진 질문은 아니었는지 곧바로 말을 이었다.

"미래가 궁금하면 과거를 잘 살펴보게. 과거는 거짓말을 못하는 법이니까. 그리고 젊은 양반이 사주를 너무 믿으면 안돼. 점쟁이도 인간이야. 부처도 불경을 잘못 읽을 때가 있는데 점쟁이라고 실수를 안할까?"

달리는 제 사주가 적힌 종이를 돌려받았다. 그것을 두 번 접어 바지 뒷주머니에 넣었다.

"그리고 말이야, 세상에 정해진 게 어딨어? 인생에 정답이 어딨나? 사주는 사주고, 우린 그저 열심히 살면 되는 거지. 안 그래?"

오늘 점집을 개업한 역술가가 첫 손님의 사주를 봐준 뒤 할 말로는 적절하지 않은 듯했으나 달리는 아무 말 하지 않았다. 달리 할 말도 없었다. 시루떡이 차지고 고소했다. 그는 떡고물이 묻은 손으로 수박을 집었다. 수박도 달고 시원했다.

예의 귀신 목구멍 쇳소리와 함께 달리의 등 뒤에서 대문이 닫혔다. 생애 최초의 점집 탐방은 그렇게 끝났다. 그는 옷 수선집이 있는 쪽으로 몸을 틀었다. 몇발짝 걷지도 않았는데 발바닥이 간지러웠다. 무시하고 걷자 간지러움은 따가움으로 바뀌었다. 그는 왼발에 체중을 싣고 서서 오른발의 구두를 벗었다. 흰 양말 바닥에 피가 배어나와 있었다. 깔창에도 말라붙은 핏자국이 선명했다. 아, 압정이 꽂혔었지. 오늘 아침의 사건이 까마득한 과거의 일처럼 느껴졌다. 지하철 왕복요금 이천원으로 인생 전체를 관통하는 아주 긴 여행을 한 것 같은 기분이었다.

아침부터 피를 흘린 탓일까. 가벼운 현기증이 일었다. 그는 피를 닦아낼 만한 것을 찾아 바지 주머니를 뒤졌다. 두 번 접혀 있는 종이를 펼쳤다. 부동산 중계인. 은행 지권. 점쟁이 사내의 필체가 그새 눈에 익었다. 달리는 골목 한가운데 외발로 서서, 부동산 중개인과 은행 직원의 공통점은 무엇일까 고민해보았다. 답이 쉬이 나오지 않았다. 이런 문제에도 정답이 있을까.

달리는 자신의 일생을 두 번 접고 한 번 더 접어 구두 깔창과 양말 사이에 끼웠다. 갈 길이 멀었다.

중국어 수업

수는 아침마다 전철을 타고 서울에서 인천으로 출근한다. 소요 시간은 장장 한시간 반. 저녁마다 인천에서 서울로 퇴근할 때도 마찬가지다. 그러니 하루에만 왕복 세시간을 길바닥에서 보내는 셈이다. 처음에 그녀는 시간이 아까워 출근하는 동안만이라도 책을 읽으려 했다. 그러나 두 발을 바닥에 붙이고 서 있기도 힘들 만큼 승객들로 미어터지는 열차 안에서 책을 편다는 것은 애초에 가능하지도 않은 일이었다. 물론 신도림역에서 승객들이 대거 하차하고 나면 열차는 방학식이 막 끝난 학교 운동장처럼 갑자기 한산해진다. 문제는 그때쯤이면 그녀가 이미 전의를 상실한 상태가 돼 있다는 것. 승객들과 밀고 밀리는 통에 머리는 헝클어지고 화장은 번지고 치마는 구겨진 꼬락서니도 그러하거니와, 무엇보다 정신이 꼭 얼었다 녹은 삼겹살처럼 너덜너덜해진 것이다. 그러니 자리가 생기면 곧 앉고, 앉으면 곧 자든가 멍한 눈으로 맞은편 승객들 구경이나 하게 될 수밖에.

열차가 종점에 가까워질수록 승객의 수도 점점 줄어든다. 한 객차에 겨우 열 명 남짓 타고 있을 때도 있다. 그들 중에서 낯이 익은 사람을 발견하기란 어려운 일이 아니다. 아니, 거의 다 낯익은 사람들이라고 하는 편이 옳다. 아침마다 같은 시간대에 종점까지 가는 이들은 늘 그 얼굴이 그 얼굴이기 때문이다.

지금 수의 대각선 건너편 좌석에 앉아 귀에 이어폰을 꽂고 고개를 까딱거리는 청년만 해도 그렇다. 그가 신은 때가 꼬질꼬질한 나이키 운동화는 올여름에 산 것이다. 그것이 원래는 눈이 시리도록 흰 운동화였음을 수는 기억한다. 청년은 그것을 한 번도 빨지 않았다. 매일 신고 나왔으니까. 청년과 출입문 하나를 사이에 두고 떨어져 앉은 이십대 처녀도 낯이 익다. 그녀는 최신형 위성 DMB 휴대폰을 가지고 있다. 그것으로 자리에 앉은 직후부터 자리에서 일어설 때까지 노상 드라마를 시청한다. 얼마나 몰입해서 보는지 드라마 전개 내용에 따라 천변만화하는 표정이 수의 눈에는 그야말로 드라마의 한 장면처럼 흥미진진하다. 저만치 출입문 옆에 두 다리를 한껏 벌리고 앉은 중년 사내도 매일 보는 이들 중 하나다. 오늘도 그는 여느 때처럼 옆구리에 둘둘 만 생활정보지를 낀 채 졸고 있다. 수염을 깎지 않아 거뭇거뭇한 턱에 처진 눈, 낮술이라도 한잔 걸친 사람처럼 코와 뺨이 늘 붉은 게 특징이다. 무슨 일을 하는지는 알 수 없으나 그는 동인천역에서 내릴 때도 있고 인천역에서 내릴 때도 있다.

어쨌거나 모두들 수가 어제도 같은 시간에 보았고, 내일도 같은 시간에 볼 사람들이다. 그들과 수는 매일 같은 시간 같은 객차 안에 앉아 같은 공기를 마신다. 딱히 그들의 안부가 궁금한 것은 아니지만 어쩌다 그중 한 명이 며칠 모습을 보이지 않다가 다시 나타나면 수는 저도 모르게 반가운 마음이 든다. 자신이 며칠간 나타나지 않다가 다시 나타나면 그들도 속으로 반가워해줄지 그녀는 가끔 그런 것이 궁금하기도 하다. 열차가 달린다. 늘 내리던 역에서 낯익은 얼굴이 내린다. 늘 타던 역에서 다시 낯익은 얼굴이 탄다. 그들의 들고 남을 통해 수는 다음 정차역 안내방송을 듣지 않고도 자신이 제대로 가고 있음을 확인한다.

열렸던 문이 닫히기 직전 한 노인이 날쌔게 문틈으로 몸을 들이민다. 수는 지레 놀라 가슴을 쓸어내린다. 노인은 그녀의 맞은편에 앉는다. 그도 이 열차의 고정 멤버다. 그는 앞면에 한마음 산악회라 쓰인 주홍색 등산모를 쓰고 그것과 비슷한 색의 등산조끼를 즐겨 입는다. 모자챙 밑으로 드러난 얼굴에 검버섯이 피기 시작한 걸 보면 나이가 꽤 많을 텐데 지팡이도 없이 허리를 꼿꼿이 펴고 다닌다. 여간해서는 경로석에 앉는 일도 없다. 일반석의 젊은 사람들 틈에 끼어앉는 것이 그에게는 일종의 자부심이 되는 모양이다.

객차 한쪽 구석이 소란스럽다. 수가 고개를 빼고 돌아보니 아니나 다를까, 그들이다. 어린 화교 남매, 그리고 그 아이들의 엄마로 보이는 젊은 여자. 어째 두어 정거장 조용하게 왔다 했더니 또 시작이다. 그들 화교 가족이 있는 곳은 언제나 표가 난다. 중국어로 쉬지 않고 떠들어대기 때문이다. 남의 나라 말이라서 한층 시끄럽게 들리리라는 것을 감안하더라도 그들의 목소리는 지나치게 큰 감이 있다. 아이들은 인천역 근처에 있는 한국화교학교에 다닌다. 객차 내 승객들이 다 들을 수 있을 만큼 크게 오가는 그들의 대화를 듣고 수가 미루어 짐작한 것이다.

그러나 아이들이 뭇사람의 시선을 잡아끄는 가장 큰 이유는 목소리가 크기 때문이 아니다. 녀석들은 열차에 오르자마자 사방을 두리번거리며 빈자리가 두 개 이상 널찍하게 이어지는 좌석을 찾는다. 그러고는 달려가 앉는 대신 그 자리에 책을 올려놓는다. 그런 다음 둘이 나란히 열차 바닥에 무릎을 꿇고 앉는다. 공부를 시작하는 것이다. 마치 방 안에 책상을 펴놓고 앉듯 자연스럽게 전철 바닥에 앉아 좌석에 올려놓은 책을 읽고 공책에 뭔가를 끼적이면서 말이다. 처음에 그러한 광경을 어처구니없어하며 바라보던 승객들도 그것이 매일 되풀이되자 이제는 심상하게 받아들이게 되었다. 심지어 수는 아이들이 공부하는 모습이 하도 자연스러워 보여서 이따금 자신이 되레 책상에 올라앉아 있는 것은 아닌가 헷갈릴 때도 있다.

오늘도 녀석들은 바닥에 무릎을 꿇고 앉아 공책에 뭔가를 부지런히 쓴다. 둘이 티격태격하기도 하고 옆에 앉은 엄마에게 뭔가를 물어보기도 한다. 조금 시끄럽기는 하지만 여느 때와 다를 바 없는 평화로운 오전 한때의 전철 풍경이다.

어라, 그런데 이게 웬일인가. 주홍색 등산모를 쓴 노인이 어느 틈엔가 아이들 뒤로 다가가고 있질 않은가. 그 아이들이 항시 승객들의 이목을 끈 건 사실이지만 이제껏 녀석들에게 다가가거나 말을 건 이는 한 명도 없었다. 수는 잠시 숨을 죽이고 그들을 주시한다. 노인은 아이들 뒤에 가 서더니 상체를 숙이고 녀석들의 어깨너머를 들여다본다. 공책에 코를 박고 엎드려 있던 아이들이 인기척을 느꼈는지 동시에 고개를 든다. 여자아이가 먼저 엉거주춤 자리에서 일어난다. 노인이 손사래를 친다.

"아니다, 공부해라. 니들이 무슨 공부를 하나 한번 봤다."

"한위."

여자아이가 부끄러운 듯 몸을 꼬며 대답한다. 아이들 엄마가 그쪽으로 다가앉으며 아이를 나무란다.

"중국어를 공부하고 있어요, 이렇게 똑바로 말씀드려야지."

이제 보니 여자는 한국어도 능숙하게 구사한다. 노인이 그녀의 옆자리에 앉는다. 그러지 않아도 앉을 자리는 이미 충분한데 여자는 노인이 좀더 편히 앉을 수 있도록 제 몸을 아이들 쪽으로 붙인다.

"아이들이 화교학교에 다니나요?"

"네."

여자가 아이들을 흐뭇한 눈으로 바라본다. 노인이 여자의 시선을 좇아 아이들을 보더니 공연히 헛기침을 몇번 한다.

"저기…… 음, 제가 궁금한 게 좀 있습니다만."

"네, 말씀하세요."

노인은 다시 헛기침을 두어 번 하고 나서 주저하며 입을 연다.

"그러니까…… 며느리를 중국말로 뭐라고 합니까?"

여자아이가 장난기 가득한 얼굴로 끼어든다.

"할아버지는 그것도 몰라요?"

남자아이도 옆에서 배시시 웃는다.

"얘들이 왜 이리 버릇이 없어? 너희 숙제는 다 했어?"

여자가 목소리를 높이자 아이들은 금세 시무룩해져서 책으로 고개를 떨어뜨린다. 노인이 여자를 만류하며 아이들을 향해 웃어 보인다.

"그래, 할아버지가 잘 몰라서 그러니 너희가 좀 가르쳐다오."

그러나 막상 대답을 한 것은 아이들이 아니라 여자다.

"시푸. 며느리는 시푸라고 해요."

노인은 여자를 따라서 발음해본다. 시푸, 시푸. 수가 보기에는 말하는 입 모양도 그렇고 들리는 소리도 그렇고 노인이 꼭 한숨을 쉬는 것 같다.

"부를 때도 시푸라고 하면 됩니까?"

"그럴 땐 그냥 며느리 이름을 부르시면 될 것 같은데요."

"허허, 그렇겠군요. 맞아, 이름을 부르면 되지."

노인의 얼굴에는 이제 머뭇거리는 기색이 없다.

"그럼 밥 먹었느냐는 말은 중국말로 뭡니까?"

"니 츠판러마?"

그 짧은 한 문장을 말하는데도 여자의 권설음과 성조는 완벽하다. 하긴 그녀에겐 모국어니까. 수는 두어 해 전 자신이 북경에서 어학연수를 하던 시절을 떠올린다. 권설음과 성조가 입에 붙지 않아 애태우던 날들. 슬며시 웃음이 나온다. 다 지나간 일이니까 웃을 수 있는 거겠지만.

노인이 여자의 발음을 흉내낸다. 니 츠판러마. 엉망이다. 중국인이라면 절대 알아듣지 못할 거라고 수는 생각한다. 어느새 아이들은 책에서 눈을 떼고, '니 츠판러마'를 되풀이하는 노인을 신기한 듯 올려다보고 있다. 여자가 아이들에게 숙제는 다 했느냐고 다그친다.

"니먼 쭈어예 쭈어 하오러마? 인천짠 따오러. 콰이라이, 콰이라이."

벌써 다음 역이 인천인가. 여자가 서두르라고 하자 아이들은 주섬주섬 책을 챙겨 가방에 넣는다. 과연 스피커에서 안내방송이 흘러나온다.

"다음 정차하실 곳은 이 열차의 종점인 인천, 인천역입니다."

노인이 좌석에서 일어난다. 여자와 아이들도, 귀에 이어폰을 꽂은 청년도, 휴대폰으로 드라마를 보던 처녀도, 옆구리에 생활정보지를 낀 사내도, 각기 출입문 앞에 선다. 문이 열리고 승강장에 설치된 전광판에 안내문이 반짝이는 것이 보인다. 다음 열차 서울역. 종점에 다다랐으니 이제 이 열차의 꽁무니는 거꾸로 머리가 되어 서울역으로 갈 것이다. 수는 천천히 승강장으로 발을 내디딘다.

"왕시엔."

"관잉."

대답 없는 호명이 계속된다.

"리후이."

"왕밍."

“네!”

그제야 창가에 앉은 남학생 하나가 손을 번쩍 든다. 왕밍은 결석하는 일이 극히 드문, 이 학교에 극히 드문 성실한 학생이다. 수는 다시 출석부로 시선을 떨어뜨린다.

“징따린.”

“첸싱웬.”

결국 그녀는 고개를 숙인 채 한숨을 길게 내쉰다.

이곳은 인천 연안부두 근처에 있는 조그만 전문대학의 부설 한국어학원이다. 수는 이곳에서 외국인들에게 한국어를 가르친다. 외국인이라고는 하지만 엄밀히 말하면 중국인이다. 간간이 베트남인이나 우즈베크인, 몽골인도 눈에 띄지만 학생의 열에 아홉은 중국인이기 때문이다. 강의가 백 퍼쎈트 한국어로 진행됨에도 학교에서 강사를 채용할 때 중국어 회화 가능 여부를 따지는 것은 그런 이유에서다.

수는 학생들에게 한국어를 가르치기 위해 이곳에 왔지만 학생들은 한국어를 배우러 이곳에 온 것이 아니다. 그들은 비자를 받으러 왔다. 중국인이 한국에 장기 체류하기 위해 필요한 비자 중 가장 쉽게 받을 수 있는 것이 학생 비자다. 그들은 비싼 등록금을 내고 어학원에 등록한다. 학생 비자를 취득하면 곧바로 불법 취업을 한다. 그렇게 해서 돈을 버는 것이 그들의 진짜 목적인 것이다. 중국에서 여섯달 일하고 받는 급여와 한국에서 한달 아르바이트하고 받는 급여가 비슷하다니 그럴 만도 하다. 그래서 청도나 대련, 천진 등지에서 인천으로 입항하는 배에는 미래의 젊은 불법 체류자들이 바글바글하다. 학교 당국도 자신들이 바로 그 불법 체류자들을 양산해내는 역할을 하고 있음을 모르지 않는다. 학교가 모르지 않음을 학생들도 모르지 않는다. 좋은 게 좋은 거라는 말은 이럴 때 쓰라고 있나 보다.

물론 '좋은 게 좋은 거'라는 관용구의 뜻을 제대로 이해할 학생은 한 명도 없다. 관용구는커녕 학생들은 문자 그대로 해석하면 되는 단순한 구문들에도 순 까막눈이다. 조금 과장한다면 육개월 교육과정이 끝난 후 정확하게 발음할 수 있는 한국말은 '얼마예요?' '괜찮아요' '빨리빨리' 정도가 다일 것이다. 사정이 이렇다 보니 수업 진도가 제대로 나갈 턱이 없다. 학생들은 저희끼리 있을 때는 물론이고 강사 앞에서도 중국어로 말하기 일쑤다. 그게 빠르고 편하니까. 그들에게 주의를 주느라 오히려 수의 중국어 실력만 나날이 늘어간다.

강의실에 앉아 있는 학생의 수는 일곱이다. 수강생 서른 명 중에서 자그마치 스물세 명이 결석한 것이다. 조회시간에 원장이 말했다.

"이대론 안돼요. 지금 우리 학생들 이탈률이 팔십 프로가 넘는 거 압니까?"

국내 대학 및 어학원 들에 등록된 외국인 유학생의 불법 취업 비율은 평균 십 퍼쎈트다. 수의 학교가 평균의 여덟 배에 이르는 엄청난 이탈률을 보이는 것은 그만큼 내실이 형편없다는 얘기다. 학교는 인원 확보와 재정 충당에만 급급해 아무 학생이나 마구 유치한 후 관리를 하지 않는다. 그럼에도 원장은 애먼 강사들만 탓했다.

"선생들이 물러터져서 학생들이 만만하게 보고 그러는 겁니다. 장기 결석자들에게 특단의 조치를 취해요. 앞으론 출석률도 심사에 반영할 계획입니다."

조회가 끝나자 동료 강사들이 전에 없이 웅성거렸다. 재계약 심사가 열흘밖에 남지 않은 까닭이었다. 이 학교에서는 강사들과 석달 단위로 고용 계약을 갱신한다. 멋모르는 사람들은 대학 부설 어학원에서 외국인 학생들을 가르친다고 하면 그게 곧 정식 교수인 줄 알고 대단하게 여긴다. 하지만 실상은 그렇지 않다. 강사들은 턱없이 낮은 월급은 둘째로 치더라도 석달을 주기로 생사가 엇갈린다는 데 노심초사해야 하는 비정규직 노동자일 뿐이다. 수도 마찬가지다. 그녀는 하루에 세시간씩 길바닥에 버려가며 이 먼 인천까지 와서 일하는 것이 오로지 경력을 쌓기 위해서라고 자위하곤 한다. 나중에 적당히 경력이 쌓이면 원장이 뭐라고 하기 전에 제 발로 먼저 이곳을 떠날 거라고, 서울 시내의 제대로 된 어학원에서 제대로 된 학생들에게 제대로 된 강의를 할 거라고, 그렇게 다짐하는 것이다.

그러나 그것은 '나중' 일이다. 지금 당장은 재계약 심사 결과가 어떻게 나올지에 온 신경을 곤두세울 수밖에 없다. 나중 일은 나중에 생각하자, 나중에. 지금은 일단 장기 결석자들에게 어떤 조치를 취할 것인지 그것부터 생각하자.

"당신의 이름은 무엇입니까?"

"제 이름은 홍길동입니다."

"당신의 집은 어디에 있습니까?"

“저희 집은 서울에 있습니다.”

일곱 명의 학생들이 초등학교 국어교과서에나 나올 법한 문장들을 소리내어 읽는 동안 수는 출석부를 들여다본다. 장기 결석자들이 한두 명이 아니다. 그들을 학교로 돌아오게 하거나 아예 제적시켜야 그녀가 심사에서 불이익을 당하지 않는다. 전자보다 후자가 훨씬 간단하다. 그러나 그들은 제적당하면 곧바로 강제 출국된다.

중국 학생들은 대개 브로커에게 돈을 빌려 한국으로 들어온다. 기백만원의 어학원 등록금이며 기숙사비를 다 갚는 데 꼬박 일년이 걸린다. 하지만 그후에 버는 돈은 모두 자기 것이기 때문에 다들 어떻게든 일년만 버텨보자고 용을 쓴다. 그러니 그들이 가장 두려워하는 것은 제적이라는 말이다. 짧은 한국어 실력으로도 그 단어만은 귀신같이 알아듣는다. 학교에서는 걸핏하면 제적을 들먹이며 그들을 협박한다. 그래서 학생들은 아침마다 학교에 갈 것인가 돈벌이를 하러 갈 것인가 갈등한다. 대개는 돈벌이를 택하게 되지만.

그들이 한국에서 할 수 있는 아르바이트는 많지 않다. 남학생은 주로 택배회사에서 일한다. 아침부터 밤까지 오토바이 시동을 끌 틈도 없이 물건을 배달한다. 취업 비자도 없는 판에 원동기 면허 따위가 있을 리 만무하지만 회사에서는 싼값에 부릴 수 있는 중국인들을 선호한다. 그들은 한국어 교재의 단어들은 쉬운 것도 못 읽으면서 인천 지역의 주소나 상호명은 길고 어려워도 정확하게 읽어낸다. 배달 사고가 나면 일당이 깎이기 때문에 저절로 외우게 된다는 것이다. 주소 말고도 그들이 한국인 못지않게 능숙하게 구사하는 낱말들이 몇개 더 있기는 하다. 씨발. 개새끼. 병신. 여학생들은 보통 공단지역 식당에서 써빙을 하거나 인터넷 쇼핑몰의 상품 포장 일을 한다. 곁에 다가가면 어깨나 목에 붙인 파스 냄새가 진동한다. 한창 피어날 이십대 초반의 나이지만 그녀들의 얼굴은 동인천 지하상가의 천원짜리 귀걸이보다도 생기가 없다. 점점 시들어가는 낯빛을 보면 한국에서 지낸 개월 수를 가늠할 수 있을 정도다.

출석부를 훑어내려가던 수의 눈길이 문득 어느 이름 위에서 멎는다. 쓰엉. 오늘까지 합하면 결석 일수가 열흘이 넘는다. 그녀가 가르치는 학생들 중 최장기 결석자다. 하지만 이대로 가면 무조건 제적이라고 경고했을 때 그는 아무 대꾸도 하지 않았다. 그래서 수는 녀석에게 더욱 신경이 쓰인다. 과연 못 보던 열흘 사이에 그는 몰라보게 초췌해져 있었다.

어제 퇴근길, 수를 태운 버스가 연안부두를 지나갈 때였다. 부두 근처에는 옐로우하우스라 부르는 윤락가가 있다. 왜 그런 이름이 붙었는지는 모르지만 인천에 그런 곳이 있다는 것은 모르는 이가 없다. 윤락가임에도 업소들이 후미진 골목에 있는 것이 아니라 대로변에 떡하니 버티고 있어 근방을 지나다 보면 그곳을 안 보려야 안 볼 수가 없기 때문이다. 성매매가 법적으로 금지된 상황에서 그런 곳이 아직 남아 있다는 것도 희한한 일이지만 그 위치가 온천하 사람이 다 보는 큰길에 있다는 것도 희한한 일이다. 어쨌거나 버스가 신호 대기에 걸렸을 때 여느 승객들처럼 수도 자연스럽게 창밖을 바라보았다. 마침 옐로우하우스 앞이었다. 저녁밥 시간이라 거리에는 인적이 드물었는데 한 청년이 혼자 이 업소 저 업소를 기웃거리고 있었다. 그런데 뭔가 좀 이상했다. 청년은 업소에서 막상 여자가 나오면 화들짝 놀라며 그 자리를 떴다. 성매매를 하러 온 게 아니라 마치 누군가를 찾으러 온 것처럼 보였달까.

버스가 다시 출발하려는 찰나 청년이 수 쪽으로 고개를 돌렸다. 놀랍게도 그는 쓰엉이었다. 얼굴이 많이 상해 뺨이 쑥 들어가고 피부도 새카매져 있었으나 분명히 그였다. 쓰엉과 수의 눈이 마주쳤다. 그는 그녀의 눈길을 피하지 않았다. 수는 버스에서 내렸다. 횡단보도를 뛰듯이 건너 옐로우하우스 입구로 갔다. 쓰엉은 온데간데없었다. 그가 그랬듯 그녀도 하는 수 없이 업소들 앞을 기웃거렸다. 그러기를 오분쯤. 한쪽 골목에서 그가 구부정한 자세로 걸어나왔다. 어깨가 축 처진 데다 눈빛도 흐리멍덩한 것이 툭 치면 픽 쓰러질 듯 기운이 없어 보였다. 가슴에 택배회사 로고가 새겨진 점퍼를 입은 그는 바로 눈앞에 있는 수를 알아보지 못하고 그대로 지나쳐갔다.

"쓰엉."

두 번을 연거푸 부른 후에야 그는 고개를 돌렸다.

"어…… 선생님."

그의 눈이 휘둥그레졌다. 아까 버스 안에서 눈이 마주쳤다고 생각한 것은 수의 착각이었을까. 쓰엉은 뒤통수를 긁으며 어쩔 줄 몰라 하더니 곧 한숨을 쉬며 손을 주머니에 집어넣었다. 터진 주머니 솔기 사이로 솜이 삐져나와 있었다.

두 사람은 부두 근처의 횟집에서 밴댕이 안주를 곁들여 소주를

마셨다. 참기름을 듬뿍 넣고 맵게 버무린 밴댕이회무침을 쓰엉은
의외로 잘 먹었다. 제 앞의 그릇을 깨끗이 비우고 밑반찬으로 나온
간장게장도 꼼꼼히 발라먹었다. 중국에서는 음식을 필요 이상으로
많이 시킨 후 남기는 것이 예의라지만 한국에서까지 그런 문화를
고수할 필요는 없음을 쓰엉도 알 것이다. 한국에서 산 지 벌써 반
년이 넘었다고 했으니. 소주 두 병을 다 비우도록 수는 그에게 아
까 옐로우하우스엔 왜 갔느냐 묻지 못했다.

횟집을 나온 것은 밤 열시가 가까운 시각이었다. 그들은 큰 배들
이 정박해 있는 연안부두 쪽으로 걸었다. 밤공기가 혹독하게 찼다.
바다를 건너온 칼바람이 얼굴을 쉴새없이 할퀴어댔다. 수는 몇발
짝 걷지도 않았는데 손이 곱고 발도 얼어서 감각이 없었다. 고개를
돌리니 쓰엉 역시 두 뺨과 귀가 빨갛게 얼어 있는 상태였다. 하지
만 누구도 그만 돌아가자는 말은 하지 않았다.

"너 이런 바다 본 적 있니?"

"………"

"이렇게 메마른 바다 말이야."

쓰엉은 수의 한국말을 이해하지 못했다. 수는 그래서 마음이 편
했다.

인천의 바다는 늘 거대한 선박이며, 컨테이너박스 따위를 나르
는 크레인 들이 분주하게 움직이는 곳이었다. 가까이 다가가면 갯
내보다 기름 냄새가 더 진하게 코를 찌르는 곳이기도 했다. 언제
어느 쪽에서 바라보아도 희미하기만 한 수평선. 씨멘트 부두에 부
딪혀 출렁이는 파도는 푸른빛이 아니라 갯빛이었다. 바람 소리가

더 거세졌다. 수는 목소리를 높였다.

"한국 사람들은 바다를 좋아해. 평소에 바다를 보기가 쉽지 않잖아. 너도 내륙지방에 살았으니까 알지? 사람들은 힘든 일이 있을 때 바다에 가. 바다 앞에서 어깨를 쭉 펴고, 해 뜨는 걸 보면서 다시 시작하자 소리도 지르고. 그러면서 바짓단에 묻은 모래를 탈탈 털고 일어나는 거지."

쓰엉은 한마디도 알아듣지 못하면서 다 알아들었다는 듯한 표정을 짓고 있었다.

"그런데 이 바다는 아니야. 이 바다는 아무 위안도 주지 못해."

혼잣말처럼 중얼거리다가 수는 문득 손목시계를 들여다보았다.

"늦었다. 그만 집에 가자. 춥지?"

"괜찮아요."

그제야 제가 알아들을 만한 어휘가 나왔다는 듯 쓰엉이 냉큼 대답했다. 그의 고향이 동북지방이라고 했던가. 그곳은 인천보다 훨씬 추울 것이다. 그래도 거기엔 가족이 있다.

"집이 어디니? 여기서 얼마나 걸리지?"

"배 타고 이십사시간."

수는 흠칫 놀라 그의 얼굴을 똑바로 바라보았다. 지금 어디에 사는지를 물은 것인데 그는 중국의 진짜 집을 생각하고 있었던 것이다. 하기야 그에게 집은 오직 하나뿐일 것이다. 겨울이 되면 못 견디게 춥지만 그래도 정겨운 가족이 살고 있는 곳, 그러므로 세상에서 가장 따뜻한 곳.

"정말 멀구나. 난 전철로 한시간 반이면 되는데."

그녀 스스로 생각해도 재미없는 농담이었다. 한국 내에는 꼬박 하루를 달려야 갈 수 있을 만큼 먼 곳이 없다. 그녀는 대양의 물살을 가르며 달리는 커다란 페리호를 상상해보았다. 삼등석의 비좁은 일인용 침대에 누워 하루를 건너오는 동안 한시간이 빨라진 한국의 항구도시에 내리면서 쓰엉은 무슨 생각을 했을까. 몸은 떠나왔어도 망망대해 건너 두고 온 것들에게서 마음은 멀어지지 않는다는 것을 새삼스레 깨달았을까. 그들에게 빨리 돌아가기 위해서는 그만큼 이 낯선 곳에 빨리 적응해야 한다고 이를 악물었을까.

쓰엉의 시선은 메마른 바다를, 아니 그보다 더 먼 곳을 향해 있었다.

수는 수업이 끝난 후 왕밍을 강사 휴게실로 불렀다. 녀석은 성격이 낙천적이고 씩씩한 데다 인사성도 밝아서 모든 강사들의 귀여움을 받는다. 게다가 수업을 같이 듣는 학생들의 근황을 두루 잘 아는 소식통이기도 하다. 쓰엉과 알게 된 것은 어학원에 등록을 한 후인데 같은 동북 출신이라는 사실 하나만으로도 금세 친해졌다던가. 수는 그가 휴게실 내의 다른 강사들에게 일일이 인사를 마치기를 기다렸다가 거두절미하고 물었다.

"쓰엉 요새 왜 그래? 왜 매일 결석하는 거야?"

"라오스, 뚱뻬이더 누런 전더 피아오량."

"한국말로 해."

"선생님, 동북 여자 예쁘다."

"그런데?"

"쓰엉더 누런펑여우 전더 피아오량."

"한국말로 하라니까!"

"쓰엉 애인 예쁘다."

"쓰엉한테 애인이 있어?"

"멍나입니다."

"멍나가 동북 출신이야?"

"출신? 그게 뭐야?"

"동북이 고향이냐고!"

"네, 그렇습니다."

"그런데 쓰엉 애인이 예쁜 거랑 결석하는 거랑 무슨 상관이야?"

"멍나 돈 없어. 그래서 쓰엉, 밤에도 쎄븐일레븐에서 일해요. 잠 안 잡니다."

수는 약간 배신감이 든다. 애인을 위해 악착같이 돈을 버느라 학교에도 못 나오는 거라면 어제 옐로우하우스에는 왜 갔었단 말인가. 혹시 애인이 거기서 일하는 건 아니겠지? 설마. 가난 때문에 윤락가에 팔려간 애인을 구출하려 돈을 버는 청년의 신파조 러브스토리 같은 건 80년대 방화에나 나올 법한 얘기니까.

"그래도…… 학교는 나오라고 해."

제 말에 설득력이 없음을 수도 안다. 애인 때문에 돈을 벌어야 한다는데 그깟 한국어 수업이 무슨 소용이겠는가.

"네, 선생님. 나 일하러 갑니다. 안녕 계세요."

"틀렸어. 안녕히 계세요. 다시 해봐."

수는 공연히 왕밍에게 딱딱하게 군다. 사실 왕밍 정도면 한국어를 잘하는 축에 속하는데. 녀석은 매일 저녁부터 이튿날 새벽까지 중국식 꼬치구이 전문점에서 일한다. 요즘 불법 취업자 단속이 강화되었다고 들었다. 그녀가 선생으로서 그에게 하고 싶었던 말은 그러니까 단속에 걸리지 않게 조심하라는 것이었다. 법치 대한민국의 국민으로서 할 말은 아니지만.

"안녕히 계세요."

"그래. 잘 가라. 조심하고."

수는 뭘 조심하라는 건지 목적어를 생략한다. 강사들 몇이 그녀와 왕밍을 힐끔거리고 지나간다.

퇴근길의 전철 안은 출근길보다 훨씬 여유롭다. 목적지가 집이니 이제 쉴 일만 남았다는 점에서 하루치의 숙제를 다 끝낸 학생처럼 마음도 홀가분할 수밖에 없다. 그럼에도 수는 이상하게 퇴근길 전철에 오를 때마다 뭔가 아쉽고 허전하여 자꾸 걸음을 늦추게 된다. 아침 출근길에 보았던 낯익은 승객들의 얼굴을 퇴근길에는 볼 수 없기 때문일까.

그날 이후로, 그러니까 서로 말을 튼 이후로, 노인은 열차에 오르면 으레 화교 가족을 찾아 두리번거린다. 그들을 발견하면 마치 동행이라도 된다는 듯이 자연스럽게 옆에 가서 앉는다. 물론 그러기 전에 아이들이 먼저 노인을 알아보고 반갑게 인사하는 경우가 더 많지만 말이다. 니하오! 그러면 노인도 쑥스러워하면서 대꾸한다. 니먼하오!

노인은 중국어 학원 새벽반에 다니는 학생처럼 진지하다. 하루도 빼놓지 않고 여자에게 간단한 생활중국어를 한두 마디씩 배운다. 전날 배운 것을 복습하는 것도 잊지 않는다. 늙은이라 기억력이 형편없다며 다시 한번 가르쳐달라고 민망한 표정으로 부탁하기도 한다. 맛있다가 뭐였지요? 하오츠! 다시 해보세요. 노인은 열심히 따라한다. 하오츠, 하오츠. 그러면 어느새 어린 남매도 노인 옆에 달라붙어 합창을 한다. 하오츠! 하오츠!

여자는 매번 노인의 발음을 교정해주고 노인의 질문에도 친절하게 대답해준다. 노인이 알고자 하는 표현은 대개 안녕하세요, 식사하셨습니까, 다녀오겠습니다 등등 일상생활에서 흔히 쓰이는 것들이다. 노인이 엉터리로 발음할 때면 아이들은 숨이 넘어가라 웃음을 터뜨린다. 그러면 그것 때문에 또 노인이 웃고 이어서 여자가 웃는다. 그렇게 그들은 늘 웃는다. 인천역 승강장에 다 같이 내리면서 짜이지엔 하고 서로 외치는 소리를 들을 때면 그들과 아무 상관이 없는 수마저 애틋함을 느낄 지경이다. 짜이지엔. 중국말로 '안녕'을 뜻하는 그 표현은 직역하면 '다시 만나요'가 된다. 여자는 노인에게 그것도 알려주었을까.

어둠이 내린 객차의 창에 승객들의 모습이 비친다. 다들 오래 앓고 난 사람처럼 낯빛이 창백하다. 그 속에 물론 수의 얼굴도 있다. 수는 저를 바라보는 차창 속의 자신을 마주 바라본다. 다음 분기 강사직 재계약 심사가 나흘 뒤로 다가와 있다. 그러니 제적을 걱정해야 하는 것은 중국인 학생들만이 아니다. 열차가 서울권으로 접어든다. 승객들 사이에 아연 활기가 돌기 시작한다. 심지어 공기의 질감도 미묘하게 달라지는 것 같다. 다들 그렇게 인천 땅을 빨리 벗어나고 싶어 조바심냈던 것일까. 생각해보면 참 이상한 일이다. 그녀부터도 근 일년을 내리 출퇴근했지만 인천에는 좀처럼 정이 들지 않는다. 동료 강사가 말했던가. 인천은 토박이보다 외지인이 더 많은 도시라고. 남쪽에서 서울로 올라가던 이들이 도중에 주저앉거나 서울에서 견디다 못해 지방으로 내려가던 이들이 문득 발길을 멈춘 곳이라고. 그래서 살갑게 정붙이고 살아가는 사람이 드물다고 말이다. 하긴 어학원 강사들만 해도 그렇다. 그중에 인천 사람은 한 명도 없다. 제각기 다른 고장에서 모여든 그들은 하나같이 서울로 가고 싶어 한다. 하나같이 인천을 마지못해 잠시 머무르는 곳쯤으로만 생각하는 것이다.

사실 수는 자신이 진짜로 원하는 게 무엇인지 아직 모른다. 대학을 졸업하고 백수로 빈둥거릴 때는 막연히 중국에 가고 싶었다. 당시 중국은 기회의 땅이었고, 중국어는 인기 외국어로 각광받았으니까. 중국에서 어학연수를 할 때는 빨리 한국으로 돌아가고 싶었다. 자신이 중국에 흥미가 없고 중국어에도 재능이 없음을 진즉 깨달았으니까. 언제 어떻게 귀국했는지는 기억이 잘 나지 않는다. 정신을 차리고 보니 그녀는 중국인을 대상으로 적성에 맞지도 않는 강사 노릇을 하고 있었다. 인천 끄트머리의, 학생들이 비자를 받기 위해 등록만 하고 다니지는 않는 허울뿐인 어학원에서, 그것도 비정규직 신분으로. 수는 자신이 진짜로 원하는 게 무엇인지는 모르지만, 지금 이 삶이 자신이 원하는 것과 거리가 멀다는 것은 안다. 이 상황을 타개하기 위해 뭘 어떻게 해야 하는지는 모르지만, 뭘 어떻게 해도 크게 달라지는 게 없으리라는 것은 안다. 그래도 바라는 게 있다면 일단 서울로 가는 것이다. 한때 한국과 중국 사이를 떠돌던 그녀의 꿈은 이제 인천과 서울 사이를 떠도는 셈이다. 하지만 말이다, 어찌어찌하여 '나중'에 요행 서울로 돌아간다고 치자. 그다음에는?

수의 휴대폰이 울린 것은 신도림역을 세 정거장 남겨놓았을 때다. 스피커 너머의 남자는 제 신분을 용현동 경찰서의 순경이라고 밝힌다.

"쓰엉이라고 아십니까?"

수는 누가 들을세라 손바닥을 오므려 휴대폰의 스피커를 감싼다.

"네, 제가 가르치는 학생인데요."

"서로 좀 나오셔야겠습니다. 문제가 생겨서요."

"네? 경찰서로요? 지금요?"

수는 출입문 위에 부착된 지하철노선도를 올려다본다. 여기서 다시 인천 용현동까지 되짚어가려면 사오십분은 족히 걸릴 것이다. 불현듯 옐로우하우스 앞에서 서성이던 쓰엉의 모습이 떠오른다. 녀석은 거기에 왜 갔던 것일까.

경찰서에 들어서자마자 긴 의자에 다른 사람들과 함께 앉아 있는 쓰엉이 보인다. 며칠 새 얼굴이 더 축난 녀석이 두 손을 앞으로 모아쥐고 고개를 푹 수그리고 있는 게 분위기가 심상치 않다. 누군가 기침을 한다. 그러고 보니 쓰엉의 오른쪽 옆에 웬 노인과 젊은 여자가 앉아 있다. 노인이 쓴 주홍색 등산모가 수의 눈에 들어온다. 아, 그다. 아침마다 전철에서 화교 아이들에게 중국어를 배우던 그 노인이다.

"무슨 일로 오셨습니까?"

그들의 맞은편 책상 앞에 앉아 있던 경찰관이 자리에서 일어난다.

"쓰엉 보호자예요. 연락을 받고 왔습니다."

수는 쓰엉이 고개를 번쩍 드는 것을 곁눈으로 보고도 못 본 체한다.

"쓰엉씨가 이분들 집에서 행패를 부렸습니다."

"네? 행패요?"

쓰엉이 다시 고개를 떨어뜨린다.

"이웃집에서 신고를 했는데, 목격자 말로는 소리를 지르며 물건을 부쉈다고 합니다."

"네? 그럴 리가요. 그럴 애가 아닌데……"

"허 참 나, 답답한 소리 하지 마십쇼. 그럼 누군 나 그런 놈이요 하고 이마에 써붙이고 다닌답니까?"

"그게 아니라 저 학생은 정말……"

"여하튼 피해자 쪽에서 처벌은 원치 않는다고 하니까 그 문제는 해결이 됐는데, 그보다 더 큰 문제가 있어요."

"………"

"불법 취업을 했더군요. 비자가 학생 비잔데, 택배일을 하고 있습니다. 원동기 면허도 없이 오토바이를 몰았고요. 요새 이런 애들이 많아서 아주 골칩니다."

"그럼 제가 뭘 어떻게 해야 하나요?"

"보호자가 따로 할 일은 없습니다. 그냥 강제 출국이죠. 바로 본

국으로 송환됩니다."

경찰관의 말이 끝나자 의자에 앉아 있던 세 명이 동시에 고개를 쳐든다. 쓰엉도 송환이라는 단어를 알아들은 눈치다. 그건 제적이 라는 말보다 더 무서운 말이다.

그때 젊은 여자가 의자에서 벌떡 일어난다. 다시 보니 만삭의 임신부다. 배가 잔뜩 불러 가만히 서 있기도 힘들 것 같은데 그녀가 갑자기 노인 앞에 무릎을 꿇는다.

"아버님, 용서해주세요. 용서해주세요. 나는 부탁합니다."

서툰 한국어. 노인이 여자의 팔을 잡고 일으키려 애쓴다. 두 손으로 여자의 한쪽 팔을 쥔 채 그는 경찰관을 향해 울상을 짓는다.

"저희 때문이라면 괜찮다고 했잖습니까. 선처해주십시오."

"어르신, 그거랑은 상관없어요. 요새 불법 취업 문제가 너무 심각해서 어쩔 수 없습니다. 엄격하게 처리하라는 상부의 지시가 있었어요."

다른 경찰관이 쓰엉의 어깨에 손을 올린다. 쓰엉이 맥없이 일어서자 그를 앞세워 유치장으로 향한다. 지금 이렇게 보내버리면 영영 그를 구해낼 수 없을 것임을 알면서도 수는 쓰엉의 뒷모습을 멀거니 바라보기만 한다. 속으로 그녀는 뜬금없이, 택배회사 로고가 찍힌 그의 점퍼가 한겨울에 입기엔 너무 얇다는 생각을 하고 있다. 순간 젊은 여자가 득달같이 달려가더니 경찰관과 쓰엉의 앞을 가로막는다. 무거운 몸으로 참 날쌔기도 하다고 수는 놀란다. 눈물 자국이 채 마르지 않은 여자의 뺨에 새로운 눈물이 흘러내린다.

"시아꺼위에 워 땅 마마. 워 시앙 하이쯔…… 짜이지엔."

나는 다음달에 엄마가 돼. 안녕. 이 급박한 상황에 여자는 대체 자신이 엄마가 된다는 소리를 왜 하는 것일까.

"……짜이지엔."

쓰엉도 웅얼거리듯 대꾸한다. 바로 옆에 있는 사람이 아니면 알아들을 수 없을 만큼 작은 목소리다. 수는 쓰엉과 여자를 번갈아 바라본다. 헤어질 때 하는 인사말, 짜이지엔. 어쩌면 두 사람은 서로 다른 의미의 인사를 하고 있는지도 모른다. 한 사람은 진짜 작별의 인사를, 다른 한 사람은 다시 만나자는 기약의 인사를 한 것인지도.

쓰엉이 경찰관과 함께 사라지고 나자 여자는 손바닥으로 제 입을 틀어막는다. 노인이 그녀의 어깨를 감싼다. 쓰엉이 밤낮으로 돈을 벌어야 했던 이유, 옐로우하우스를 기웃거리며 찾아다녔던 여자, 멍나. 동북 여자는 예쁘다더니 그녀는 정말 예쁘다. 멍나와 노인이 서로를 부축해가며 의자에 앉는다. 때맞춰 경찰서 안으로 웬 중년 사내가 뛰어들어온다.

"아버지, 무슨 일이에요? 여보, 괜찮아?"

노인은 말없이 고개를 끄덕이고 여자는 계속 흐느낀다. 사내는 어찌할 바를 몰라 두 눈만 끔벅인다. 그들을 등지고 수는 조용히 그곳을 빠져나온다.

문틈으로 들이닥치는 바람이 매섭다. 승객들이 코트 깃을 여민다. 수도 목도리에 고개를 파묻으며 좌석에 더 깊숙이 앉는다. 재계약 심사 기간은 지나갔다. 그녀는 여전히 아침이면 인천행 전철에 오르고 저녁이면 서울행 전철에 오른다. 심사에 통과한 것이다. 그러나 안심할 수는 없다. 석달 뒤에 또 심사가 있으니까. 다시 석달 뒤에도, 또다시 석달 뒤에도 심사는 계속 이어질 테니까.

수의 대각선 맞은편 좌석에는 예의 그 청년이 앉아 있다. 귀에 이어폰을 꽂은 그는 신나는 음악을 듣고 있는지 고개뿐 아니라 나이키 운동화를 신은 발까지 함께 까딱거린다. 그와 몇좌석 옆으로 떨어져 앉은 중년 사내도 평소와 다름없이 옆구리에 둘둘 만 생활 정보지를 끼고 있다. 최근에 무슨 좋은 일이라도 생긴 것일까. 며칠 전에는 머리를 깎았고 오늘은 수염까지 깎은 모습이 한결 젊어 보인다. 열차가 선다. 수가 앉은 자리의 오른쪽 출입문 주위가 별안간 시끌시끌하다. 그러면 그렇지. 어린 화교 남매가 저희 엄마와 함께 열차 안으로 들어서고 있다. 녀석들은 곧 좌석에 책을 펼쳐놓은 후 바닥에 무릎을 꿇고 앉는다. 그리고 큰 소리로 중국어 교재를 읽기 시작한다.

수는 눈을 감는다. 깜빡 잠이 들었다가도 열차가 서면 다시 깜빡 잠에서 깬다. 그러기를 몇차례 반복하다가 문득 고개를 드니 잠 덜 깬 눈에 누군가 승차하는 것이 보인다. 주홍색 등산모에 주홍색 등산조끼. 잠이 확 깬다. 오랜만이다. 아니, 경찰서에서 만났던 날 이후로 처음 보는 것이다. 어쩐 일인지 노인은 요 며칠 전철에 모습을 드러내지 않았다. 그는 자리에 앉지 않고 사방을 두리번거린다. 화교 가족을 찾는 것일 테다. 수는 일부러 먼 산을 보며 그에게 인사를 할까 말까 망설인다. 그런데 노인이 먼저 그녀에게 다가온다.

"먼 길 가야 할 테니 좀 전해주시오. 우리 며느리 고향이 아주 추운 곳이라던데.”

노인이 수에게 내민 것은 커다란 종이 쇼핑백이다. 놀라서 아무 대꾸도 못하고 있는 그녀에게 그는 고개를 숙여 보이더니 곧바로 화교 가족이 있는 쪽으로 걸음을 옮긴다.

“자, 오늘은 이 할아버지한테 무슨 말을 가르쳐줄 테냐?”

아이들이 노인을 알아보고 반가운 듯 소리를 지른다. 아이들 엄마도 그를 향해 활짝 웃는다. 수는 그들에게서 시선을 거두고 쇼핑백 안을 들여다본다. 그 안에 든 것은 두툼한 패딩점퍼다. 쓰엉의 얇은 점퍼, 솔기가 터져 솜이 삐져나와 있던 주머니와 낡아서 실밥이 죄 풀려 있던 소매를 노인도 보았던 것일까.

쇼핑백을 조심스레 품에 끌어안는다. 수는 그것을 쓰엉에게 전할 수 없다. 출입국사무소에서 구치소로 송치된 쓰엉은 오늘 중국으로 송환된다. 새벽에 공항으로 보내진다 했으니 지금쯤 중국행 비행기를 탔거나 이미 그곳에 도착했을 수도 있다. 쓰엉이 강제 송환될 거라는 소식을 전해주자 왕밍은 어린애처럼 훌쩍거렸다. 쓰엉에게 면회를 가고 싶지만 그럴 수 없다고도 했다. 저도 불법 취업을 한 상태니 제 발이 저려서 그랬을 것이다.

“이제 어떻게 할 거니?”

엊그제 구치소 면회실에서 만난 쓰엉은 의외로 담담해 보였다.

“저는 지금 중국 갑니다.”

“괜찮겠어?”

“네. 저는 한국 다시 옵니다.”

오지 마. 수는 말해주고 싶었다. 네가 다시 한국에 왔을 땐 몇배

로 불어날 빚과 남의 아이 엄마가 돼 있는 명나밖에 없을 거란 말
이야. 물론 그렇게 말해봤자 쓰엉은 제대로 알아듣지도 못할 터였
다. 수는 그의 나라 말로 마지막 인사를 전했다. 짜이지엔. 면회실
을 나오며 그녀는 속으로 덧붙였다. 진짜 안녕이야. 다시 만나자는
뜻이 아니라고.

“다음 정차하실 곳은 이 열차의 종점인 인천, 인천역입니다.”

안내방송이 흘러나온다. 노인도, 화교 아이들도, 아이들 엄마도,
모두 자리에서 일어난다. 수도 쇼핑백을 품에 안은 채 출입문 앞으
로 간다. 아이들이 노인을 돌아보며 제비새끼들처럼 동시에 입을
벌리고 소리친다.

“짜이지엔, 예예.”

노인이 웃으며 아이들에게 손을 흔든다.

“짜이지엔.”

그들의 작별인사는 지금부터 딱 하루 동안만 유효하다. 내일 아
침 그들은 이 객차 안에서 다시 만나게 될 테니까. 수는 천천히 걸
음을 옮긴다. 그녀의 머리 위에서 전광판의 안내문이 반짝인다. 다
음 열차 서울역. 어쨌거나 지금 그녀의 목적지는 이곳이다. 수는 제
대로 온 것이다.

모자 속의 비둘기

영어회화 강사가 이번에는 나를 지목했다. 그는 내게 한 번이라도 장례식에 가본 적이 있냐고 물었다. 물론 영어로 말이다.

"노."

강사는 눈을 크게 뜨더니 미국인 특유의 호들갑스러운 어조로 되물었다.

"와우, 리얼리?"

"리얼리."

나는 고개를 끄덕였다. 정말이라니까.

거짓말이었다. 이 나이가 되도록 살아오면서 장례식에 한 번도 가보지 않았을 리 있겠는가. 하지만 곧이곧대로 대답했다가는 질문세례가 이어질 게 뻔했다. 당신은 누구의 장례식에 가보았나요,

최근에 간 것은 언제였습니까, 한국의 장례식은 어디에서 열립니까, 등등. 그러니 한 번도 안 가봤다고 둘러대는 편이 현명하달 수밖에. 영어회화 수업이라는 게 이렇게 멀쩡한 사람을 거짓말쟁이로 만든다.

강사가 나를 향해 미소를 지었다.

"유 아 어 러키 맨."

이게 무슨 소린가. 장례식에 가본 적이 없으면 다 운 좋은 남자인가. 어쨌거나 기분이 나쁘진 않았다. 그것은 지난 몇달 동안 내가 들은 말 중에 가장 기분 좋은 대사였으니까. 뭔가 더 물어볼 것이 있는지 강사가 내 앞으로 다가왔다. 순간 강의시간 종료를 알리는 차임이 울렸다. 나는 진짜로 러키 맨임이 틀림없었다.

학원 건물을 막 빠져나오는데 휴대폰에 문자메씨지가 도착했다.

자기야, 우리 증조할머니가 돌아가셨어. 수업 끝나면 전화 줘.

제이였다. 또 장례식이로군. 나는 메씨지 삭제 버튼을 눌렀다. 그나저나, 증조할머니라니. 그냥 할머니도 아니고 증조할머니가 여태 살아 계셨단 말인가. 그럼 저번에 돌아가셨다던 분은 그냥 할머니였나.

배가 고팠다. 스터디까지는 두시간이나 남아 있었다. 편의점으로 들어갔다. 김밥과 컵라면을 샀다. 면발이 익는 동안 나는 직장인으로 보이는 이들이 쉼 없이 점포를 들락거리는 것을 지켜보았다. 그들은 하나같이 수면 부족으로 누렇게 뜬 얼굴을 하고 쌘드위치며 우유, 캔커피 따위를 계산대에 올려놓았다. 한 남자가 담뱃값을 치르다가 실수로 동전들을 바닥에 떨어뜨렸다. 마지막 백원을 찾느라 쪼그려앉은 채 손으로 매대 밑을 더듬던 남자는 마침내 포기한 듯 지갑에서 만원짜리 지폐를 꺼냈다. 고개를 숙이고 편의점을 나가는 그의 검은색 양복 어깨 부분에 비듬이 잔뜩 떨어져 있었다.

삼분 경과. 나무젓가락의 포장지를 뜯었다. 면발에서 물에 젖은 종이 냄새가 났다. 허구한 날 새벽부터 영어회화 수업을 듣고, 젖은 종이 냄새가 나는 컵라면을 먹고, 아마도 오전 일과가 나와 크게 다르지 않을 이들을 만나 저녁 늦게까지 스터디를 해가며, 내가 간절히 되고자 하는 것이 결국 저것이었다. 잠이 모자라 누렇게 뜬 얼굴로 출근길 편의점에 들러 아침 요깃거리며 담배를 사고 어깨에 비듬이 떨어져 있는 줄도 모르고 회사로 향하는, 그런 모습. 원하지는 않지만 피할 수도 없었다. 어차피 질 시합인 것을 알면서 링에 오르는 복서의 심정이 이럴까.

스터디까지 남은 두시간 동안 무엇을 하면 좋을까 생각했다. 백이십분은 아무것도 하지 않기에는 다소 길고, 그렇다고 무엇인가 하기에는 다소 짧은 시간이었다. 제이의 증조할머니 장례식장에 가 있는 내 모습을 상상해보았다. 제이는 사람들에게 나를 소개할 것이다. 이 남자가 제 애인이에요. 사람들은 내게 물을 것이다. 무슨 일을 하느냐, 올해 몇살이냐, 결혼은 언제쯤 할 계획인가…… 두어개 남은 김밥을 입에 욱여넣었다. 목이 메었다. 그곳에 가느니 차라리 내 장례식에 가는 게 더 나을 듯했다.

준수는 운전중이었다. 출근하는 길이라고 했다.
"또야? 넌 무슨 경조사가 그렇게 많냐?"

직장에 다니는 것도 아니면서. 녀석은 속으로 그렇게 덧붙였을 것이다. 맞는 말이었다. 입사 3년차 직장인인 준수보다도 고시 준비생인 내가 봉투 돌리는 일에 더 바빴다. 녀석에게 검은색 정장을 빌려입은 게 근래에만 벌써 몇번인가. 준수는 키가 작은 편이라 내가 녀석의 옷을 입으면 바지가 늘 깡총했다. 물론 얻어입는 주제에 길다 짧다 가릴 형편은 못되지만. 신통하게도 녀석의 발 문수가 나와 같아서 구두를 빌려 신는 데는 전혀 문제가 없다는 것만도 감지덕지할 일이었다.

"옷장에서 니가 찾아 입어."

준수는 내가 이미 알고 있는 제 집 도어록의 비밀번호를 다시 한번 알려주었다. 그것은 녀석의 휴대폰 번호 뒷자리였다.

버스를 타고 준수의 동네로 가면서 나는 소요 시간을 계산해보았다. 그의 집까지 가는 데 삼십분, 집에서 옷 챙기는 데 십분, 거기서 다시 스터디 장소로 가는 데 사십분, 도합 팔십분. 시간은 충분했다. 스터디가 끝나면 대개 저녁 일곱시였다. 오늘은 각기 백 문항씩 뽑아온 출제 예상 문제를 돌려보기로 한 날이니 조금 더 늦게 끝날 것이다. 옷 갈아입고 장례식장으로 이동하면 시간이 얼추 맞으리라. 나는 좌석 등받이에 몸을 기댔다. 그제야 마음이 편해졌다. 안다. 그것이 나의 문제였다. 싫은 것을 싫다고 말하지 못하고 아닌 것을 아니라고 말하지 못하는, 그것이 나의 치명적인 약점이었다. 그러니 증조할머니가 아니라 제이의 고조할머니가 돌아가셨다고 해도 그 장례식에 갔을 것이다. 그분과 내가 동시대에 존재하는 게 가능하기만 했다면.

올해는 정초부터 유난히 부고가 많았다. 푸른 이십대가 이미 지나가버렸음을 상기시켜주듯 삶은 수시로 내게 검은 옷을 입을 것을 요구했다. 죽음은 겪고 또 겪어도 늘 갑작스러웠다. 마술사의 모자 속에서 하얀 비둘기가 푸드덕 날아오를 때처럼 산 자들은 속수무책으로 그것을 바라볼 수밖에 없었다. 어떤 마술사도 모자에서 비둘기를 꺼내기만 했지 그 비둘기를 다시 모자 속으로 집어넣지는 않았다. 나는 매번 빌린 정장을 입고 빌린 구두를 신은 채 내 눈앞의 흰 비둘기를 멍하니 바라보고는 했다.

그 가운데에는 고등학교 동창 여자애의 죽음도 있었다. 이제는 누구도 기억하지 못할 테고 기억할 필요도 없지만, 학창시절 내가 옆 반이던 그애를 짝사랑했다는 것은 공공연한 사실이었다. 치르는 시험마다 전교 일등을 놓친 적이 없는 그애가 공부로 유명했다면 나는 넉살 좋고 말발 세고 남 잘 웃기기로 유명했다. 교내 축제며 각종 행사의 진행을 도맡아 하는 나를 모르는 이는 교내에 한 명도 없었을 것이다. 아침마다 등교해보면 내 책상서랍에는 여학생들이 넣어둔 편지와 선물 들이 가득했다. 나와 사귀고 싶다고 먼저 고백을 해오는 여학생들도 있었다. 하지만 나는 그애가 좋았다. 흰 얼굴에 가느다란 목, 단정한 커트머리. 교복 블라우스의 단추를 맨 위까지 채워 입고 언제나 좌측통행을 하는 아이. 그애는 절대 뛰는 법이 없었다. 매점에서 과자를 사먹지도 않았고 큰 소리로 웃지도 않았다. 나는 그애와 함께 뛰고, 함께 큰 소리로 웃고, 함께 매점에서 과자를 사먹고 싶었다. 본인에게 내 마음을 직접 고백하지는 않았다. 그러나 주위의 모든 사람들에게 떠벌리고 다녔으므로 그애도 내 마음을 알고 있으리라 믿었다. 그애도 곧 내게 관심을 보이리라 나는 확신했다.

그러던 어느날 담임선생이 수업시간에 내게 일렀다.

"옆 반의 일편단심 니 사랑 말이다, 아까 우리 반 최석호가 너를 좋아하는 걸 아느냐 물었더니 갠 최석호가 누군지도 모르겠다고 하더라. 너 인마, 지금까지 뭐 했냐?"

아이들이 책상을 두드려대며 웃었다. 누군가는 휘파람을 불고 누군가는 곡소리를 냈다. 나는 분했다. 어떻게든 행동을 취해야 했다. 그날 저녁이었다. 운동장에서 농구를 하던 나는 마침 그애가 친구들과 함께 교문 쪽으로 걸어가고 있는 것을 발견했다. 농구공을 내팽개쳤다. 전속력으로 뛰어가서 그애의 팔을 낚아챘다.

"잘 봐. 내가 최석호야. 기억해둬."

나는 숨을 거칠게 몰아쉬면서 그렇게 말했다. 옆에 있던 여학생들이 대놓고 탄성을 질렀으나 정작 그애는 나를 빤히 보기만 할 뿐 아무 말도 하지 않았다.

잠깐이었지만 그것이 내가 그애의 바로 앞에 서 있어본 유일한 기억이다. 고등학교를 졸업한 후 몇번인가 전화통화를 하긴 했다. 하지만 우리 사이에는 공통 화제가 없었다. 내가 뭘 물어도 그녀는 응, 아니, 응, 하는 게 다였다. 걸자마자 어떻게 끊을지가 더 걱정되는 전화를 나는 더이상 할 수 없었다. 그뿐 아니다. 고등학교 때는 몰랐는데 대학교에 진학하고 나니 그녀와 나는 각자 적을 두고 있는 대학의 수준만큼이나 서로 급이 다른 것 같았다. 그런 자격지심까지 보태져, 어차피 나 혼자 하던 연락을 나도 하지 않게 되었던 것이다.

그녀는 자살했다. 이유는 끝내 밝혀지지 않았다. 그녀는 애인과 사이도 좋았고 얼마 전에 박사학위도 수월하게 취득했다. 모교에 강의를 나가고 있던 것도 남들이 부러워할 만한 일이었다. 집안이 원래 부유한 편이라 경제적으로도 어려움이 없었다. 즉 겉보기에 딱히 심각한 문제가 있지는 않았다는 것이다. 게다가 죽은 다음날 그녀는 모교 근처의 오피스텔로 이사할 예정이었다. 전세가가 이 억에 달하는 최고급 오피스텔이었다. 잔금도 완납한 상태였다. 하지만 그녀는 이삿짐을 완벽하게 다 싸놓은 후에 그 짐들 한가운데서 목을 맸다. 곧 죽을 거면서 짐은 왜 쌌을까. 죽기 직전에 그녀는 무슨 생각을 했을까. 저 많은 짐들을 내가 풀 일은 없겠구나, 하는 것?

낯익은 풍경이 차창을 스쳐지나갔다. 버스가 준수의 동네로 들어서고 있었다. 하기야 산 자가 죽은 자를 어떻게 이해하랴. 뒷부분이 찢겨나간 책처럼 죽은 자의 이야기는 산 자에게 영영 미지의 페이지로 남기 마련인 것을. 나는 좌석에서 일어났다. 발에 무엇인가 차였다. 바닥에 누군가의 휴대폰이 떨어져 있었다. 잃어버린 게 아니라 고의로 내버린 게 아닌가 싶을 만큼 낡고 닳은 구식 제품이었다. 버스 안에는 승객이 몇 없었다. 내 주위의 좌석들은 내가 처음 버스를 탈 때부터 쭉 비어 있었는데 이 휴대폰은 언제부터 여기 있었던 것일까. 창밖으로 준수가 사는 아파트가 보였다. 나는 버저를 눌렀다.

집 안은 평소와 다름없이 깔끔했다. 눈 닿는 곳마다 정리정돈이 잘되어 있었다. 어딘가에 방향제를 놔두었는지 걸음을 옮길 때마다 공기 중에서 달콤한 과일 향기가 났다. 방 세 칸짜리 아파트에 결혼 안한 남자가 혼자 사는데도 바닥에 먼지 한 올 없고 세간에서 윤이 나며 홀아비 냄새는커녕 사방에서 과일 향기가 난다는 건 예삿일이 아니다. 안방 문을 열기 전에 나는 손부터 씻었다.

옷장 안에는 눈에 익은 검은색 정장이 내가 전에 걸어놓았던 자리에 그대로 걸려 있었다. 와이셔츠와 넥타이는 한두 개가 아니어서 내가 전에 착용했던 것이 어떤 것인지 기억할 수 없었다. 아무거나 집어서 쇼핑백에 넣었다. 바지는 넣기 전에 혹시나 해서 입어보았다. 역시나 기장이 짧았다. 안방에서 거실로 나가 현관문 앞까지 걸어보았다. 길이가 조금 짧기는 해도 걷기가 불편하지는 않았다. 이제 내 옷으로 도로 갈아입고 정장을 챙겨서 나가기만 하면 된다. 손목시계를 보았다. 준수 집에 도착하고 옷을 챙기기까지의 소요 시간이 예상보다 십분이나 덜 걸렸다. 괜히 느긋해진 나는 쏘파에 한껏 편한 자세로 앉았다. 리모컨이 눈에 띄었다. 텔레비전을 틀었다.

태국의 무슬림 거주 지역에서 총격전이 벌어져 민간인 10명이 숨졌다. 이스라엘군의 침공으로 인한 팔레스타인의 사망자 수가 1400명을 넘어섰다. 서울의 한 지하철역에서 남자 고등학생이 선로에 몸을 던져 자살했다. 경기도에서는 관광버스가 빗길에 미끄러져 전복되면서 20여 명의 사상자를 냈다. 세간을 공포에 몰아넣었던 연쇄살인범은 사형을 언도받았다.

나는 침을 삼켰다. 세계가 온통 죽은 자들로 가득했다. 그들을 몽땅 내 손으로 죽이기라도 한 것처럼 갑자기 극심한 피로가 몰려왔다. 그들을 위해 내가 지금 이 검은색 정장을 입고 있는 것 같다는 생각마저 들었다. 갈증이 났다.

냉장고에는 홍삼 원액과 저지방 요구르트와 오렌지주스가 들어 있었다. 주스를 컵에 따른 후 냉장고를 닫았다. 문에 자석으로 고정해둔 메모지가 보였다. 서리태 떨어졌음. 두유는 냉장제품으로 살 것. 필체가 단정했다. 서리태가 뭔지는 몰라도 냉장고 문에 써 붙여놓은 걸 보면 먹는 것일 듯했다. 과연 준수다웠다. 녀석은 성격이 워낙 꼼꼼하고 알뜰하여 직장에 다니면서도 살림을 게을리하지 않았다. 내가 보기엔 말 그대로 일등 신랑감인데 어찌하여 여자들은 그것을 알아보지 못하는 것일까. 주스 컵을 들고 쏘파로 돌아왔다. 텔레비전 속 죽음의 행렬은 아직도 진행중이었다.

쏘파에 몸을 비스듬히 뉘었다. 준수에게 옷 고맙다고 문자메씨지나 한 통 보낼 참이었다. 휴대폰 화면에 메씨지보관함이 꽉 찼음을 알리는 문구가 떴다. 나는 받은 지 오래된 메씨지부터 하나씩 지웠다. 발신자 제이, 발신자 제이, 제이…… 제이가 제일 많았다. 계속 지우다 보니 드디어 마지막 메씨지 하나가 남았다. 어젯밤에 제이가 보낸 것이었다.

잘 지내죠? 따뜻한 봄날처럼 우리도 항상 따뜻한 사랑을 베풀며 살아요!

'자기야' 호칭이 빠져 있으니 보나 마나 단체문자일 터. 이제는 놀랍지도 않았다. 제이는 종종 이런 식의 대단히 아름답고도 감동적인 메씨지를 나 하나에게만 보내는 것으로는 성이 안 차는지 제가 아는 사람들 모두에게 단체로 보내곤 했다. 기가 찰 따름이었다. 이런 내용을 단체문자로 보낸다니. 예컨대 모임 장소나 시간 따위를 공지하기 위해서라면 납득할 수 있다. 그런 경우엔 당연히 단체 문자가 더 효율적이고 합리적이니까. 하지만 어떻게 안부를 단체로 물을 수 있는가. 잘 있느냐고, 잘 지내라고, 이런 말을 어떻게 다수에게 한꺼번에 건넬 수 있냔 말이다. 사랑이 넘치는 세상 만들기 공익 캠페인을 하자는 것도 아니고. 선거에 출마한 자가 유권자를 관리하느라 그러는 것도 아니고.

말이 나왔으니 하는 소린데 그녀의 이메일 아이디는 또 어떤가. pretty1004girl. 아이디가 뭔가. 그 사람의 신분, 그의 정체성을 보여주는 표지 아닌가. 나는 내 메일함에서 제이의 아이디를 확인할 때마다 내가 그 뜻을 해석할 능력을 지니고 있음을 개탄해야 했다. 또한 그녀는 가끔 자신의 자작시를 이메일에 적어 보냈다. 나 말고 남에게도 보냈을까 싶어 두려운 그 시들은 해맑은, 영롱한, 황홀한, 투명한, 눈부신, 찬란한, 향기로운, 빛나는, 이런 형용사들로 도배되어 있었다. 그래서 읽고 있으면 마치 여성용 향수를 병째로 목구멍에 들이부은 것 같은 기분이 되곤 했다. 대체 그녀는 어떤 생각을 하며 사는 것일까.

주스 맛이 썼다. 문득 내가 진실로 이해할 수 없는 것은 제이의 마음이 아닐지도 모르겠다는 생각이 들었다. 그렇다. 정말 알 수 없는 것은 다름아닌 내 마음이었다. 내가 제이를 좋아하긴 하는지, 무슨 생각으로 그녀를 만나고 있는지, 내 본심을 헤아릴 수가 없었다. 사귄 지 반년이 넘었는데도 나는 친구들에게 그녀를 소개해주지 않았다. 제이가 내 친구들을 만나보고 싶다고 졸라도 갖은 핑계를 대며 그런 자리를 피했다. 내게 애인이 있다는 것조차 모르는 친구가 태반이었다.

객관적으로 판단하기에 제이는 애인으로서 나쁘지 않은 여자였다. 솔직히 내게는 과분하다고도 할 수 있었다. 남자 나이 서른에 직업이 없다는 건 온라인에서만 애인을 만들 수 있음을 뜻하지 않던가. 오프라인에서 살아숨쉬는 제이는 예쁘장하고 애교가 많으며 어엿한 직장인이었다. 데이트 비용을 전담하다시피 할뿐더러 내게 가끔 용돈도 주니 마음 씀씀이도 고왔다. 반면에 나는 어떤가. 보잘것없는 취업 사수생. 해마다 목표 직종이 바뀐다는 점에서 장래성도 꽝. 올해부터는 공무원 시험에 도전하기로 했지만 그것도 실은 자신이 없다. 이런 나를 제이는 왜 만나는 것일까.

거실의 통유리로 햇볕이 한가득 쏟아져 들어왔다. 정말이지 따뜻한 봄날이었다. 자꾸만 하품이 나왔다. 잘 지내죠? 나는 삭제 버튼을 누르기 전에 제이의 낯간지러운 문자메씨지를 다시 한번 들여다보았다.

따뜻한 봄날처럼…… 우리도 항상…… 따뜻한…… 따뜻……

그 소리는 먼 곳에서 들려오고 있었다. 처음에는 작고 은은하게 들렸다. 그러나 웬걸. 얼마 지나지 않아 점점 더 커지고 요란해졌다. 귀를 틀어막았다. 소용이 없었다. 소리는 끈질기게 이어졌다. 아뿔싸. 그것은 내 휴대폰 벨소리였다. 튕기듯이 몸을 일으켜 앉았다.

"여보세요?"

목소리가 갈라졌다. 두어 번 헛기침을 했다.

"어, 갈 거야. 어, 스터디 끝나고."

제이는 빈소에 가기 전에 둘이 먼저 만나자고 했다.

"어, 그래. 내가 이따 전화할게."

휴대폰 폴더를 닫았다. 뒷목이 뻐근했다. 등허리도 찌뿌드드했다. 눈앞의 텔레비전이 저 혼자 떠들어대고 있었다. 맞아, 그랬지. 여기는 준수네 집이었어. 쏘파에 누워 있다가 깜빡 잠이 든 모양이었다. 현재 시각을 확인했다. 열한시. 젠장. 늦은 정도가 아니었다. 스터디가 시작되고도 한시간이나 지나지 않았는가.

쏘파에서 일어나던 나는 소스라치게 놀라 그대로 주저앉을 뻔했다.

"누구,세요?"

주방의 개수대 앞에 웬 젊은 여자가 서 있었던 것이다.

"보면 몰라요?"

여자가 심드렁한 어조로 되받아쳤다. 삼십대 초반쯤 될까. 그녀는 행주를 비틀어짜고 있었다. 내가 잠들어 있을 때 이 집에 들어온 것이리라. 그렇다면 도어록의 비밀번호를 안다는 얘기였다. 혹시 준수의 애인? 녀석에게 애인이 있다는 소리는 들은 적이 없는데. 그래도 나는 정중하게 허리를 굽혔다.

"처음 뵙겠습니다. 저는 준수 친구 최석호라고 합니다."

여자가 피식 웃었다. 그녀는 파출부라고 했다. 일주일에 한 번 찾아와서 청소며 요리, 빨래를 거들어준다는 것이었다. 나는 두 가지 이유에서 크게 놀랐다. 첫째로는 그녀처럼 젊은 파출부도 있다는 것에, 둘째로는 내가 벗어놓은 옷가지를 그녀가 준수의 빨랫감인 줄 알고 세탁기에 넣어버렸다는 것에. 요행 삼십분 후면 세탁은 물론 건조도 끝난다고 했다. 나는 스터디에 이왕 늦었으니 기다렸다가 내 옷으로 갈아입고 가리라 마음먹었다.

식탁에 1리터들이 냉장 두유 한 통과 검은콩이 든 비닐팩이 놓인 것이 눈에 띄었다. 비닐팩 겉면에 '서리태'라고 쓰여 있었다. 여자가 장을 봐온 것이었다. 준수가 냉장고 문에 붙여놓은 메모지는 파출부를 위한 것이었던 셈이다. 일이 끝났는지 여자가 식탁에 팔꿈치를 기대고 앉았다. 나는 그대로 주방에 서 있기도 멋쩍고, 거실로 돌아가서 혼자 텔레비전을 보기도 어색하여, 주방과 거실의 경계선 즈음에 어정쩡하게 서 있었다.

"어디 중요한 자리에 가시나 봐요?"

여자도 침묵이 불편했을 것이다.

"예, 갑자기 일이 생겨서……"

대답하다 말고 나는 움찔했다. 그녀가 입에 담배를 물고 불을 붙이는 참이었던 것이다. 맹랑한 여자였다. 남의 집에 일하러 온 처지에 함부로 흡연을 하다니. 그러나 그녀의 손가락에 들린 담배를 보는 순간 어쩐지 몸에 힘이 빠지면서 아무러면 어떠랴 싶어졌다. 그 담배는 빨간색이었다.

"집주인한텐 미리 허락받았어요. 피워도 된다고."

내 마음을 읽었는지 묻지도 않았는데 여자가 말했다. 그녀가 내게 담뱃갑을 내밀었다. 금연한 지 십삼일째인 나는 황망히 손을 내저었다. 문득 얼굴이 달아올랐다. 내가 지금 남의 집에서 생판 모르는 여자와 둘이 뭘 하고 있나 싶었던 것이다. 이게 다 정장 때문이었다. 아니다. 장례식 때문이었다. 어쩌자고 죽음이 그리도 흔한가. 어쩌자고 그렇게들 빈번히 죽는가. 저번 장례식 때 빌렸던 옷을 드라이클리닝 해서 돌려준 게 바로 지난주 아닌가 말이다.

저번 장례식. 불현듯 흡연 욕구가 강렬하게 치밀어올랐다. 내 대학 선배의 장례식이었다. 여자가 피우는 담배 냄새가 내 쪽으로 솔솔 흘러왔다. 딱 한 대만 피우자, 딱 한 대만, 하는 생각이 원시인처럼 춤을 추며 머릿속을 뛰어다녔지만 나는 이를 악물었다.

나보다 세 살이 많은 선배를 만난 것은 학내 개그 동아리에서였다. 그는 내가 아는 가장 웃긴 인물이었다. 타인을 비하하거나 조롱하지 않으면서도 손쉽게 웃음을 유도해낸다는 점에서 드물게 실력과 인격을 겸비한 개그맨 지망생이었다. 그러나 세상은 번번이 선배를 외면했다. 그가 각 방송사의 개그맨 공채시험에 응시한 횟수만 스무 번이었다. 스무 번 낙방하고도 그는 포기하지 않았다. 선배가 주력했던 개그는 군대 씨리즈였다. 병역 기피자들에게 경종을 울리겠다는 가상한 취지에서 비롯된 그것은 일종의 허무 개그였다. 가령 이런 식이었다.

갑 : 당신은 왜 군대에 안 갔습니까?

을 : 비가 와서요.

병 : 그러는 당신은 왜 군대에 안 갔죠?

갑 : 늦잠 자서요.

선배는 교통사고로 죽었다. 경찰이 내린 결론은 그러했다. 유족들은 단순한 사고가 아니라고 반발했다. 사실 그저 사고였다고 덮

어두기에는 석연찮은 구석들이 있었다. 사고가 일어났던 날 새벽, 선배가 왜 뜬금없이 그런 장소에 혼자 있었을까 하는 것부터가 수수께끼였다. 시신이 그와 연고가 전혀 없는 강원도의 어느 인적 드문 국도변에서 발견되었던 것이다. 누군가는 선배가 빚쟁이들에게 시달리고 있었다고 했다. 다른 누군가는 그가 예전부터 우울증을 앓고 있었다고도 했다. 그가 실연으로 몹시 괴로워했다는 주장도 제기되었다. 죽은 자는 말이 없으니 누가 진실을 알겠는가. 뺑소니 사고였으므로 죽음 전후의 모든 과정은 미제로 남았다. 분명한 것은 선배가 죽었다는 결과 하나뿐이었다.

죽음의 원인에 대한 추측은 달라도 사람들은 똑같이 하나의 의문을 품고 있었다. 그것은 죽기 전 선배의 모습을 마지막으로 본 사람이 누구냐 하는 것이었다. 나만은 답을 알고 있었다. 답이 나였으므로. 하지만 밝힐 수가 없었다. 그냥 그러면 안될 것 같았다.

그가 죽기 전날 밤. 나는 제이와 극장에 갔다가 그곳에 혼자 영화를 보러 온 선배를 우연히 발견했다. 상영중인 영화가 남자 혼자 관람하기에는 적당치 않아 보이는 로맨틱코미디물이라 조금 의아했지만 그럴 수도 있겠거니 여겼다. 그는 나의 바로 앞 좌석에서 왼쪽으로 세번째 자리에 앉아 있었다. 처음에는 제이가 옆에 있기 때문에 선배에게 아는 체를 하지 못했다. 그러나 나중에는 제이와 무관하게 아는 체를 할 수가 없게 되었다. 소소하게 웃긴 장면들에서 한 번도 웃지 않던 선배가 영화의 가장 웃긴 장면에서 혼자 눈물을 흘리는 모습을 보고 말았기 때문이다.

그 시시껄렁한 코미디영화에서 선배는 무엇을 보았던 것일까.

아니, 내가 그날 밤 본 사람이 정말 선배가 맞긴 맞을까. 그의 죽음의 진실을 알 수 없는 것처럼 나 또한 내가 본 것의 진실이 무엇인지 확신할 수 없었다. 그러나 무엇보다 혼란스러웠던 것은 따로 있었다. 생전에 가까운 사이였든 아니든 간에 우리는 대개 사람이 죽고 나서야 비로소 그 사람에 대해 진지하게 생각해보게 된다는 점이었다. 만약 선배가 죽지 않았다면 단언컨대 나는 지금처럼 그를 오랫동안 진심을 다해 떠올려볼 일이 결코 없었을 것이다.

"빨래 건조 끝나려면 십오분 남았네요."

여자의 목소리에 나는 과거의 어두운 극장에서 퍼뜩 현실의 밝은 식탁으로 돌아왔다. 아직도 십오분이나 남았다니. 그녀와 나 사이의 공간을 텔레비전 뉴스가 비집고 들어왔다. 통계청의 발표에 따르면 우리나라의 작년 한 해 사망자 수가 모두 24만6천 명이란다. 하루 평균 사망자 수는 672명. 이는 이분 십사초당 1명씩 죽은 것이라고 앵커는 전했다.

여자가 담배 한 개비를 새로 꺼냈다. 이번에는 파란색이었다. 지금 이 순간에도 끊임없이 어디선가 누군가는 죽어간다. 이분 십사초에 1명씩, 내 옷이 마르는 십오분 동안에도 약 7명이 죽는다는 것이다. 물론 나도, 누구도, 그것을 막을 수는 없다. 그러나 여기 이렇게 마냥 손 놓고 앉아 시간을 보내려니 마치 내가 그 7명이 죽기를 기다리고 있는 것처럼 느껴졌다. 여자의 팔꿈치 옆에 놓인 담뱃갑을 노려보았다. 제품명은 보이지 않았으나 안에 들어 있는 담배들의 색깔은 똑똑히 보였다. 주홍색, 노란색, 초록색…… 빨주노초파남보. 나는 다채로운 색상을 뽐내는 그 담배의 이름을 예상할 수 있었다.

"그 담배 이름, '무지개' 맞죠?"

여자가 허공으로 담배 연기를 내뿜었다.

"아무것도 아니에요."

"예?"

Nothing. 그녀가 내민 담뱃갑의 포장지에는 그렇게 쓰여 있었다. 정말 아무것도 아니었다. 나는 가방을 어깨에 둘러멨다. 7명이 차례대로 죽어버리기 전에 이곳을 벗어나고 싶었다. 옷이야 다음에 준수의 정장을 돌려주러 올 때 찾아가면 될 터였다.

제이는 자신의 회사로 오라고 했다. 할 말이 있다며 점심이나 같이 먹자는 것이었다. 가족이 상을 당했는데도 그녀가 여느 때처럼 출근을 했다는 것이 떨떠름했으나 나는 그러겠노라 했다. 그러잖아도 상가에 갈 복장으로 스터디에 가는 것이 내키지 않던 차였다. 스터디는 한창 진행중이었다. 그들은 괜찮다고, 내가 뽑아온 문제를 맨 나중에 풀면 된다고, 볼일 다 보고 천천히 오라고, 선심 쓰듯 말했다.

그녀의 회사에 가보는 것은 처음이었다. 찾기 쉬울 거라더니 과연 버스정류장에 내리자마자 나는 대번에 회사 건물을 알아보았다. 이 일대의 랜드마크라 해도 될 만큼 도드라지게 솟은 초고층 빌딩이었다. 제이의 회사가 이렇듯 목 좋은 곳에 자리한 으리으리한 빌딩일 줄 예상하지 못했던 나는 어리둥절한 채로 일층 로비에서 그녀에게 전화를 걸었다. 두 번을 연거푸 걸었지만 연결이 되지 않았다. 홀 중앙의 엘리베이터 문이 열리며 정장을 입은 남녀들이 떼로 쏟아져나왔다. 그 옆의 엘리베이터에서도 정장 차림의 남녀들이 삼삼오오 몰려나왔다. 그들은 서로 웃고 떠들며 빌딩의 출입구로 향했다. 나는 어깨에 둘러멘 가방 끈을 만지작거렸다. 공무원 시험 기출문제집이며 영어회화 교재, 전자사전 따위가 들어 있는 가방이 제법 무거웠다. 로비의 의자에 앉았다. 제이는 여전히 전화를 받지 않았다. 서서히 속에서 열불이 솟았다. 가방을 열고 출제 예상 문제지를 꺼냈다.

1. 행정통제의 향상 방향이 아닌 것은?

a) 행정절차법을 활용한다. b) 행정조직 계층구조를 개선한다. c) 행정정보 공개제도를 활성화한다. d) 내부고발자 보호제도를 강화한다.

2. 공공재의 특성이라고 할 수 없는 것은?

a) 외부효과성 b) 비경합성 c) 소비자 선호 이론 d) 비배제성

3. 점증주의 정책결정모형을 맞게 설명한 것은?

a) ……

내가 낸 문제인데도 답이 금방 떠오르지 않았다. 제이에게 네번째로 전화를 걸었다. 끝없이 이어지는 신호음. 발목 부근이 어째 허전했다. 서 있을 때도 짧던 바지가 앉으니까 바짓단이 복사뼈 위까지 올라가면서 정강이 아래쪽 맨살이 드러난 것이다. 휴대폰을 쥔 손아귀에 힘이 들어갔다. 신호음이 한 번씩 울릴 때마다 이가 갈렸다. 전화 몇번 안 받는다고 이렇게까지 화가 날 수 있다는 건 내가 그녀를 좋아하지 않는다는 뜻이다. 걱정이 되는 것이 아니었다. 순전히 짜증이 나는 것이었다. 나는 비로소 내 감정을 분명히 알 수

있었다.

　문제지를 가방에 쑤셔넣었다. 책들 사이에 무언가 낯선 물건이 끼어 있었다. 아, 휴대폰. 준수 집으로 갈 때 버스 안에서 주운 것이었다. 폴더를 열었다. 통화 목록을 살펴보았다. 따로 등록되어 있지 않은 유선전화번호 몇개만 남아 있는 화면이 썰렁했다. 메씨지보관함도 사정은 마찬가지였다. 대부업체며 홈쇼핑, 인터넷 경매 싸이트, 신용카드회사 따위에서 보낸 광고문자만 잔뜩 들어 있었던 것이다. 마지막으로 전화번호부를 검색했다. 등록된 전화번호는 달랑 일곱 개. 이 휴대폰 주인은 낙도에 숨어 사는 인물일까. 쓴웃음이 나왔다. 어쩐지 그에게 휴대폰을 돌려주지 않아도 될 것 같았다. 그는 휴대폰을 별로 중요하게 여기지도 않고 그것이 없어도 불편함을 느끼지 않는 사람일 테니 말이다.

　나는 충동적으로 그 휴대폰으로 문자메씨지를 작성하기 시작했다. 키패드가 손에 익지 않아 한 자 입력할 때마다 서너 번씩 틀렸다.

나는 쓸모없는 놈이다.

겨우 아홉 음절을 입력하는 데에도 한참이 걸렸다.

왜 사는지 모르겠다.

이윽고 마지막 한 문장을 더 입력했다.

죽고 싶다.

　화면을 잠시 응시하다가 마지막 문장을 삭제했다. 그리고 작성 완료 버튼을 눌렀다. 수신자란에는 전화번호부에 등록된 연락처 일곱 개를 모조리 넣었다. 말하자면 그것은 내가 처음으로 전송해

보는 단체문자였다.

"오빠, 미안해. 회의가 방금 끝난 거 있지?"

휴대폰을 손바닥 밑으로 감추었다. 제이가 엘리베이터에서 내 쪽으로 걸어오고 있었다. 나는 벌리고 있던 두 다리를 엉겁결에 하나로 모을 만큼 당황했다. 그녀가 뭔가 달라 보였던 것이다. 몸의 굴곡이 고스란히 드러나는 검은색 치마정장을 입고 목에 사원증을 건 제이는 전에 없이 당당하고 세련되며 나아가 이지적으로까지 보였다. 옷차림도 화장법도 평소 밖에서 만났을 때와 똑같은데 어째서 느낌이 이토록 다를까. 홈그라운드에 있어서일까. 아니면 이것이 그녀의 진짜 모습인 것일까. 흡사 동화 속 두꺼비가 왕자님으로 변한 것처럼 놀라워서 나는 그녀에게 왜 전화를 받지 않았느냐고 화를 내지도 못했다.

우리는 근방에서 맛있기로 소문났다는 이딸리안 레스또랑으로 갔다. 그곳에는 이미 빈자리가 없었다. 문 안쪽 대기석에 앉아 차례를 기다리는 이들만 열 명이 넘었다. 종업원이 귀띔하기를 자리가 나려면 삼사십분 이상 걸릴 거라는데도 제이는 괜찮다며 메뉴판부터 달라고 했다. 그러고는 내게 이곳 빠스따 맛이 이딸리아 본토의 최고급 레스또랑에서 먹는 것보다 한 수 위라고 속삭였다. 물론 그녀는 이딸리아의 최고급 레스또랑에 가본 적이 한 번도 없었다. 이딸리아에도 아직 못 가봤으니까. 우리는 대기석의 끄트머리에 앉았다. 옆에 스포츠신문이 아무렇게나 접힌 채 놓여 있었다. 일면에 실린 것은 최근 잇따라 자살한 연예인들의 사진이었다.

"어딜 가나 죽는 얘기들뿐이야. 티브이도 인터넷도 신문도 전부."

제이가 총천연색 음식 사진이 실린 메뉴판을 뒤적이며 말했다.

"죽는 얘기가 안 나오는 건 식당 메뉴판밖에 없다니까."

왕자님이 결국 두꺼비로 다시 변해가는 과정을 나는 잠자코 지켜보았다.

바짓단 속으로 찬바람이 기어들어왔다. 단이 위로 올라가 정강이 아래까지 맨살이 훤히 드러나 있다는 것에 계속 신경이 쓰였다. 준수의 바지를 처음 입는 것도 아니고 그새 내 다리가 길어졌을 리도 없는데 오늘따라 기장이 더욱 짧게 느껴졌다. 다음부터는 녀석에게 옷을 빌리지 말아야겠다고 생각했다. 하긴 장례식에 갈 일이 이렇게 많을 줄 알았다면 진작 내 정장을 마련했을 것이다. 그러나 언제 누가 얼마나 자주 죽을지 어떻게 미리 알 수 있겠는가. 그렇다고 언젠가 누군가는 반드시 죽겠지 하는 마음으로 옷을 미리 장만하는 것도 찜찜한 노릇이고 말이다.

"참, 너 나한테 할 말이 있다는 게 뭐냐?"

제이는 메뉴판에서 고개를 들지도 않았다.

"응. 이따가 우리 증조할머니 빈소에 안 와도 된다고."

"뭐? 아니 왜?"

그녀가 나를 똑바로 바라보았다.

"생각해봤는데, 그냥…… 오빠가 불편할 것 같아서."

나는 제이의 말이 반가우면서도 막상 그녀가 오지 않아도 된다고 하니까 반발심 반 의무감 반으로 꼭 가야겠다는 생각이 들었다. 벌써 옷도 빌려 입고 구두도 빌려 신지 않았는가. 그럴 수 없다고, 그곳에 가야 한다고, 그것이 도리라고, 하지만 나는 말하지 않았다.

제이가 정 그렇다면 빈소에 오라고 말을 다시 바꿀까 봐 두려워서였다. 대신 나는 증조할머니가 어쩌다 돌아가셨느냐고, 애초에 했어야 할 질문을 뒤늦게 던졌다. 할머니의 연세가 올해 딱 백살이셨다고 제이는 그렇게만 대답했다.

백살의 죽음. 그것은 내가 이제껏 접한 죽음 중에서 최고령이었다. 일백년 살고 죽음을 맞이하는 기분은 어떤 것일까. 일백년 산 자의 죽음을 지켜보는 기분은 또 어떨까. 나는 숨을 깊이 들이마셨다. 순간 몸 어딘가에서 진동이 느껴졌다. 바지 주머니에 손을 넣었다. 버스에서 주운 휴대폰에 문자메씨지가 도착해 있었다. 새로 온 메씨지는 모두 네 통이었다. 일곱 명 중에서 무려 네 명이 답장을 보내온 것이었다.

쓸모없다니 무슨 소리! 넌 나의 완전 소중 보물 1호야.

어디 계세요? 지금 당장 그쪽으로 가겠습니다.

너 술 마시고 싶구나? ㅋㅋㅋ 그럼 오늘 마실까?

사랑하는 친구야, 힘내. 난 언제나 니 편이니까 ^^

내가 아까 이들에게 정확히 어떤 내용의 메씨지를 보냈는지 기억이 나지 않았다. 상관없었다. 다만 나는 알 수 있었다. 그는, 그러니까 이 네 통의 메씨지를 받은 자는, 적어도 일부러 죽지는 않아도 되리라는 것을. 누군가에게 사랑받고 있고 누군가 같은 편이 있다는 것은 다시 말해 죽을 필요가 없다는 뜻이니까.

제이가 내 턱밑으로 메뉴판을 들이밀었다.

"오빠 먹고 싶은 거 다 골라. 내가 다 사줄게."

"넌 지금 할머니가 돌아가셨는데 그런 말이 나오냐?"

"어머, 할머니 돌아가신 거랑 밥 사주는 거랑 뭔 상관인데?"

어차피 호상이어서 괜찮다고 그녀는 말했다. 나는 딴청을 피웠다.

"휴대폰 주웠을 때 말이야, 주인 찾아주려면 어떻게 해야 돼?"

"오빠 휴대폰 주웠어? 언제? 어디서?"

그럴 때는 어떻게 해야 하는지 제이는 장황하게 설명을 늘어놓았다. 그녀의 말이 귀에 잘 들어오지 않았다. 휴대폰 주인을 찾는 일이야 그리 어렵지 않을 것이다. 그를 만난다면 나는 말해주고 싶었다. 당신은 러키 맨이라고. 장례식장에 한 번도 안 가본 사람만이 러키 맨인 것은 아닐 테니까.

배가 고팠다. 장례식에 갈 준비를 완벽하게 마쳤지만 장례식에 가지 않을 예정인 나는 메뉴판을 펼쳤다. 백살에 죽든 열살에 죽든 죽음은 죽음일 뿐이다. 죽음의 세부 같은 것은 중요하지 않다. 그런 것은 아무것도 아니다. 마술사의 모자 속에서 하얀 비둘기가 날아오를 때처럼, 사람들은 처음부터 그 순간을 예상하고 있다. 그것을 보러 왔으니까. 그럼에도 비둘기가 날아오르는 순간 그들은 놀라고 신기해하고 감탄한다. 비둘기가 어떻게 생겼고 어디로 날아갔으며 왜 모자 속으로 돌아가지 않는지 따지는 이는 없다. 마술이 끝나고 사람들은 곧 집으로 돌아간다. 그들은 더이상 비둘기에 놀라고 신기해하고 감탄했던 순간을 떠올리지 않는다. 다시 일상이 시작되는 것이다.

제이의 말이 옳았다. 메뉴판에는 죽음이 없었다. 깜짝 놀랄 만큼 먹음직스러워 보이는 음식 사진들만이 가득했다. 그래서 나는 마음이 놓였다. 세상에 죽음보다 낯설고 두렵고 놀라운 것은 없다. 하지만 정말로 놀랄 일은 남의 죽음이 아니다. 그것은 언젠가는 결국 나도 죽는다는 사실일 것이다. 그리고 어쨌거나 지금 나는 살아 있다는 사실이겠지. 빠스따 사진들을 들여다보며 나는 생각했다. 모든 메뉴가 다 맛있어 보였다. 손가락이 닿는 대로 한꺼번에 여러개의 메뉴를 짚었다. 제이가 눈을 크게 뜨고 나를 바라보았다. 설마 그걸 다 먹겠다는 건 아니지? 그렇게 묻고 싶다는 듯이.

안부를 묻다

십년 후에 만나자. 정확히 십년 후 오늘 이 자리에서.

지금까지 서너 번인가 그런 약속을 했다. 전부 십대 시절의 일이다. 하기야 반은 장난 같기도 한 그런 약속을 이십대에 하겠는가, 삼십대에 하겠는가. 십대에는 십년이 까마득히 긴 세월로 느껴지게 마련이므로 그렇게 먼 미래를 기약한다는 것 자체가 일종의 도박처럼 흥미로울 수 있다. 미완의 시기라서, 아직 아무것도 정해지지 않은 십대라서, 분명 무엇인가 정해져 있을 십년 후에 대한 궁금증도 클 것이다. 더욱이 나의 십대 시절에는 인터넷도 없고 휴대폰도 없었다. 집전화와 손편지가 통신수단의 전부였으므로 누구하고든 한 번 연이 끊기면 실로 뒷날을 기약하기가 어려웠다. 그러니 일정 부분은 운명에 맡겨야 할 만큼 성사 가능성이 낮다는 점에서 십년 후의 만남은 더욱 신비하고 매력적인 약속이 될 수밖에 없었다. 물론 꼭 그렇게 필연적인 이유에서 했던 것은 아니지만, 예의 그 약속들은 모두 나의 십대에 이루어졌다.

딱 한 번 이십대에도 약속한 적이 있기는 하다. 그러나 당시 나와 약속한 상대가 십대였다. 십년 후 만나자는 말에 내가 웃음을 터뜨리자 아이는 정색을 했다.

"십년 후에 다시 만나기로 한 사람이 있다고 생각하면 삐뚤어지지 않고 공부도 열심히 할 것 같아요. 그 사람이 꼭 어디선가 저를 계속 지켜보고 있을 거라는 생각이 드니까요."

조숙하고 맹랑한 녀석이었다. 초등학생이 벌써 그런 말을 할 정도로 일찌감치 지각이 들었다면 십년 후에 만나자는 약속 따위 없어도 스스로 알아서 잘 크겠다 싶었지만 나는 잠자코 고개를 끄덕였다. 나야말로 녀석과의 약속을 기억하는 동안만큼은 삐뚤어지지 않고 잘 클 수 있을 것 같아서였다.

그리고 마침내 십년 후, 2009년. 약속을 할 당시는 도서관이었으나 약속을 지킬 때는 쇼핑몰이 되어버린 곳에서 나는 바야흐로 스물두살 처녀가 되어 있을 그아이를 기다렸다. 하지만 해외유학이라도 가 있었을까. 어디가 아팠나. 그것도 아니면 열두살 때의 약속을 까맣게 잊어버린 것일까. 녀석은 그날 약속장소에 나타나지 않았다.

그날을 마지막으로 내 오래된 약속들은 이제 모두 유효기간이 지나버렸다. 기왕 얘기가 나왔으니 말인데, 그것들이 지켜진 적은 한 번도 없었다. 몇번의 십년 동안 나는 번번이 기대를 했고 그 십년의 끝에서 번번이 허탕을 쳤다. 십대에 한 그 약속들이 얼마나 치기 어린 것이었는지 이십대가 되면 깨닫는 것일까. 그래서 이십대 이후에는 그런 약속을 하지도 않고 지키지도 않게 되는 것일까.

어쨌거나 내가 지금 하려는 이야기는 그 약속들 중 하나에 대한 것이다. 그것은 유일하게 남이 아니라 내가 어긴 약속이다.

서울올림픽 개막이 임박해 있던 1988년 여름. 국민학교 6학년이던 나는 방학이 시작되자마자 느닷없이 남의 집에 얹혀살게 되었다. 엄마가 예전부터 동생처럼 알고 지내왔다고는 하나 내 입장에서는 생면부지인 여자에게, 옆 동네도 아니고 멀리 서울에 있는 그녀 부부의 집에, 어린 내가 왜 혼자 맡겨져야 했는지 그때는 알지 못했다. 다만 할머니가 마작에 빠져 거액의 빚을 졌음을 통보받던 날 아빠가 집을 팔아야겠다고 탄식한 것, 그가 엄마에게 이 집의 주소가 마작 패의 수와 같은 136번지임을 아느냐고 중얼거린 것, 낯선 사람들이 무시로 집에 드나들기 시작한 것, 그런 몇몇 장면들이 서울행 버스에 오르는 내 뇌리에 어렴풋이 남아 있었을 뿐이다.

마장동 시외버스터미널로 마중을 나온 여자는 품에 갓난아기를 안고 있었다. 이십대 후반쯤 되었을까. 아기 엄마라고 하기에는 어딘가 서투르고 순진해 보이기까지 한 얼굴로 그녀는 버스에서 내리는 나를 보자마자 외쳤다.

"어머나, 그 꼬맹이가 벌써 이렇게 컸어?"

의외로 목소리가 커서 주위 사람들이 모두 우리를 쳐다보았다.

"세상에, 옛날의 그 꼬마 울보가 아주 숙녀가 다 됐네!"

내 옛 별명을 알고 있다니. 그녀는 전에 나와 만난 적이 있는 것이 분명했다. 무엇보다 이런 공공장소에서 어린애에게 꼬맹이니 울보니 외쳐대는 사람이 나쁜 사람일 것 같지는 않았다. 갑자기 긴장이 풀렸고 다음 순간 나는 이유 없이 부끄러워졌다. 그래서 내 머리를 쓰다듬으며 앞으로는 이모라고 부르라는 여자의 말에 냉큼 대답을 하지 못했다.

이모와 함께 시내버스를 타고 한참을 달려 다다른 곳은 한적한 주택가였다. 붉은 벽돌로 지어진 이층집의 외관은 예상보다 훨씬 근사했다. 색을 입히지 않은 나무대문은 소박한 멋이 있었고, 남향으로 난 창들은 시원시원하게 컸으며, 담장에 부조된 기하학적 문양은 과감하면서 우아했다. 집의 내부는 또 어떠했던가. 천장이 높은 거실, 주부의 동선을 고려하여 디귿자로 설계된 주방, 색색의 꽃나무 화분이 늘어선 널찍한 베란다와 채광이 잘되는 욕실까지, 어디 하나 나무랄 데가 없었다. 나는 살아보기도 전에 이모의 집이 마음에 들었다. 물론 진짜 그녀 소유의 집이 아니라 전세였지만 말이다.

이모 부부가 세든 것은 이층이었다. 일층에는 집주인 가족이 산다고 했다. 그런데 특이하게도 그 집은 여느 이층집이 일층 따로 이층 따로 독립되어 있는 것과 달리 실내에 일층과 이층을 잇는 나무계단이 있었다. 말하자면 두 층이 서로 트여 있었던 것이다. 애초에 그 집을 지을 때는 한가족이 일이층을 통째로 쓰게 하려 한 모양이었다. 어쨌든 옥외에 마당에서 곧장 이층으로 오를 수 있는 철제계단이 허술하나마 따로 있고, 집을 얻을 때부터 실내계단은 절대 이용하지 않기로 약조했다는 이모의 전언이 있었지만, 그것만으로 일층과 이층이 트여 있기 때문에 비롯되는 모든 문제들이 해결될 수는 없었다. 층 사이에 물리적인 경계가 없으니 두 가구가 각 층에서 따로 산다 해도 마음만 먹으면, 아니 마음먹지 않아도 어쩔 수 없이, 수시로 다른 가족의 삶에 개입할 수 있었다. 예컨대 일층 사람들이 거실에서 텔레비전을 보면 그 소음이 실시간으로 이층까지 전달된다. 반대로 이층 사람들이 삼겹살을 구워먹으면 그 냄새가 일층에 고스란히 내려앉는 것이다. 그뿐인가. 각 층의 가족이 외출을 했는지 아닌지, 혹은 손님을 맞이하고 있는지 아닌지, 그런 것들까지 서로 죄 알 수 있었다. 한 층의 가족이 전부 집을 비워도 그 집은 빈집이 아닌 것이었다. 다른 층의 가족 중 누군가가 한 명이라도 남아 있는 한은.

특이한 점은 그것만이 아니었다. 어느날 이모가 옥상에 빨래를 널러 간 사이 열린 문으로 나비 한 마리가 들어왔다. 나는 마냥 신기하여 밖으로 쫓을 생각도 하지 않고 눈으로 쫓기만 했다. 나비는 텔레비전 안테나에 앉을 듯 앉지 않고 벽시계에 닿을 듯 닿지 않고 나를 스칠 듯 스치지 않으며 거실을 사뿐히 가로지르더니 실내계단으로 향했다. 그쪽은 가면 안돼! 나도 모르게 외칠 뻔하던 찰나, 나비는 내 심중을 헤아리기라도 한 듯 허공에서 돌연 날개를 접었다. 착지를 한 것이다. 그런데 다시 보니 나비가 앉은 곳은 허공이 아니라 손잡이였다. 거기 문이 있었다. 실내계단 바로 옆에 웬 방이 하나 있는 것을 전에는 왜 알지 못했을까. 평소에 이모와 이모부와 아기는 안방에서 자고 나는 욕실 옆에 붙은 작은방에서 혼자 잤다.

그리고 잠잘 때를 제외하면 다들 거실에서 대부분의 시간을 함께 보냈다. 딱히 공간이 협소하다는 느낌을 받은 적이 없어서 다른 방이 더 있을 거라는 생각도 해본 적이 없었으리라. 나는 문 앞으로 한 발 다가갔다.

"그 방은 못 들어가. 문이 잠겨 있거든."

빈 빨래바구니를 손에 든 이모가 어느새 내 등 뒤에 서 있었다. 신혼일 때 이 집에 들어오면서 방이 세 칸이나 필요하지는 않다고 판단해서 한 칸은 빼고 세를 얻었다는 것이다. 그래서 그 방은 이모 부부의 방이 아니라 집주인의 방이라고 했다.

"그럼 주인아저씨는 이 방에 들어갈 수 있어요?"

"당연하지."

"이 실내계단으로 올라와서요?"

"당연하지."

당연하지 않다는 생각이 들었다. 실내계단은 이용하지 않기로 했다고 하지 않았나. 세입자는 그리로 다니지 못하게 하면서 자신들은 다닌다니. 세입자는 일층으로 내려오지 못하게 하면서 자신들은 이층으로 올라온다니. 명명백백히 불공정한 처사였다. 집주인이면 그래도 되나. 그래서 억울하면 출세하라고들 하나. 내가 인상을 쓰는 것이 재미있는지 이모는 웃으면서 놀리듯이 말했다.

"아유, 그냥 빈방이야. 주인아저씨도 들어갈 일 없답니다."

나는 눈에 보이지 않는 통행금지 푯말이 붙은 실내계단 앞에 서서 난간 아래 훤히 드러난 일층의 거실을 기웃거렸다. 다들 외출했는지 아니면 낮잠이라도 자는지 아무 기척도 느껴지지 않았다. 이모가 쓸데없이 아래쪽 내려다보지 말라고 주의를 주었다. 일층에 사는 이들은 초로의 주인 내외 두 사람이 전부라고 했다. 딸은 시집을 갔고 아들은 미국에 유학을 가서 부부끼리만 오붓하게 산다나. 아주 교양있고 점잖은 사람들이며 정당한 이유 없이 이층에 올라오는 일도 결코 없을 거라고 이모는 덧붙였다.

과연 아무 일도 생기지 않았다. 일층은 종일 사람이 있는지 없는지도 모르게 조용했다. 이모는 마당이나 옥상에서 집주인과 더러 마주치기도 했겠지만 나는 한 번도 마주치지 않았다. 집주인이 이층으로 올라오는 일도 전연 없었다. 우려하던 일들이 일어나지 않자 자연히 실내계단의 존재도 내 관심사 밖으로 밀려났다. 나는 언제나 문이 잠겨 있는 계단 옆의 방에 대해서도 곧 신경쓰지 않게 되었다.

평화로운 날들이었다. 그 집에서 나는 꼬박 한달을 살았다. 이모와 이모부는 금실이 좋았다. 이모는 웃음이 많고 눈물은 더 많은 사람이었다. 그녀는 텔레비전 드라마를 보다가도 울고 아기를 어르다가도 울고 저녁 다섯시마다 거리에서 울려퍼지는 애국가를 들으면서도 울었다. 그러다가도 내가 빤히 쳐다보면 우는 모습을 들키지 않으려고 갑자기 전화번호부를 뒤적이거나 서랍을 열고 무엇인가를 찾는 척했는데, 나는 그럴 때의 그녀 모습을 특히 좋아했다. 이모부도 이모 못지않게 정이 많은 사람이었다. 그는 기상청에 다녔다. 사람들은 늘 그에게 날씨를 물어보곤 했다. 이모부는 한 번도 귀찮은 내색을 하지 않고 신속하고도 정확하게 날씨를 알려주었다. 사실 그는 기상예보관이 아니라 기상청의 수위였다. 하지만 날마다 조간신문의 날씨 코너를 꼼꼼히 살펴보았기 때문에 사람들에게 날씨를 알려주는 데는 아무 문제가 없었다.

날씨가 좋은 주말이면 이모와 이모부와 아기와 나는 시내로 나들이를 갔다. 우리는 63빌딩과 남대문시장과 경복궁을 구경했다. 남산타워에도 가고 한강 유람선도 탔다. 나들이가 끝나면 나는 부모님에게 전화를 걸었다. 미안하다. 정말 미안해. 아빠든 엄마든 전화를 받은 사람이 하는 말은 항상 똑같았다. 미안해할 필요 없는데. 나는 괜찮은데. 오히려 서울에서 더 즐겁게 지내고 있는데. 정말 그랬다. 무엇보다 주말의 시내 나들이는 고향에서라면 상상도 못했을 아주 특별한 이벤트였다. 내가 집에서 챙겨온 방학숙제를 전부 끝내던 날도 주말이었다. 그날 이모부는 나를 교보문고에 데려갔다. 어마어마하게 많은 책들에 압도당해 할 말을 잃은 내게 그곳에서 읽고 싶은 책을 모두 고르라고 했다. 고심 끝에 내가 고른 책은 한 권. 에릭 씨걸의 『러브 스토리』였다. 단지 제목이 마음에 든다는 이유로 고른 그 책은 위인전이나 전래동화, 명작동화 같은 어린이 책밖에 읽어본 적 없는 내가 접한 최초의 소설이었다.

그 책을 읽고 나는 울었다. 제니가 불쌍하고 올리버가 안쓰러웠다. 마지막 장에서 제니가 죽은 후 올리버가 병원 밖으로 나와서 차라리 추위라도 느낄 수 있어 다행이라고 생각하는 대목은 읽고 또 읽어도 목이 메었다. 이모의 눈에는 필시 책을 껴안고 우는 내 꼴이 감수성 풍부한 문학소녀로 보였으리라. 원한다면 얼마든지 읽어도 좋다며 그녀가 나를 이끌고 간 곳은 이모부의 책상 앞이었다. 베니어합판으로 만든 조악한 책꽂이에 십여 권의 책이 꽂혀 있었다. 안타깝게도 제목이 마음에 드는 책이 한 권도 없었다. 하는 수 없이 표지가 그나마 마음에 드는 『야망인』이라는 책을 골랐다. 이모부의 책을 읽는다니 벌써 어른이 된 것 같아서 나는 우쭐거리며 첫 장을 펼쳤다. 그러나 첫 문단부터 모르는 단어가 나왔다.

"이모, 슈미즈가 무슨 뜻이에요?"

"슈미즈? 책에 뭐라고 쓰여 있는데?"

최적의 독서환경을 만들어주기 위해 늘 켜놓던 라디오도 끄고 옆에서 말없이 아기 기저귀를 개던 이모가 고개를 들었다.

"그는 그녀의 새하얀 어깨에 손을 올렸다. 슈미즈는 금방 흘러내렸다."

이모가 당혹스러워하는 것도 모르고 나는 계속해서 소리내어 책을 읽었다.

"그의 물건이 점점 커졌다. 그는 원래 물건이 엄청나게 크기로 유명한 남자였다…… 근데 이모, 물건은 또 뭐예요? 물건이 어떻게 점점 커져요?"

"음, 저기 있지, 그 책은 읽으면 안되겠다."

이모는 기저귀를 접다 말고 내 손에서 책을 가져갔다. 그러고는 앞에서부터 서너 장 훑어보더니 헛기침을 했다. 그새 얼굴이 붉어져 있었다.

"주인 아줌마 아저씨는 참 좋겠지? 미국도 가고 말이야."

화제를 돌리려는 의도가 완연히 드러나는 말투와 표정이었다. 그래서 나는 정황상 뜬금없는 이야기라고 생각하면서도 선선히 장단을 맞춰주었다.

"와아, 미국에 가신대요? 언제요?"

"어제 벌써 가셨어. 보름쯤 있다 오신대. 비행기도 타보고 오랜만에 아들도 만나고 미국 구경도 하고. 아, 정말 부럽지?"

부럽기야 부러웠다. 그렇지만 그보다 더 강렬하게 나를 사로잡은 것은 이제 일층에 아무도 없다는 사실이었다. 일층이 비어 있다. 이 집에는 우리만 있다. 내가 설사 실내계단을 내려가더라도 아무도 모를 것이다. 물론 그렇다고 함부로 그 계단을 오르내리겠다는 것은 아니지만 완전범죄가 가능하리라는 기대로 인해 가벼운 흥분이 이는 것은 어쩔 수 없었다.

한밤중 집 안에서 이상한 소리가 들리기 시작한 것은 바로 그다음날부터였다. 자정 무렵이었고 나는 자다가 요의를 느껴 화장실에 막 다녀온 참이었다. 다시 자려고 누웠는데 문밖 어딘가에서 희미하게 뚜벅뚜벅 소리가 들려왔다. 누군가 구둣발로 판판한 마룻바닥을 걸어다니는 소리 같았다. 하지만 실내에서, 그것도 오밤중에, 대체 누가 구두를 신고 걸어다닌단 말인가. 나는 잠결에 환청을 듣고 있다고 믿었고 그대로 잠을 청했다.

날씨가 쾌청할 거라던 이모부의 예보가 무색하게 이튿날은 하루종일 비가 내렸다. 『야망인』 일화에 대해 이모가 귀띔이라도 한 걸까. 이모부가 퇴근길에 『올리버 스토리』라는 책을 사왔다. 놀랍게도 그 책은 『러브 스토리』의 속편이었다. 제니 없는 세상에서 올리버가 어떻게 살아갈지 알고 싶었을 독자의 마음을 헤아려준 작가에게 감사하며 나는 밤늦게까지 그것을 읽었다. 이번에는 울지 않았다. 올리버가 다른 여자와 사랑하다가 헤어진 후 역시 제니밖에 없다며 그녀를 회상한다는 결말이 허무하고 작위적이기까지 했던 것이다. 문밖에서 다시금 괴이쩍은 소리가 들린 것은 책을 손에서 내려놓았을 때였다. 처음에는 빗소리인가 했다. 그러나 아니었다. 어젯밤에 들은 것과 같은 소리였다. 마침 시각도 어젯밤과 같은 자정 무렵이었다. 나는 이부자리에서 몸을 일으켰다. 바깥의 동정에 온 신경을 집중했다. 누군가 구둣발로 걸어다니는 소리. 이모나 이모부는 아니었다. 밤중에 돌아다니지도 않을뿐더러 그들은 그런 식으로 발소리를 내면서 걷지 않았다. 게다가 소리는 실내계단 쪽에서 들려오고 있었다. 누군가 계단을 통해 이층으로 올라오는 것이 틀림없었다. 설마 미국에 갔다던 주인아저씨는 아닐 테고. 아, 강도. 그래, 강도구나.

온몸에 소름이 돋았다. 이모와 이모부는 세상모르고 잠들어 있겠지. 그들에게 어서 이 상황을 알려야 했다. 그렇지만 어떻게? 무턱대고 소리를 질렀다가는 되레 강도가 당황하여 날뛰다가 더 큰 참극이 빚어질지도 모르는데. 묘수가 없을까 고민하며 나는 베갯머리에 놓인 『올리버 스토리』의 표지를 노려보았다. 하얀 바탕에 젊은 남녀가 웃으며 마주보고 있는 옆모습이 그려진 낭만적인 표지가 기이하게 비현실적이고 해독 불가한 것으로 느껴지던 그 몇 초의 시간. 얼마가 더 흘렀을까. 문밖이 잠잠했다. 문에 귀를 대고 한참을 더 앉아 있었지만 발소리는 더이상 들리지 않았다. 그럼에도 나는 두려움으로 날이 밝을 때까지 잠을 설쳤다.

"네가 악몽을 꾼 거야."

이모는 간밤에 아무 소리도 듣지 못했다고 했다. 문단속이 완벽

했으니 외부 사람이 침입하는 것은 불가능하고, 아래층에 아무도 없으니 누군가 실내계단을 통해 이층으로 올라왔다는 가정 또한 성립할 수 없다는 것이었다.

"꿈이 아니에요. 진짜였다니까요."

"그래, 알았어."

"그저께 밤에도 똑같은 소리가 났었다고요."

"그래, 알았어."

이모는 끝까지 내 말을 믿지 않는 눈치였지만 정 무서우면 안방에서 자도 괜찮다고 했다. 그래서 나는 그날부터 안방에서 이모와 이모부와 아기와 모두 함께 잤다.

첫째날에는 아무 소리도 들리지 않았다. 둘째날도 마찬가지였다. 아기가 시도 때도 없이 울었고, 한번은 창밖에서 취객의 고함이 들려오기도 했지만 그게 다였다.

"거봐, 아무 소리도 안 들리지? 악몽을 꾼 거라니까."

셋째날 아침, 밥상머리에서 이모가 웃으며 말했다. 나는 대꾸 없이 밥만 먹었다. 그것이 정말 꿈이었다면 다행한 일이겠고 마땅히 그러길 바라야겠으나, 왠지 억울했다. 차라리 그 소리가 다시 한번 들려서 내 주장이 사실이었음을 입증해 보이고 싶었다. 이모는 내가 아직도 불안해하고 있다고 생각했는지 팔꿈치로 슬쩍 이모부 옆구리를 쳤다.

"그리고 만약 강도가 든다 해도 이모부가 다 물리칠 거야. 그렇죠, 여보?"

이모부가 과장된 동작으로 고개를 끄덕였다.

"아, 당연하지. 걱정 마라. 강도가 들어오면 내가 아주 혼쭐을 내
주마."

그래놓고 두 사람은 마주보고 웃었다. 마치 『올리버 스토리』의
표지 그림처럼.

바로 그날 밤이었다, 문제의 구둣발 소리가 다시 들린 것은. 어
느새 귀에 익숙해진 뚜벅뚜벅 소리. 나는 눈을 떴다. 오른쪽에 누워
있는 이모를 깨우려고 했다. 그녀는 이미 깨어 있었다. 어둠속에서
그녀와 나의 눈이 마주쳤다.

들었어요?

응, 들었어.

우리는 눈으로 빠르게 대화를 주고받았다.

이제 어떡해요?

글쎄, 어떡하지?

이모부의 코 고는 소리가 대화 사이를 간헐적으로 비집고 들어
왔다. 이모와 나는 잠시 침묵을 지켰다. 내가 꿈을 꾼 것이 아니었
음을 이모에게 확인시켜주었다는 사실에 고무되어서인지, 구둣발
소리가 여느 때보다 더 또렷하게 들리는 것 같았다. 그리고 곧이어
나는 전에는 듣지 못했던 새로운 소리를 추가로 포착해냈다. 녹슨
경첩이 삐걱거리는 소리였다. 침입자는 방문을 열고 있었다. 이모
의 눈동자가 흔들렸다. 계단을 올라온 직후 어딘가의 문을 연다면
그것은 늘 잠겨 있던 집주인의 방일 터. 한동안 조용했다. 그러더
니 문이 닫히는지 다시 날카로운 쇳소리가 났다. 침입자가 뚜벅뚜
벅 소리와 함께 계단 아래로 사라지기까지 걸린 시간은 도합 십분

쯤 될까. 그 잠깐 사이에 이모는 공포로 넋이 반쯤 나간 얼굴을 하고 있었다. 그녀의 눈치를 살피는데 어처구니없게도 서서히 졸음이 쏟아졌다. 신기한 일이었다. 나는 더이상 무섭지가 않았다. 침입자의 존재를 혼자 알고 있을 때는 그렇게도 무섭더니 그것을 다른 사람과 공유하게 되니까 대수롭지 않게 여겨졌다고 할까. 잠들지 말자, 자면 안돼, 하면서도 나는 곧 깊이 잠들고 말았다.

"이 사람 싱겁긴. 당신도 꿈꾼 거 아냐?"

이모부는 이모의 말을 일축해버렸다. 이층의 문과 창문이 모두 잠겨 있었다는 것이다. 침입자가 이층의 문이나 창문으로 들어온 것이 아니라 일층에서 실내계단을 통해 이층까지 올라왔다는 내 말도 웃어넘겼다. 며칠 전 출근길에 집주인 내외가 공항으로 떠나는 모습을 자신이 직접 보았다고, 일층에는 아무도 없다고, 그는 호언했다.

"당신 지금 우리 말 안 믿는 거예요? 꿈이 아니라 진짜였다고요."

"그래, 알았어."

"얘랑 나랑 둘이 똑똑히 들었다니까요."

"그래, 알았어."

이모부는 끝까지 이모 말을 믿지 않는 눈치였지만 한 번만 더 그런 소리가 나면 자신이 당장 나가서 강도를 때려눕히겠노라고 큰소리쳤다.

그가 출근하고 나자 이모는 진종일 작은방과 거실과 주방 등을 들락거리며 없어진 물건이 있나 살폈다. 내가 다른 곳보다도 실내계단과 그 옆방을 집중적으로 살펴봐야 한다고 강조했지만 귀담아 듣지 않았다. 현관문과 창문의 잠금장치만 몇차례씩 확인해볼 뿐이었다. 나는 그녀가 분주한 틈을 타 집밖으로 나갔다. 일층의 현관문 앞에 섰다. 초인종을 누르면 이층에 있는 이모가 금세 알아차릴 것이므로 노크를 해보았다. 안에서는 아무 반응이 없었다. 문손잡이를 돌려보았다. 잠겨 있었다. 나는 집 주위를 돌며 창문을 하나씩 열어보았다. 모두 잠겨 있었다. 결국 침입자는 집 안에 있다는 얘기였다. 혹은 그가 현관문 열쇠를 가지고 있다는 것이었다. 심지어 계단 옆방의 열쇠까지도.

그런데 그는 왜 이층에 올라왔을까. 계단 옆방에 어떤 볼일이 있었을까. 왔다가 금방 돌아간 까닭은 무엇일까. 나는 머리를 싸매고 고민했다. 두려움이 거세된 자리에 새로이 들어앉은 호기심과 모험심, 이 사건 최초 목격자로서의 자부심과 문제 해결에 대한 열망은 갈수록 증폭되었다.

이모부의 큰소리는 채 하루도 가지 못했다. 구둣발 소리는 그날 밤에도 이어졌고 이모가 곧장 그를 깨웠던 것이다. 우리 셋은 조심스레 일어나 앉았다. 침입자는 한층 대담해져 있었다. 발 딛는 소리는 여유로웠고 문 여는 소리는 당당하기까지 했다. 경첩이 요란하게 삐걱대는 소리에 이모부의 얼굴이 사색이 되었다. 반면 이모는 전날에 비해 한결 안정된 모습이었다. 아마도 침입자의 존재를 아는 사람이 한 명 더 늘었기 때문이리라.

여보, 어떡하죠?

글쎄, 어떡하지?

이모와 이모부는 눈으로 긴박하게 대화를 나누었다.

그냥 이렇게 앉아 있기만 할 순 없잖아요.

그래, 그렇지. 아무래도 밖에 나가봐야겠어.

이모부는 천천히 자리에서 일어났다. 천천히 주위를 두리번거렸다. 무기로 쓸 만한 것을 찾는다고 했다. 이윽고 그가 찾아낸 것은 배드민턴 라켓. 이모가 절박하게 부르짖는 표정으로, 그러나 목소리는 속삭이듯이, 그에게 말했다.

"그건 너무 부실해요. 괜히 그런 거 휘두르다 다치기라도 하면 어떡해요? 강도는 칼을 들고 있을지도 모르는데."

"뭐, 칼을 들어?"

이모부가 저도 모르게 목소리를 높였다가 손으로 입을 틀어막았다. 하지만 엎친 데 덮친 격이라고 이번에는 아기가 울음을 터뜨렸다. 이모가 황급히 요람으로 다가갔다. 젖병을 물려주어도 아기는 두 팔을 바둥거리며 울기만 했다. 운다고 아기 입을 틀어막을 수는 없는지라 이모도 이모부도 문 한 번 돌아보고 요람 한 번 들여다보기를 반복하며 어쩔 줄을 몰랐다. 다들 그렇게 쩔쩔매는 사이 침입자는 전날처럼 유유히 종적을 감추었다.

다음날은 일요일이었다. 동이 트자마자 이모부는 실내계단을 향해 성큼성큼 걸음을 옮겼다. 이모와 내가 그의 뒤를 따랐다. 계단에는 아무 흔적도 없었다. 이모부가 계단 아래로 한 발 내려서려 할 때였다. 이모가 그의 팔을 잡았다.

"집주인한테 이 계단은 사용하지 않겠다고 했잖아요."

이모부는 잠깐 망설였으나 계단으로 내려서지 않았다. 대신 몸을 돌려 계단 옆방으로 다가갔다. 그가 문손잡이를 쥐려고 할 때였다. 이모가 그를 저지했다.

"집주인 방이잖아요. 우리는 들어가면 안돼요."

이모부는 잠깐 망설였으나 방문을 열지 않았다.

결국 우리가 할 수 있는 일은 아무것도 없었다. 이모는 도둑맞은 물건이 없나 방방을 살피기만 했다. 이모부는 강도에 대적할 무기를 찾는다며 온 집 안을 들쑤시고 다녔다. 연탄집게, 다듬잇방망이, 망치, 식칼 등 늘어놓고 보니 오합지졸이어도 쓸 만한 것들이 영 없지는 않았다. 물론 그것들을 이모부가 실전에서 활용할 수 있을지는 의문이었지만.

일요일 내내 우리 세 사람은 머리를 맞대고 의논했다. 침입자와 싸우는 것은 최후의 방안이었다. 피를 보지 않고도 일을 해결할 수 있다면 의당 그래야 하지 않겠는가.

가장 먼저, 실내계단에 몰래 초록색 페인트를 쏟아놓자는 의견을 낸 것은 나였다.

"강도는 밤에만 오니까 페인트가 쏟아져 있는 게 안 보일 거예요. 그럼 그걸 밟고 방으로 들어갈 거고요. 강도가 걸을 때마다 바닥에 페인트 자국이 찍힐 테니까, 우린 그 사람이 어디를 돌아다녔고 또 어디로 도망갔는지 알 수 있어요."

"그건 안돼."

이모가 반대했다. 실내계단은 우리 것이 아니며, 계단 옆방도 우리 것이 아니라서, 우리 멋대로 페인트 범벅이 되게 해서는 안된다는 것이었다. 이모부가 내게 물었다.

"그런데 왜 하필 초록색 페인트니?"

"제가 좋아하는 색깔이라서요."

그다음으로, 경찰에 신고하자는 의견을 낸 것도 나였다.

"경찰 아저씨가 거실이나 욕실 같은 데 미리 숨어 있다가, 발소리가 들리면 뛰어나가서 강도를 체포하면 되잖아요."

"그건 안돼."

이모부가 반대했다. 자신처럼 건장한 성인 남자가 있는 집에서 왜 경찰을 부르느냐는 것이었다. 덧붙여 경찰이 잠복한 날 공교롭게도 강도가 나타나지 않으면 우리만 이상한 사람 취급을 받게 된다고 했다. 그렇다고 경찰더러 매일 잠복하라고 할 수도 없는 노릇이라나. 이모도 거들었다. 경찰이 조사를 해봐야겠다고 실내계단 아래로 내려가거나 계단 옆방에 들어가기라도 하면 큰일이라는 것이었다. 이모부가 집주인과의 약속을 어길 수는 없다며 맞장구를 쳤다. 나는 두 사람을 이해할 수 없었다. 지금 그게 대수인가? 집주인과의 약속이 그렇게도 중요한가? 밤마다 강도가 들어와 집 안을 휘젓고 다니는데도?

마지막으로, 나는 그럼 정면돌파를 하는 수밖에 없다는 의견을 냈다.

"발소리가 들릴 때 이모부가 문을 박차고 나가세요. 강도가 놀라서 도망갈지도 몰라요. 만약 싸워야 한다면 이모와 제가 도와드릴게요. 셋이 힘을 합치면 이길 수 있을 거예요."

아무도 반대하지 않았다. 이모는 이모부를 멀거니 올려다보았고 이모부는 연탄집게와 다듬잇방망이와 망치와 식칼 등을 멀거니 내려다보았다. 그것으로 의논은 다 끝난 셈이었다.

침입자는 이제 하루도 거르지 않고 매일 왔다. 밤 열한시 오십오분쯤 구둣발 소리와 함께 계단을 올라와서 계단 옆방으로 들어갔다. 그러고는 새벽 열두시 오분쯤 방을 나와서 다시 구둣발 소리와 함께 계단 아래로 사라졌다. 그가 오로지 소리로만 존재하는 그 십분간은 이모와 이모부와 나 세 사람이 하루중 가장 치열하게 살아 있는 시간이기도 했다.

"내 저놈을 확 그냥!"

"안돼요. 당신이 참아요."

"더이상은 못 참아! 가만두지 않을 거야!"

"잠깐만요. 흉악범이면 어쩌려고 그래요. 당신이 다칠 수도 있다고요."

밤마다 이모부는 문을 박차고 나가려는 시늉을 했고 이모는 그를 결사적으로 말렸다. 나는 밤마다 되풀이되는 그들의 실랑이를 지켜보았다. 어차피 십분만 지나면 문밖의 구둣발 소리는 사라질 것이었다. 그러면 비로소 찾아든 고요 속에서 우리도 하루치의 숙제를 끝낸 듯 홀가분한 마음으로 잠자리에 들 수 있었다.

모든 것이 차츰 원래의 자리를 찾아갔다. 이모는 행복한 얼굴로 요리를 하고 아기를 돌보고 화초를 가꾸었다. 이모부도 성실한 자세로 주변 사람들에게 오늘의 날씨를 알려주고 정시에 출근했다가 정시에 퇴근했다. 두 사람은 여전히 금실이 좋았다. 특히 침입자가 나타나는 밤이면 서로를 아끼고 염려하는 마음도 배가 되었다.

나도 원래의 작은방으로 돌아갔다. 혼자 자고 구둣발 소리도 혼자 들었다. 무섭기는커녕 그 소리에 길들어서 어떤 날에는 깨지도 않고 내처 잤다. 지루하고 심상한 밤들이었다. 그래도 낮이 되면 나는 실내계단 앞에 앉아 끝없이 상상했다. 저 계단 밑에는 누가 있을까. 그야 강도가 있겠지. 그럼 그가 매일 밤 드나드는 저 방에는 무엇이 있을까. 시체가 있을까. 아름다운 벙어리 여인이 있을까. 아니면 금괴가 가득 든 캐비닛이 있을지도 몰라. 누명을 쓴 탈옥수가 숨어 있을지도 모르고. 어쩌면 지하세계로 이어지는 비밀통로가 있을지도 모르지.

가끔은 내가 갖고 싶은 것들이 그 방에 있지 않을까 상상하기도 했다. 그것은 귀여운 강아지였다. 빨간 날짜가 많은 달력이었다. 바닐라아이스크림이었고 게맛살이 들어간 김밥이었고 값비싼 바나나였다. 『러브 스토리』의 비극적인 결말이나 『올리버 스토리』의 허무한 결말이 아닌 내 마음에 쏙 드는 결말을 가진 소설책이었다. 아니, 그런 책들이 빽빽이 꽂힌 책장이었다. 무엇보다 고향에 있는 엄마이고 아빠이며 이제는 남의 집이 되었을지도 모를 우리 집이었다. 그렇게 상상하다 보면 정말로 그 방에 내가 원하는 것들이 전부 들어 있을 것 같았다. 나는 상상만으로도 행복해서 혼자 씩 웃고는 했다. 그러니까, 굳이 기원을 거슬러 올라가자면, 그 방을 드나들던 구둣발 침입자 덕분에 행복했던 것이다.

그 구둣발 소리가 완전히 사라진 것은 8월 17일이었다. 이모와 이모부와 내가 나란히 앉아 텔레비전 아홉시 뉴스의 '서울올림픽 앞으로 한달' 자막을 보고 있을 때 일층에서 현관문 열리는 소리가 났다. 집주인 내외가 미국에서 돌아온 것이었다. 두 층이 서로 트여 있으므로 우리는 소리만 듣고도 일층의 동향을 파악할 수 있었다. 게다가 우리가 누군가. 소리로 뭔가를 파악하는 데는 도가 튼 사람들 아닌가. 그들이 출가한 딸에게 전화로 나이아가라 폭포와 자유의 여신상과 그랜드 캐니언에 대한 소회를 풀어놓는 동안, 우리는 확신했다. 이제 다 끝났다는 것을. 아직 자정이 되지는 않았지만 그런 건 기다리지 않아도 그냥 알 수 있었다. 그렇게 사라졌다, 한밤의 발소리는. 언제 무슨 일이 있기라도 했느냐는 듯 스리슬쩍, 완벽하게. 오늘 하룻밤만 더 자고 내일 고향집으로 내려오라는 아빠의 전화가 온 것은 우리 세 사람이 묘한 상실감과 안도감이 뒤섞인 얼굴로 서로를 흘깃거리고 있을 때였다.

그리하여 1988년 8월 18일. 내가 마침내 그 집을 떠나던 날 아침. 이모부는 출근하고 없고, 이모는 내게 들려보낼 간식을 만드느라 정신없던 와중에, 나는 마지막으로 실내계단에 가보았다. 한 번도 그곳을 밟지 못했지만 사실 꼭 밟아보고 싶은 것도 아니었다. 일층 거실 풍경이야 계단 난간에서 허리만 숙여도 다 보였으니까. 고개를 돌려 계단 옆방을 보았다. 그것은 평소와 다름없이 굳게 닫혀 있었다. 한 번도 들어간 적 없는 방. 내 상상 속의 보물이 가득한 곳. 무심코 손잡이를 돌려보았다. 놀랍게도 문은 잠겨 있지 않았다. 그리고 방문을 활짝 열었을 때 나는 보았다, 휑하니 비어 있는 방 한가운데 놓인 낡은 텔레비전을. 방에는 아무것도 없었다. 정말이지 텔레비전 한 대뿐이었다. 그것의 전원을 켰다. 권투 시합이 중계되고 있었다. 누군가는 때리고 누군가는 맞았다. 흑백화면이라서 어느 쪽이 빨간 유니폼이고 어느 쪽이 파란 유니폼인지는 알 수 없었다. 말하자면 내가 그 방에 대해 상상했던 모든 것들을 일시에 무너뜨린 풍경에는 색깔이 없었던 것이다. 그래도 나는 실망하지 않았다. 그것이야말로 내가 감히 상상도 하지 못했던 풍경이었으므로. 텔레비전을 껐다. 컴컴해진 화면에 내 얼굴이 비쳤다.

문득 궁금했다. 지금 이 순간을 기억할 수 있을까. 이곳을, 이 이층집을, 나는 아주 먼 훗날에도 떠올릴 수 있을까. 브라운관 속의 내 얼굴은 화면이 평평하지 못한 탓에 우스꽝스럽게 왜곡되어 있었다. 소리 죽여 웃다가 충동적으로, 그러나 진심을 담아, 나는 화면 속의 나에게 약속했다.

십년 후에도 기억할 거야. 그리고 그때 이곳에 다시 와볼 거야.

그후로 십년 동안 나는 그 집에서 있었던 일들에 대해 아무에게도 이야기하지 않았다. 그래서 오히려 더 잊지 않고 오래 기억할 수 있었다. 나는 십년 후에 내가 반드시 그곳을 다시 찾아가게 되리라 믿었다. 적어도 국민학교를 졸업할 때까지는 그랬다. 이모는 전세살이를 하고 있었던 거니까 십년 후면 이미 그 이층집에 살고 있지 않을 거라고 생각하게 된 것은 중학교 때였다. 그 집이 재개발 등의 이유로 헐려서 아예 없어졌을 수도 있다는 생각을 하게 된 것은 고등학교 때. 나아가 대학교 때는 그 케케묵은 약속을 지켜서 뭐하랴 하는 생각까지 하게 되었다.

그렇다 해도 시간은 계속 흐르고 1998년은 왔다. 8월 18일은 화요일이었다. 어차피 그곳을 찾아갈 뜻도 없고 자신도 없으면서 나는 '오늘이 전에 약속했던 바로 그날'이라는 생각에 몰두해 있었다.

인제 와서 그 옛날의 이층집을 찾는다는 건 무리겠지. 너무 오래된 일이라 그 집 앞에 간다 해도 못 알아볼 공산이 클 거야. 그러다가 불현듯 나는 대단히 중요한 사실을 깨달았는데, 그것은 이층집이 있던 동네가 정확히 어디인지를 모른다는 것이었다. 그곳에서 한 달이나 살았는데. 실내에 나무계단이 있던 그 집의 내부 구조, 한밤의 구둣발 소리, 이모가 끓여준 찌개 맛과 이모부의 책꽂이에서 꺼내 읽었던 책 제목까지 모조리 기억하는데. 그런데 거기가 어디인지 모른다니. 엄마는 신설동일 거라 했다. 아빠는 남가좌동일 거라 했다. 그 이모와 연락이 끊긴 지 오래라서 정답은 알 길이 없다고 두 사람은 입을 모았다.

이제 그 집에 살았던 때로부터 십년이 아니라 이십년 하고도 이년이 더 흘렀다. 이모와 이모부는 여전히 금실이 좋은지, 지금은 통행이 금지된 실내계단이나 출입이 금지된 방 같은 것이 없는 집에서 사는지, 그리고 그 시절의 나를 기억하는지, 문득 궁금해진다.

정전(停電)의 시간

형광등이 갑자기 꺼졌다. 처음에 병태는 전등의 수명이 다한 줄 알았다. 그러나 어디가 문이고 어디가 벽인지도 구분할 수 없을 만큼 캄캄한 방 안에 우두망찰 앉아 있다가 그는 문득 의혹을 품었다. 수명이 다했다고 하기에는 방금 전까지 불빛이 멀쩡하게 밝지 않았던가. 주위가 별스레 조용해진 것도 이상하고. 그렇다. 형광등의 문제가 아니었다. 정전이 일어난 것이었다.

무릎걸음으로 기면서 방바닥을 더듬어 휴대폰을 찾아냈다. 희한한 일이지. 어둠속에 있으면 왜 시간을 확인하고 싶어질까 의아해하면서 폴더를 열었다. 눈부신 총천연색 액정이 모든 전력이 차단된 암흑 속에서 홀로 전자파를 뿜어냈다. 그것이 꼭 지구가 멸망해도 끝까지 살아남을 바퀴벌레를 대한 것처럼 섬뜩하여 병태는 얼른 폴더를 달았다. 현재 시각 오후 여덟시 십분. 초저녁이었다. 그는 지금 이 상황이 정전이 맞긴 맞는지 궁금해졌다. 도시에서라면 당장 자리에서 일어나 창밖을 내다보고 남의 집도 전부 불이 꺼져 있는지 살펴보면 되겠지만, 이곳에서는 그래봐야 소용이 없다. 창밖에 남의 집이고 자시고 할 것이 없기 때문이다. 밖은 이미 한시간 전부터 어두컴컴했다.

가만있자, 그러고 보니 규칙적으로 들려오던 목탁 소리도 어느 틈엔가 멎어 있었다. 요 며칠간의 경험으로 미루어보면 아직 끝날 때가 안되었는데. 스님도 갑작스러운 정전에 당황하여 염불을 하다 멈춘 것일까. 평소대로라면 대웅전 내부 곳곳에 촛불이 켜져 있을 테니 형광등이 나갔다고 해서 크게 어둡지는 않을 것이다. 그럼에도 병태의 머릿속에는 스님이 목탁을 쥔 채 사방을 두리번거리며 난처해하고 있을 모습이 떠올랐다. 다른 곳도 아니고 부처님 영전에 있는 스님이 세상에 무엇이 두려우랴 싶으면서도, 그래도 비구니는 스님이기 이전에 여자인데 컴컴한 법당에 혼자 있으면 무섭지 않을까 공연히 신경이 쓰였다. 이 절에는 스님이 여럿 있으나 제각기 소임이 다른지 아침저녁 예불은 항상 젊은 비구니 스님이 혼자 도맡아 했다. 예불 시간이 아닌 때에도 법당에서 기도를 하는 이는 그녀뿐이었다. 병태는 셔츠의 단추를 채우고 카디건을 걸쳤다. 불을 끈 방이라면 모를까, 불이 꺼진 방에는 더 앉아 있고 싶지 않았다. 방 밖이 도리어 방 안보다 밝았다. 하늘에 속이 꽉 찬 달이 떠 있었던 것이다. 툇마루로 내려섰다. 걸음을 옮길 때마다 잘 벼려진 냉기가 표창처럼 맨발바닥을 찔렀다. 달빛에 의지하여 그는 등산화를 꿰신고 끈을 맸다. 법당에 가서 무엇을 어쩌려는 작정인지는 저도 몰랐다. 사실 모든 게 알 수 없는 것투성이었다. 집을 떠나던 순간부터 그랬다. 병태는 자신이 지금 무슨 짓을 하는지도 모르면서 버스를 탔다. 산을 탔다. 목적지에 당도한 후에도 내내 허둥거렸다. 모든 것이 그가 짐작하거나 기대했던 것과 영 딴판이라는 점도 그를 당황케 했다. 난생처음 만난 비구니 스님은 어떠했던가.

이곳에 오던 날이었다. 병태가 일주문을 통과하니 자그마한 체구의 비구니가 풀밭에 쪼그려앉아 뭔가를 캐고 있는 것이 눈에 띄었다. 가까이 가서 보니 옆에 놓인 소쿠리에 담긴 것은 어린 쑥이었다. 과연 눈 닿는 곳마다 파릇파릇한 쑥이 지천으로 돋아 있어, 주변을 둘러보는 것만으로도 입속에 그 향긋한 냄새가 퍼지는 듯했다. 비구니가 그를 향해 얼굴을 돌렸다. 눈초리가 매섭고 입매가 야무졌다. 병태는 잘못한 것도 없으면서 왠지 속이 뜨끔하여 시선을 떨구었다. 그러고는 어디선가 주워들은 대로 합장을 하며 물었다.

"절에 가려면 이 길로 곧장 올라가면 됩니까?"

그런데 그 비구니의 대답이 엉뚱했다.

"거기 거, 머스마요, 지지바요?"

"예에?"

그는 깜짝 놀라서 비구니의 눈을 똑바로 바라보았다. 그녀의 시선은 병태가 아니라 그의 등 너머에 꽂혀 있었다. 기척도 느끼지 못했는데 산밑에서 일주문까지 난 외길을 언제부터 따라올라온 것일까. 그의 뒤에 웬 더벅머리 사내애가 커다란 더플백을 어깨에 둘러메고 서 있었다. 아니다. 되는대로 깎아놓은 머리 모양이나 품이

헐렁한 청바지에 낡은 야구점퍼를 옷이라고 걸친 꼴이 언뜻 보아 남자아이 같긴 하나, 살결이 희고 이목구비가 오밀조밀한 것이 실은 여자아이였다.

"가출을 해도 출가를 해도 손이 비어야지. 뭔 짐을 그렇게 바리바리 싸왔소?"

비구니는 쑥을 뜯으면서 사람을 보지도 않고 중얼거렸다. 더벅머리 여자애 들으라고 하는 소리 같았다. 병태는 어떻게 해야 할지 몰라 두 여자 사이에 선 채로 이쪽저쪽 눈치만 살폈다. 여자애는 잠시 그대로 서 있더니 더플백을 추스르고는 아무 대꾸도 없이 절쪽으로 올라가버렸다. 넉넉하게 쳐주어도 열여덟이나 열아홉살 이상으로는 안 보이는데 저 아이는 정말 가출을 했을까. 혹시 출가하려고 하나. 만약 그렇다면 이 스님은 그것을 어떻게 알았을까. 병태는 망설이다가 물었다.

"스님, 저 학생이 정말 출가하려고 하는 건 아니지요?"

비구니는 소쿠리를 던지듯이 풀밭에 내려놓았다. 그 속에 수북이 담긴 쑥 이파리가 덩달아 들썩거렸다.

"왜요? 출가하면 좋지요. 정리해고 없겠다, 명예퇴직 없겠다, 철밥통이 따로 없잖소?"

나무아미타불 관세음보살. 병태는 식은땀이 났다. 이것이 정녕 스님 입에서 나올 만한 소리인가. 게다가 기차 화통을 삶아먹었나, 목소리가 어찌나 걸걸하고 우렁찬지 듣기만 해서는 스님이야말로 비구인지 비구니인지 분간이 안될 지경이었다. 병태는 앞서가는 여자아이의 뒷모습을 눈으로 좇았다.

"걱정 마오. 저 학생은 머리 깎을 팔자가 아니니."

비구니의 말투는 단호했다. 뭘 알고 그러는 것인지, 그저 넘겨짚는 것인지 병태는 아리송했다.

"스님, 혹시 관상을 볼 줄 아십니까?"

"아이고, 관상은 무슨. 내가 내 관상을 볼 줄 알았으면 이렇게 꼼짝없이 중이 됐겠소? 중 된 것만도 억울해 죽겠는데 시방 약올리시오?"

그녀가 병태를 째려보았다. 방금 전에는 출가하면 좋네 철밥통이네 어쩌네 하더니 이제는 중 된 것이 억울해 죽겠다니, 당최 속을 모를 비구니였다. 하기야 스님이 속인에게 스님 되라고 해도 이상하고, 스님 되지 말라고 해도 이상한 노릇이겠지만. 병태는 다시 한번 합장을 했다. 덜 익은 감을 한입 크게 베어문 듯한 기분이었다. 비구니는 어딘가 가냘프고 신비롭고 애절해 보이며 아무에게도 말 못할 사연을 품고 있어 그것이 긴 속눈썹 끝에 그림같이 맺혀 있으리라는, 그가 이제껏 품어온 환상이 무참히 깨지는 순간이었다.

정전이 맞는 것 같았다. 그가 머무는 암자는 지대가 높아 법당 쪽으로 내려가는 길에 경내를 한눈에 볼 수 있는데, 시야에 불빛이 한 점도 없었다. 해우소도 요사채도 사천왕문 앞의 석등도 모두 불이 꺼진 상태였다. 실로 전기의 힘은 막강하구나, 이 산골짜기 구석구석까지 영향을 미치는구나, 하고 병태는 한국전력공사 주최 백일장에 참가한 초등학생처럼 새삼스레 감탄했다.

숲길로 접어들었다. 낮과 밤이 몸을 바꾸는 사이 한결 단단해진

바람이 그의 뒷머리를 헝클어뜨렸다. 땅바닥에는 송이째 주저앉은 동백꽃들이 달빛과 뒤엉켜 있었다. 숲속이며 절 마당이며 어디나 널린 것이 떨어진 동백꽃인데도 병태는 그것들에 좀처럼 익숙해질 수가 없었다. 실수로라도 밟으면 어쩌나 저어하며 그는 발끝에 온 신경을 모아 맨땅을 골라 디뎠다. 바람이 숲을 세차게 휘감았다. 잎 사귀들이 비명을 질러도 꽃들은 초연했다. 그는 하루에도 수차례씩 동백나무들 앞을 지나다녔지만 막상 꽃이 떨어지는 찰나를 목격한 적은 한 번도 없었다. 땅에 나뒹구는 저 많은 꽃송이들은 대체 언제 낙하한 것일까. 사람의 시선이 닿지 않는 순간에만 몸을 던지는 것일까. 숲을 빠져나오면서도 그는 아쉬운 듯 연방 뒤를 돌아보았다. 해우소를 지났다. 공용 세면장이 나타났다. 안쪽에서 귀뚜라미 우는 소리가 들렸다. 어쩌다 잘못 들어왔는지 며칠 전부터 세면장에 갇혀 밖으로 나가지도 못하고 있는 귀뚜라미였다. 병태는 씻으러 갈 때마다 녀석을 밖으로 꺼내주어야지 결심하면서 씻고 나올 때는 깜빡 잊어버리기를 며칠째 되풀이하고 있었다. 이따가 전기가 들어오면 꼭 녀석을 찾아 밖으로 내보내리라 마음먹었다. 산신각을 지나쳤다. 저만치 법당의 옆면이 보였다. 외짝으로 난 문에서 희미하게나마 불빛이 새나오는 것 같기도 하고 아닌 것 같기도 했다.

그나저나, 정전인데 절집 식구들은 다들 어디서 뭘 하느라 밖으로 나와보지도 않는 것일까. 스님들을 제외한다 해도 오늘 밤 이곳에 머무는 이들이 족히 열 명은 될 텐데. 사찰 차량 운전이며 경내의 잡일을 담당하는 중년의 부목들, 종무소를 지키는 청년, 공양간

살림을 맡고 있는 아주머니들, 기도하러 온 신자들, 더벅머리 여자
애, 그리고 또……

　병태는 불현듯 자신이 이 절에 온 것이 아주 오래된 일 같다고 생
각했다.

　이전에 그는 절에 가본 적이 한 번도 없었다. 학창시절 수학여행
이나 이런저런 수련회, 회사의 단합대회, 야유회 등등 살아오는 동
안 관광 삼아서라도 가볼 기회가 한 번은 있었을 텐데 병태와 절은
번번이 서로를 비껴갔다. 그가 독실한 기독교 집안의 자식이라든
가, 산행을 극도로 싫어한다든가, 사찰 안의 향 사르는 냄새에 거부
반응이 일어서라든가 등등 그럴 만한 이유가 있어서 일부러 피한
것도 아니었다. 오히려 그는 어릴 때부터 막연히 자신과 절 사이에
특별한 인연이 있을지도 모른다고 여겨왔다. 별명이 부처님이었으
니 그럴 만도 하지 않겠는가.
　어린이들이란 대개 별명을 지을 때 그 당사자의 이름과 비슷하
게 발음되는 단어를 선호하는 법이다. 초등학교 때 같은 반 친구들
이 지어준 병태의 첫 별명은 명태였다. 하지만 그것은 오래가지 못
했다. 담임선생이 석가모니의 생애에 대해 수업을 하다 말고 '오
오, 가만 보니 병태가 부처님을 닮았구나' 한 후로 그의 별명은 축
생계에서 대번에 천상계로 승격했던 것이다. 아이들이 보기에도
병태에게 그 이상 잘 어울리는 별명은 없었다. 짧고 곱슬곱슬한 머
리카락, 가느다란 눈썹과 쌍꺼풀 없이 가로로 긴 눈, 양미간의 점
만 해도 심상치 않은 상인데, 결정적으로 중국 촉한시대에 태어났

다면 유비와 나란히 ‘대이아(大耳兒)’로 불렸으리라 추측될 정도로 귀가 유난히 길었다. 더구나 원체 말수가 적고 인상마저 온화했으므로 병태는 가만히 앉아 딴생각을 하고 있어도 그것이 곧 문자 그대로 반가사유상이 되었다. 그렇게 초등학교 때 얻은 부처님이라는 별명은 씨멘트처럼 굳어져 중고등학교와 대학교, 심지어 군 복무 시절까지 이어졌다. 혹시 그것에 병태가 불만을 가졌느냐 하면 그렇지도 않았다. 다만 제대 직후에 가벼운 사고로 다친 이마를 치료하다가 의사의 권유에 따라 미간의 점을 뺐다. 시력이 점점 떨어지는 바람에 별수없이 안경도 써야 했다. 사회생활을 시작한 후 그는 더이상 부처님 소리를 듣지 않게 되었다. 여전히 불만은 없었다. 병태는 애초에 불만이라는 것을 모르고 사는 사람이었다.

　많은 이들이 그에게 착하다고 말했다. 법 없이도 살 사람이라고 했고 천하에 적이 없을 것 같다고도 했다. 그런 말을 들을 때마다 병태는 조회시간에 남의 상을 대신 받는 아이처럼 어색하게 웃었다. 그는 잘 웃고, 잘 울고, 채식주의자에다, 매달 아프리카 난민 구호 기금을 꼬박꼬박 내고, 사람 새끼든 개의 새끼든 모든 어린것들에 사족을 못 쓰며, 싸이먼 앤 가펑클의 음악을 즐겨들었지만, 그런 유형의 인간이 바로 착한 사람이라는 견해는 받아들이기 어려웠다. 스스로 판단하기에 자신은 숱한 사소한 죄들을 저지르면서 그래도 큰 죄는 짓지 않는다고 안도하며 사는 평범한 소시민일 뿐이었다. 어쩌면 그게 더 무서운 것일지도 몰랐다. 일개 바늘도둑이라해도 그가 이제껏 훔친 모든 바늘의 값을 합산하면 소값 못지않을 터이므로.

"너도 내가 착하다고 생각해?"

언제던가. 병태는 고등학교 동창 가운데 유일하게 연락하고 지내는 친구 녀석에게 물은 적이 있었다.

"그럼. 넌 진짜 착해."

"어떤 점에서? 예를 들어봐."

그러자 친구는 곧바로 예를 하나 들었다. 고등학교 때 마을버스 정류장에서 있었던 일을 기억하느냐는 것이었다. 병태는 고개를 끄덕였다.

입학한 지 얼마 되지 않았을 때였다. 하굣길이었다. 병태는 학교 정문을 막 벗어나 정류장으로 향하고 있었다. 뒤에서 몇학년 몇 반인지 모를 처음 보는 녀석이 그에게 뛰어오더니 다짜고짜 삼백원만 빌려달라고 했다. 표정이 절박했다. 그는 버스비로 내려고 손에 쥐고 있던 삼백원을 순순히 건넸다. 어차피 지하철역까지는 걸어가도 몇분 안 걸리고, 달라는 돈의 액수가 큰 것도 아니니, 까짓 것 줘버리고 자신은 걸어가면 되지 싶었던 것이다. 역을 향해 걸었다. 잠시 후 뒤늦게 출발한 마을버스가 병태를 추월하는 순간 그는 경악했다. 방금 저에게서 돈을 빌려간 녀석이 버스 안에 편히 앉아 앞자리 아이와 웃고 떠드는 것을 목격한 것이다.

"내가 그러고도 너랑 친구가 됐으니 착하다는 거야?"

"아니. 아직도 그 돈 갚으라는 애길 안해서 착하다는 거야."

그 돈은 훗날 자신이 결혼할 때 축의금 봉투에서 빼라고 친구가 너스레를 떨었다. 병태는 부처님 가운데 토막처럼 점잖게 허허 웃었다.

예의 그 친구, 건우가 장가를 간 것이 요 얼마 전의 일이었다. 따지고 보면 병태가 이곳 절까지 흘러들어오게 된 것도 다 건우 때문이다. 아니다. 그것이 어찌 남의 탓이겠는가.

건우의 결혼식 전날이었다. 고등학교 동창 몇이 모여 술을 마시기로 했다. 약속장소에 가장 먼저 도착한 이는 병태였다. 그다음으로 온 것은 조금 늦을 거라는 건우의 전갈. 그리고 이름도 잘 기억나지 않는 갑과 을과 병이 앞서거니 뒤서거니 도착했다. 그들 셋과 병태는 고등학교 졸업 후 처음 만나는 것이었다. 네 사람은 세월이 정직하게 관통하고 지나간 서로의 얼굴을 들여다보며 네 종류의 담배를 피웠다. 그리고 어차피 집으로 가는 택시를 탈 즈음이면 다 잊어버릴 시시껄렁한 안부를 주고받았다.

갑인지 을인지 병인지가 병태에게 말했다.

"이야, 세상에서 니 팔자가 최고다. 남들은 바빠서 평소 가볼 엄두도 못 내는 공원에 넌 매일 출근한다는 거잖아."

병태는 도시 외곽에 위치한 시민공원의 관리사무소에서 일했다. 관리가 잘된 공원은 깨끗하고 반듯했다. 잔디밭도 있고 분수대도 있고 오솔길도 있고 식수대와 화장실과 간이매점 등 공원으로서 갖추어야 할 것을 모두 갖춘 곳이었다. 딱 하나 없는 게 있다면 그것은 공원을 찾는 시민들. 희한하게도 사람들은 공원 옆을 바삐 지나가기만 할 뿐 그 안으로 들어오는 경우가 드물었다. 병태는 늘 그 문제에 대해 고민을 거듭했다.

갑인지 을인지 병인지 돌아가며 맞장구를 쳤다.

"온통 잔디밭이니 가슴 탁 트이지, 공기도 좋지. 그게 휴식 아니냐, 휴식."

"그러게 말이야. 넌 일하는 거랑 쉬는 거랑 구분이 안되겠다."

병태는 시민들이 공원을 찾게 하기 위해 갖은 노력을 기울였다. 잔디를 다듬고 나무와 풀꽃 들에 이름표를 붙였다. 오솔길에 놓인 벤치의 페인트 색깔을 좀더 산뜻한 것으로 바꾸었다. 매점에는 한창 인기있는 만화 캐릭터가 그려진 헬륨풍선을 들여놓았고 공원 입구의 스피커로는 하루종일 밝고 경쾌한 음악을 내보냈다.

"지구상에서 공원이 갑자기 뿅 사라지지 않는 한 니 직장은 끄떡없겠네?"

"좋겠다. 요새 다른 직장인들은 권고사직이니 감원이니 명퇴니 죽을 맛인데."

병태의 직업을 그토록 부러워하는 갑과 을과 병 가운데 갑은 공기업에 다니고 있었다. 을은 한달 전에 치과를 개업했다. 병은 대형 프랜차이즈 외식업체를 경영하고 있었다. 셋 다 자신 명의의 집도 있고 집 안에는 아내도 있었다.

그런데 그게 말이야, 공원이 지구상에서 갑자기 뿅 사라지게 됐어.

병태는 말을 할까 말까 주저했다. 그건 사실이었다. 공원을 찾는 사람의 수는 늘지도 줄지도 않았다. 사람들이 병태의 공원을 외면하는 것은 공원이 형편없기 때문이 아니었다. 그들은 공원 자체를 더이상 원하지 않았다. 시 당국의 상반기 도시정비사업 계획안에 따르면 그 자리에는 초고층 주상복합아파트가 세워질 예정이었다.

당장 자신이 직업을 잃게 된다는 것보다도 병태는 그의 공원이 이 세상에서 영영 사라져버린다는 것이 더 믿어지지 않았다.

"그런데 그게 말이야, 공원이……"

건우가 도착했다.

그들은 자리를 옮겼다. 먹고 마셨다. 공원 이야기는 긁고 보니 꽝인 즉석복권처럼 구석으로 팽개쳐진 지 오래였다. 결혼 날짜가 정해지면 남자는 으레 헤어진 옛 애인이나 이루지 못한 첫사랑 생각이 간절해진다고 건우는 말했다. 갑과 을과 병이 적극 동의했다. 병태는 그것에 대해 아무 의견도 내지 못했다. 나이 서른이 훌쩍 넘도록 결혼은커녕 연애도 한번 못해보았기 때문이다. 누구에게도 말하지 않았지만 그는 여태 동정이었다. 진짜 부처님도 총각딱지는 십대에 진즉 떼고 애까지 낳았다는데 자신의 인생은 어찌하여 요 모양 요 꼴로 흘러왔는지 그 자신도 알 수 없었지만, 그렇다고 딱히 불행하다거나 비참하다는 생각이 들지도 않았으므로 그에게 일상은 견딜 만한 것이었다.

"지연이가 보고 싶다."

건우는 조금 취했다. 녀석에게는 칠년 동안이나 짝사랑한 여자가 있었다. 그녀에 대한 이야기는 병태도 간혹 들어본 적이 있지만 직접 만나본 적은 없었다.

"지연아……"

건우는 많이 취했다. 녀석은 지연의 이름을 읊조리며 보고 싶다고 떼를 썼다. 자정이 넘었다. 갑과 을과 병은 집에서 아내가 기다린다며 올 때처럼 앞서거니 뒤서거니 가버렸다. 건우는 쉬지 않고 술잔을 비우고 화장실을 들락거리고 휴대폰으로 누군가와 문자메씨지를 주고받았다. 그리고 그 동작들 사이사이에 지연에 대한 이야기를 늘어놓았다. 이러쿵저러쿵 말은 많았지만 병태의 머릿속에 남은 정보는 하여간 그녀가 예쁘다는 사실뿐이었다.

새벽 두시가 가까웠다.

"너무 늦었다. 이제 그만 집에 가야지."

"어어, 조금만 기다려봐."

"뭘 기다려, 인마. 너 오늘 결혼식이야."

"어어, 조금만 기다리라니까."

그러더니 건우는 앉은 채로 고꾸라지며 탁자에 머리를 박았다. 병태가 그를 일으키려 애쓸 때였다. 어느 틈에 연락을 취한 것일까. 그의 앞에 한 여자가 나타났다. 첫눈에 예쁘다는 생각이 드는 얼굴은 아니었지만, 그녀가 지연임을 병태는 직감했다. 지연은 탁자에 엎드려 잠든 건우를 보더니 병태에게 물으나 마나 한 것을 물었다.

"건우 오빠, 취했어요?"

친구가 오매불망 그리워하던 여자가 실제로 눈앞에 나타났다는 데 놀란 병태는 건우를 흔들어 깨웠다. 깨우면서도 그는 사실 건우가 깨지 않기를 바랐는데, 그러한 자신의 마음이 어디에서 온 것인지 알 수 없어서 더더욱 놀랐다. 지연이 병태의 맞은편에 앉았다.

"예전에 몇번 만난 적 있는 분 같아요."

그녀는 건우가 아니라 병태를 보고 있었다. 병태는 건우의 어깨에서 손을 뗐다.

"제 얼굴이 흔하게 생겨서 그럴 거예요."

"전혀 그렇지 않은데요? 인상이 굉장히 귀해 보이세요."

병태는 한때 자신의 별명이 부처님이었노라고 말하려다가 참았다. 마주앉고 보니 지연은 예쁘다기보다는 곱다는 표현이 더 잘 어울리는 유형의 미인이었다. 생김새도 옷차림도 수수했다. 그런데도 그 무슨 조화인지 미소만 살짝 지어도 분위기가 확 살아나며 주변까지 환해지는 듯한 느낌을 주었다.

두 사람은 건우를 깨우지 않았다. 건우에 대해 이야기하지도 않았다. 병태는 얼음물만 거푸 두 잔을 마셨다. 그런 후에 지연이 묻지도 않았는데 느닷없이 공원 이야기를 시작했다. 그의 공원이 얼마나 푸르고 아담하고 깨끗한지에 대해서. 그리고 그가 그곳을 가꾸고 지키는 데 얼마나 많은 정성을 들였는지에 대해서도.

"그런데 그게 말입니다, 공원이…… 이제 문을 닫게 되었습니다."

갑과 을과 병에게 미처 다하지 못한 이야기를 끝내자 속이 후련했다. 지연은 눈을 내리깔고 탁자 위 어딘가를 응시하고 있었다. 병태는 얼음 한 덩이를 입에 넣었다. 가슴이 전에 없이 빠르게 뛰었다. 지연이 지금 이 자리에 앉아 있는 것이 꼭 건우가 아니라 병태 자신을 위해서인 것 같다는 생각이 들었다. 심장박동이 더욱 빨라졌다. 술집 주인이 그들의 탁자로 다가왔다. 가게 문을 곧 닫을 거라고 했다. 지연이 먼저 가보겠다며 자리에서 일어났다. 병태는 잠깐만 기다리라고, 건우를 깨울 테니 얼굴을 보고 가라고 말하지 않았다.

지연이 출입문을 향해 두어 발자국 걸어가다 말고 그에게로 몸을 돌렸다.

"저는 내일 절에 들어가요."

병태는 채 녹지 않은 입속의 얼음을 삼켰다.

"그곳에서 당분간 머물려고 해요."

바로 앞에 있는데도 지연의 목소리가 아득히 먼 곳에서 들려오는 것 같았다. 왜 저한테 그런 이야기를 하시는 겁니까, 하고 그녀에게 묻고 싶었다. 두 사람은 잠시 동안 서로의 눈을 주시했다.

"아마 지금쯤 동백꽃이 한창일 거예요."

그렇게 말하면서 지연은 미소를 지었다. 병태에게 고개를 숙여 보인 후 그녀는 가버렸다. 병태는 건우를 흔들어 깨웠다. 이번에는 정말로 녀석이 빨리 깨기를 바랐다.

결혼식은 순조롭게 진행되었다. 건우는 제가 언제 새벽까지 과음했느냐는 듯 말끔한 새신랑의 얼굴로 시종일관 유쾌하게 웃으며 하객들을 맞았다. 제가 언제 다른 여자를 그리워했느냐는 듯 하나에서 열까지 신부를 곰살궂게 챙기고 보살폈다. 병태는 축의금 봉투에서 삼백원을 빼지 않았다.

공원은 결국 폐쇄되었다. 곧 허물어질 관리사무소를 나오면서 그는 마지막으로 매점 앞의 커피자판기에서 밀크커피를 뽑았다. 커피는 끔찍하게 달았다. 빈 종이컵을 수거함에 넣었다. 그는 자신이 이제부터 해야 할 일이 무엇인지를 생각했다.

동백꽃이 한창인 절.

단서는 그것만으로도 충분했다. 병태는 지연을 찾으러 갈 생각이었다. 그녀를 다시 만나야 했다. 지연이 절에 갈 거라고 뜬금없이 말하던 순간에 그는 이미 자신이 그녀를 찾아가게 되리라는 것을 예감하고 있었다.

어쩌다가 이렇게 되었을까. 일찍이 병태는 이런 무모한 짓을 감행해본 적이 한 번도 없었다. 여자에게 이런 감정을 가져본 것도 처음이었다. 그녀에 대해 아는 것이 전무하다시피 했지만, 그녀의 전화번호조차 알지 못했지만, 손 놓고 앉아서 지금의 이 감정을 그냥 왼쪽에서 오른쪽으로 지나가버리게 놔둘 수는 없다는 것을 그는 알고 있었다. 물론 그녀는 건우가 칠년 동안이나 짝사랑한 여자였다. 아무러면 어떤가. 건우와는 상관없는 일이었다. 녀석은 그날 새벽 지연이 술집에 다녀갔다는 것도, 병태와 그녀가 서로 이야기를 나누었다는 것도, 전연 모르고 있었다. 병태는 자신이 운명을 믿는 종류의 인간이었다는 것을 지연을 통해 깨달았다. 자신이 몰랐던 자신의 모습을 일깨워주는 여자를 비로소 만난 것이다. 아무것도 걱정하지 않았다. 그는 믿었다. 동백꽃이 피는 절에 가기만 하면 지연을 만나게 될 거라고. 그 뒷일은 운명이 알아서 해결해줄 거라고.

예의 사찰에 대한 정보를 수집하는 것은 어렵지 않았다. 병태는 사람에게 묻고 책에 묻고 인터넷에 물었다. 지어진 지 천년이 넘은 고찰로서, 앞마당에 보물로 지정된 삼층석탑이 있고, 대웅전 문살의 연꽃무늬가 섬세하기 이를 데 없으며, 무엇보다 절 뒤편에 우거진 동백나무 숲이 장관이라는 정보들을 종합한 후에 그는 지연이 있는 곳이 이 사찰이라고 확신했다.

도착한 첫날 병태는 절 뒤편의 동백 숲부터 가보았다. 입구에서 이미 상서로운 기운이 느껴지는 듯하더니, 안쪽으로 들어서자 과연 수백 수천 그루의 동백나무들이 하늘이 안 보이도록 울울창창했다. 나무에 피어 있는 꽃들보다 목이 부러져 송이째 땅에 떨어진 꽃들이 더 눈길을 끌었다. 신전에 제물로 바쳐질 처녀가 이승에서 마지막으로 걷다가 문득 돌아본 세상이 이러할까. 아름답다기보다는 처연하게 느껴지는 풍경이라 병태는 선뜻 꽃들 사이로 발을 들여놓을 수가 없었다. 주말을 맞아 단체로 관광 온 한 떼의 중년 남녀들이 그를 앞질러 갔다. 올해 기온이 평년보다 낮아서 꽃이 만개하려면 좀더 기다려야 한다고 몇몇이 아는 체를 했다. 그들은 동백이 아름답기가 천하제일이라 감탄을 하면서 땅에 떨어진 꽃송이들을 아무렇게나 짓밟고 다녔다. 병태는 숲에서 나왔다. 종무소로 갔다.

"여기 이름이 지연이라는 여자분이 머물고 있지요?"

그러고 보니 그는 지연의 성도 몰랐다.

"글쎄요, 저희 신도분들 말고도 주말에 하룻밤 잠깐 주무시고 가는 관광객들이 많아서요. 그분들 성함을 저희가 일일이 다 알 순 없잖습니까?"

병태는 종무소에서 일하는 청년에게 지연의 인상착의를 설명했다. 청년은 고개를 저었다. 사정이 그러하니 병태가 직접 그녀를 찾는 수밖에 없었다.

이튿날 그는 하루종일 경내를 돌아다녔다. 특히 외부인 숙소로 쓰이는 당우 앞을 틈나는 대로 기웃거렸다. 아침저녁으로 예불에도 참석했다. 공양간에서는 출입문이 정면으로 보이는 자리에 앉아, 드나드는 이들을 눈여겨보았다. 간혹 등산복을 입은 사내들도 있었지만 대부분이 사오십대 여성들이었다. 그들 가운데 지연은 없었다. 병태가 가장 자주 본 사람은 더벅머리 여자애였다. 볼 때마다 그 아이는 모종삽이나 플라스틱 물통, 과일이 담긴 비닐봉지 따위를 들고 어디론가 바삐 가고 있었다. 비구니 스님이 여자애에게 목청 높여 무언가를 지시하는 모습도 몇번 보았다. 병태와 여자애는 서로를 알아보면서도, 그 사실을 서로가 알고 있으면서도, 한 번도 아는 체를 하지 않았다. 사천왕문 앞에서 단둘이 정면으로 마주친 적도 있었다. 그러나 여자애가 먼저 매몰차게 고개를 돌려버리는 바람에 병태는 눈인사도 못하고 말았다.

사흘째 되던 날은 월요일이었다. 경내가 표 나게 한산했다. 종무소 청년의 귀띔에 따르면 절을 찾는 관광객이 주말에만 몰리고 주중에는 별로 없단다. 그래도 사찰 규모에 비해 절에 상주하며 일하는 사람의 수가 적어, 주중에도 자신들은 일손을 놓을 새가 없다고 했다. 병태는 청년을 도와 사찰 정기법회 안내문이며 홍보용 팸플릿을 절을 찾은 이들에게 나눠주었다. 일이 끝나니 날이 저물었다. 월요일 저녁의 공양간은 단출했다. 스님들과 절집 식구들, 백일기도를 드리러 와 있는 노파 두엇이 식당을 찾은 이의 전부였다. 관광객은 한 명도 없었다.

병태는 공양주 아주머니들과 한 식탁에 앉았다. 그는 어렴풋이 알 수 있었다, 이곳에 지연이 없다는 것을.

"밥때가 됐는데 그 학생은 어데 가서 안 오나?"

"보나 마나 스님한테 붙잡혀 있을 기라."

"무슨 일을 그리 시키나? 그래도 밥때는 맞춰 보내야지!"

공양주 아주머니들은 병태가 듣거나 말거나 자신들끼리 하던 이야기를 계속했다.

“그런다고 가가 집으로 돌아가겠나?”

“아이고야, 저 온다.”

아주머니가 황급히 말꼬리를 내렸다. 병태가 고개를 돌리니 더벅머리 여자애가 공양간으로 들어서고 있었다. 그는 밥 먹는 속도를 늦추었다. 여자애가 그의 앞에 앉았다. 병태는 대답하기 쉬운 질문에 어떤 것이 있을까 머리를 굴렸다. 이 절엔 어떻게 왔어요? 언제까지 있을 겁니까? 지낼 만해요? 어떤 것도 예, 아니요, 둘 중 하나로 답할 수 있는 질문은 아니었다. 이윽고 그는 물었다.

“학생이십니까?”

여자애는 그를 잠깐 쳐다보는가 싶더니 이내 고개를 숙였다. 묵묵히 젓가락질만 했다. 멸치조림을 연달아 집어먹는 것을 보고 아주머니 하나가 참견을 했다.

“그것도 괴기라고, 맛있재?”

다른 아주머니가 말을 받았다.

“절에서는 멸치가 그냥 멸치가 아이라. 그기 고래인 기라!”

두 아주머니는 말끝에 웃음을 터뜨렸다. 병태도 웃고 그의 뒤에 앉아 있던 중년 사내들도 따라 웃었다. 여자애는 웃지 않았다. 밥공기를 다 비울 때까지 박제된 짐승처럼 하나의 표정만을 고수했는데 그것은 손톱이 살을 파고들어가도록 주먹을 꽉 쥐고 있을 때나 지을 법한 것이었다.

병태는 일찌감치 자리를 깔고 누웠다. 벽에 시계가 하나 걸려 있을 뿐 방에는 아무것도 없었다. 창밖에서 풀벌레가 울었다. 천장에서는 쥐들이 뛰어다녔다. 밤이 깊은 듯하여 시계를 보면 아홉시. 새벽인가 하고 시간을 확인하면 열시. 그는 이제 확실히 알 수 있었다, 지연이 이곳에 없다는 것을. 다시 눈을 들어 벽시계를 보았다. 열한시. 눈을 감았다. 시곗바늘이 움직이면 시간이 흘러간다는 것이, 그가 한번도 살아본 적 없는 낯선 시간이 다가온다는 것이, 막막했다. 그 흐름을 막을 수 없다는 것이, 전혀 손을 써보지도 못하고 그 낯선 시간 속에 무방비상태로 내던져져야 한다는 것이, 그는 두려웠다. 지연은 어디에 있을까. 그녀의 얼굴이 떠오르지 않았다. 자신이 이 절에 온 이유가 그녀를 만나기 위해서였다는 사실이 허무맹랑하게 느껴졌다. 그 순간에도 물론 시곗바늘은 시시각각 움직이고 있었다. 그렇게 계속 움직여 그가 한번도 겪어보지 못한 어느 낯선 시간에 이르면 병태는 더이상 지연을 떠올리지 않게 될 것이었다.

잠들기 직전 그는 고르게 뛰는 자신의 심장박동 소리를 들었다.

마침내 법당이 자리한 축대에 올라섰다. 안에 스님이 아직 있는 모양이었다. 섬돌 위에 검은색 털신이 한 켤레 놓인 것이 눈에 띄었다. 신발 앞코에 흰 글씨로 '心' 자가 쓰여 있었다. 마음 심. 마음이라니. 별자리처럼 사이좋게 모여 있는 네 개의 획을 병태는 물끄러미 내려다보았다. 바람이 불었다. 대웅전 처마에서부터 삼층석탑이 있는 앞마당을 가로질러, 운동회날의 만국기처럼 하늘 가득 매달아놓은 색색의 연등이 흔들리면서 저희끼리 부딪쳤다. 매번 저녁 일곱시 예불이 끝나면 즉각 자리를 뜨곤 했으니 그가 이 시간에 절

마당에 있어보기는 처음이었다. 연등들이 속삭이듯 부딪치는 소리가 퍽 다정하여 그는 문고리를 쥔 채 바람에 가만히 귀를 맡겼다.

어라? 법당 안에는 아무도 없었다. 문창호지를 뚫고 들어온 달빛만이 나무바닥에 홑이불처럼 깔려 있었다. 향냄새가 진동을 했다. 그는 불단 앞으로 갔다. 나무바닥이 요란하게 삐걱거렸다. 향로에 절반가량 태우다 만 향이 꽂혀 있었다. 불을 끈 지 얼마 안되었나. 향로 좌우에 늘어선 양초 심지에서도 연기가 흩어지고 있었다. 엄지와 검지로 심지를 잡아보았다. 뜨거웠다. 그는 고개를 쳐들었다. 석가모니 부처님이 코앞에 있었다. 불상을 이렇듯 가까운 곳에서 관찰해본 적이 없는 그는 어둠이 눈에 익을 때까지 그것을 빤히 올려다보았다. 한때 자신의 별명이기도 했던 부처님의 얼굴을. 내가 저렇게 생겼었단 말인가. 맥없이 웃음이 나왔다. 웃으면서 그는 내일 날이 밝는 대로 이 절을 떠나야겠다고 생각했다.

"왜 도로 왔소?"

순간 병태는 그 자리에 얼어붙었다. 누구인가. 어디서 나는 소리인가.

"내일 새벽에 마저 하라니까 그러네. 오늘은 그만 가보소."

목소리는 불단 뒤에서 들려왔다. 병태는 숨을 죽였다. 손가락 하나도 까딱하지 않았다. 불단 너머에서 뭔가를 정리하는지 비닐 부스럭거리는 소리가 났다. 비구니는 그를 다른 사람으로 오인하고 있었다.

"그리고 후라시 가져가라니까 왜 안 가져가? 누가 이뻐서 주는 줄 아시오? 컴컴한 데 댕기다 넘어지면 일 나니까 그러지. 어여 가

저가소. 난 필요 없으니까."

　아까는 발견하지 못했는데 출입문 옆에 검은색 손전등이 놓여 있었다. 병태는 깨금발로 법당을 빠져나왔다. 뒤도 안 돌아보고 급하게 걸음을 옮겼다. 그의 등 뒤에서 수십 개의 연등이 바람에 흔들리는 소리가 점점이 멀어져갔다. 산신각을 지나쳤다. 암자로 오르는 숲길에 접어든 후에야 그는 한숨을 돌렸다. 밤에도 동백꽃은 흐드러지게 피어 있었다. 나무 위의 꽃도 땅바닥의 꽃도 여전히 붉고 탐스러웠다. 낮 동안 꽃술을 탐하던 그 많은 벌들은 모두 어디로 갔을까. 그의 눈에는 한밤에도 활짝 피어 있는 꽃들이 요염하다기보다 쓸쓸하고 고단해 보였다. 오히려 땅바닥에 나뒹구는 꽃송이들이 더 생기있어 보였는데, 그것은 병태에게 훼손되지 않은 죽음, 아름다운 실패, 눈부신 절망, 이러한 역설적인 표현들을 떠올리게 했다. 참 모를 일이지. 병태는 어쩐지 그 말들의 방점을 뒤의 명사보다 앞의 수식어들에 찍고 싶어졌다. 그는 동백 숲 한가운데 서서 소리 없이 웃었다.

　그가 몸을 돌려 앞으로 한 발 내디뎠을 때였다.

　"잠깐, 거기 멈춰요!"

　병태는 또 한번 얼어붙었다. 이번엔 누군가. 누가 또 이 어둡고 비좁은 길에 숨어 있었단 말인가.

　"움직이면 안돼요."

　나무 뒤에서 모습을 드러낸 것은 더벅머리 여자애였다. 병태의 눈이 커졌다. 리모컨인 줄 알았더니, 시키는 대로 일만 하는 줄 알았더니, 얘가 말도 하는구나 싶었다.

"아니, 그 어두운 데서 뭐 하고 있었어요?"

여자애는 못 들은 척 땅만 보았다. 질문이 너무 어려웠나. 예, 아니요, 둘 중 하나로 답할 수 있는 것을 물었어야 하는데. 병태는 두 발을 땅에 붙이고 선 채 눈동자만 굴려 여자애의 시선을 좇았다. 두 사람의 눈길이 모아진 곳에 있는 것은 한 마리 귀뚜라미였다. 녀석은 여자애가 병태를 저지하지 않았다면 틀림없이 그의 발에 찌부러졌을 위치에 웅크리고 있었다. 곤충들 생긴 거야 인간 눈에는 다 비슷해 보이겠지만 그럼에도 병태는 왠지 녀석이 낯익었다.

"귀뚜라미네요?"

"예."

옳거니, 좋은 질문이었다. 그는 내친김에 용기를 냈다.

"이거 비구니 스님이 갖다주라고 하시던데."

손전등을 내밀었다. 그것을 건네고 받는 두 사람의 손이 가볍게 닿았다 떨어졌다. 여자애의 손이 의외로 따뜻해서 병태는 흠칫했다. 여자애가 손전등의 스위치를 켰다. 병태의 발치를 비추었다. 조명을 받은 귀뚜라미는 한달음에 폴짝 뛰어 풀숲으로 달아나버렸다. 아, 세면장의 그 녀석이구나. 병태는 웃었다. 검은색인 줄 알았던 손전등의 몸체가 실은 빨간색이었다는 것도 그는 불빛을 통해 확인했다. 하기야 검정이면 어떻고 빨강이면 어떠랴.

두 사람은 동백나무 숲길을 앞뒤로 나란히 걸었다. 병태가 앞에 서고 여자애가 뒤에 섰다. 바람이 잦아들었다. 그 속에서 동백꽃 향기가 났다. 내일이면 이 꽃향기와도 안녕이었다. 그는 숨을 깊이 들이마셨다. 순간 등 뒤가 갑자기 소란스러워졌다. 누가 먼저랄 것도 없이 병태와 여자애는 동시에 뒤를 돌아보았다. 눈앞의 세상이 온통 환했다. 대웅전 앞마당의 하늘을 가로지른 색색의 연등에 전부 불이 들어와 있었다. 노랗고 푸르고 붉고 하얀 연꽃들이 만개한 산사의 하늘이 극락처럼 아름다웠다. 대웅전에도 석등에도 해우소에도 조명이 켜진 것을 두 사람은 보았다.

꽃향기가 더욱 짙어졌다. 병태는 고개를 돌렸다. 꿈일까. 나무에 매달려 있던 동백꽃 한 송이가 제 그림자를 조준하며 천천히 떨어지고 있었다.

수취인불명

출입문 위쪽에 설치된 스피커에서 크리스마스캐럴이 흘러나온다. 징글 벨, 징글 벨, 징글 올 더 웨이…… 크리스마스가 지난 후에 듣는 캐럴은 어쩐지 맥이 빠진다. 한번 읽은 추리소설을 다시 읽는 기분이랄까. 가게 안의 손님은 중년 여자 하나뿐이다. 그녀가 진열대에서 욕실용 슬리퍼를 집어드는 것을 보며 나는 쇼윈도우 밖으로 눈을 돌린다. 눈이 오려나. 흐린 하늘에 점점이 눈구름들이 떠 있다. 얼마나 낮게 떠 있는지 한껏 기지개를 켜면 손끝으로 폭 찌를 수도 있을 것 같다.

"한 놈, 두시기, 석 삼……"

계산대에서 권이 물건 개수를 헤아리는 소리가 들린다.

"너구리, 오징어, 육개장…… 전부 여섯 개 맞죠?"

우리 가게에서는 물건값을 계산할 때 스캐너로 상품의 바코드를 찍는 일 따위는 하지 않는다. 그저 물건의 개수를 세기만 하면 된다. 가격이 모두 똑같기 때문이다.

그런데 여자는 그새 무슨 물건을 여섯 개나 골랐을까. 계산대 쪽으로 다가간다. 여자의 바구니에서 나온 것은 욕실용 슬리퍼 외에 스빠게띠면과 쏘스, 완두콩 통조림, 일회용 포크 쎄트, 그리고 빨간색 사과 모양의 플라스틱 저금통이다. 사과 저금통은 어제 새로 들여온 상품이다. 이렇게 조잡한 걸 누가 사나 했는데 역시 누군가는 산다는 것이 신기하다. 여자가 잔돈을 헤아리는 동안 나는 사과의 겉면에 인쇄된 문구를 물끄러미 바라본다. I♡NY.

그러고 보니 중학교 영어시간에 배웠던가. 뉴욕은 '빅 애플'이라는 애칭으로도 불린다고. 커다란 사과. 왜 하필이면 사과일까. 모양도 예쁘고 맛있고 건강에도 좋은 과일이라서? 그렇다면 복숭아는? 포도는? 딸기도 나쁘지 않은데. 여자가 가게를 나간다. 열렸던 문이 닫히는 찰나 바깥에서 고소한 기름 냄새가 새어들어온다. 진원지는 바로 옆의 중국식당. 언젠가 그곳에서 배달시켜 먹은 짬뽕에 배를 뒤집은 채 빠져 죽어 있던, 다리가 네 개밖에 없던 바퀴벌레를 떠올리자 식욕은 금세 가라앉는다. 쇼윈도우 밖으로 보도블록에 나뒹구는 쓰레기들이 보인다. 뉴욕이 어떤 과일의 이름으로 불리든 상관은 없다. 그러나 한입 베어물면 과즙이 뚝뚝 떨어지는 빨갛고 탐스러운 사과를 연상하기에 내 눈앞의 세상은 늘 칙칙하고 지저분하고 을씨년스럽기만 하다.

뉴욕 하면 사람들은 대개 엠파이어스테이트빌딩이나 브로드웨이, 5번가의 고급 백화점들을 먼저 떠올릴 것이다. 쎈트럴 파크나 자유의 여신상, 월 스트리트도 빼놓을 수 없을 테고. 화려하고 풍요로우며 다채롭고 활기찬 소비와 문화와 금융의 도시. 그러나 그들이 떠올리는 건 정확히 말해 뉴욕의 일부인 맨해튼일 뿐이다. 마찬가지로 뉴욕의 일부인 여기 플러싱에는 화려함도 없고 풍요도 없으며 다채로움이나 활기도 찾아보기 어렵다. 거리에는 낡고 허름한 아파트와 온갖 싸구려 중국 식료품들을 쌓아놓고 파는 대형마트와 세 집 건너 하나씩 있는 한인 교회, 남미에서 생산된 저가 의류를 주로 취급하는 옷집, 한국어판 미주 한국일보와 세계일보와 중앙일보가 꽂힌 가판대 들이 누추하게 늘어서 있다. 이 동네를 오가며 마주치는 이들은 대부분 중국인이거나 한국인 아니면 히스패닉들. 영어를 전혀 못해도 아무 불편 없이 살 수 있는 이곳이 그래도 미국이긴 미국임을 실감하게 되는 것은 무심코 연 지갑 속의 지폐가 전부 달러임을 새삼스레 확인할 때 정도일까.

"언니, 남성용 양말이 다 떨어졌는데?"

가게 안쪽에서 재고 확인을 하던 정이 소리친다.

"포춘 쿠키도 거의 다 팔렸어."

등 뒤에 있던 권도 덧붙인다. 돌아보니 과연 계산대 위에 놓인, 쿠키가 담긴 투명한 유리병이 거의 바닥을 드러내고 있다.

"좀 이상하지 않아? 며칠째 계속 안 오고 있잖아."

정이 어느새 내 옆에 와 있다.

"뭐가? 지금 누구 말하는 거야?"

묻고 나서야 나는 그녀가 누구를 이야기한 것인지 알아차린다.

아마도 이민 2세대일 듯한, 급할 때는 한국어보다 영어가 먼저 튀어나올 테지만 그래도 핏줄은 분명 한국인에 더 가까울, 언제나 단정한 양복에 와이셔츠와 넥타이 차림인, 고른 이를 드러내며 잘 웃는 청년. 언젠가부터 그 남자는 날마다 정오 무렵 이 가게에 들르곤 했다. 그리고 이런저런 물건들과 함께 포춘 쿠키를 하나씩 사가곤 했다. 그러던 그가 며칠 전부터 가게에 아예 나타나지 않는 것이다.

"언니한테 상처받은 거야."

정이 제 어깨로 가볍게 내 어깨를 친다.

"그게 무슨 소리야?"

"쿠키맨 마음을 언니가 계속 모르는 척하고 있잖아."

그녀는 자신이 멋대로 쿠키맨이라고 별명을 지은 그 남자가 이 가게를 뻔질나게 드나드는 목적이 내 마음을 사려는 것이라고 믿는다. 그녀가 그렇게 말할 때마다 나는 그냥 웃는다. 내가 품절된 상품의 목록을 확인하는 동안 정은 쿠키맨이 나에게 관심을 갖고 있음을 확신할 사례들을 늘어놓는다. 품절 상품은 모두 열세 종류. 나는 정의 말을 귓등으로 흘리며 창고 문을 연다. 열 평 남짓한 창고 가득 내 키보다 높이 쌓여 있는 상자들은 언제나 보는 이를 압도한다. 1갤런들이 생수병, 할로윈 데이 변장용품, 동전지갑, 수채화물감 쎄트, 주방세정제, 유아교육용 씨디, 말린 대추, 말린 호두, 베개커버…… 모두 99쎈트짜리들이다. 한국에 1000냥 백화점이 있고 일본에 100엔 숍이 있고 영국에 1파운드 스토어가 있듯이 미국에도 1달러 하우스가 있다. 이곳 99쎈트 스토어는 1달러 하우스 방식으로 운영되는 여러 상점들 중 하나다. 그중에서도 플러싱 메인 스트리트 지점은 내가 기껏 이 먼 남의 땅 뉴욕까지 와서 일하고 있는 곳이고.

"언니, 31일에 뭐 할 거야?"

정이 창고 안으로 따라들어온다. 12월 31일까지는 딱 사흘이 남았다. 주중에 쉬는 날이 없는 우리 가게도 그날만큼은 쉰다.

"글쎄, 아무 계획 없는데."

"나 권이랑 타임스퀘어 갈 건데. 언니도 가자, 응?"

정은 권을 좋아한다. 뉴욕으로 어학연수를 온 시기는 다르지만 두 사람은 맨해튼의 같은 어학원에 다닌다. 서로 나이도 같고 우연하게도 방을 얻어 사는 동네도 같으며 아르바이트마저 같은 가게에서 하게 되었음을 알았을 때 정은 그가 자신의 운명의 상대라고 생각하게 되었단다. 그러나 권은 그렇게 생각하지 않는 모양이다. 그는 정에게 친절하지만 그것은 가게 손님들에게 친절한 것과 다를 바가 없다. 정이 눈앞에 있을 때는 그녀의 존재를 의식하지만 눈앞에 없을 때 그녀의 부재까지 감지하지는 못하는 것이다. 어쨌거나 정은 권과 둘이서만 있으면 어색하기 때문에 틈만 나면 나까지 끌어들여 셋이 있을 기회를 만들려고 한다.

"우리 넷이서 가면 재미있을 것 같지 않아?"

"넷이라니?"

"쿠키맨까지 포함해서."

나는 어이가 없어서 픽 웃고 만다. 상자들 사이를 돌아다니며 꺼내야 할 물건들을 찾는다. 마침 정의 뒤쪽에 놓인 포춘 쿠키 상자가 눈에 띈다. 내용물을 확인하고 상자를 들어올리는데 뭔가가 바닥으로 떨어진다. 리본 모양으로 생긴 쿠키는 이미 두 동강이 나버렸다. 비닐봉지를 뜯고 쿠키를 꺼낸 후 속에 돌돌 말려 있던 종잇조각을 편다.

"뭐라고 쓰여 있어?"

정이 눈을 크게 뜬다.

"음…… 당신의 사랑은 바로 다음 모퉁이에 있습니다."

"어머, 그것 봐. 그게 쿠키맨이라니까!"

정은 뭐가 그리 신나는지 발을 두어 번 구르기까지 한다. 나는 종이를 반으로 접는다. 다음 모퉁이의 그 '다음'이란 과연 어디일까. 두 조각이 된 쿠키를 정과 하나씩 나눠 먹는다. 입안 가득 텁텁한 밀가루 냄새가 퍼진다.

현관문 도어록의 비밀번호 네 자리는 2848이다. 이모는 이 숫자들의 조합이 자신이 미국에 처음 왔을 때의 마음가짐이라고 했다.

"이판사판. 한마디로 죽기 아니면 살기였던 거지."

그녀는 이십년 전 삼십대 초반의 나이에 단돈 100달러를 가지고 미국으로 왔다. 아니, 100달러가 아니라 백만원이라고 했던가. 나는 그 부분이 항상 헷갈린다. 그럴 수밖에 없는 것이 그동안 너무 많은 사람에게 그와 비슷한 이야기를 너무 많이 들었기 때문이다. 미주 한인들은 어쩌다 한국 유학생이나 여행자 들을 만나면 열에 열 무용담인 양 도미 시절의 사연들을 꺼내놓곤 했다. 내가 젊었을 때 말이야, 돈도 없이 말이야, 맨몸으로 비행기를 타고 말이야, 지금까지 온갖 고생을 하면서 영주권이 어쩌고 시민권이 저쩌고……

밤 아홉시. 이모는 아직 퇴근하지 않았다. 거실은 온기도 없고 이렇다 할 가구들도 없이 휑뎅그렁한데, 한쪽 구석에 어울리지 않게 화려한 크리스마스트리가 놓여 있어서 마치 꾸미다 만 연극무대처럼 보이기도 한다. 그것은 일주일에 엿새를 정신없이 일하고 녹초가 된 상태에서, 휴식을 취해야 할 나머지 하루의 시간을 통째로 교회에 쏟아부으며 눈물 흘리고 회개하고 박수 치고 찬송가를 부르는 이모의 모습처럼 좀체 익숙해지기 어려운 광경이다. 그녀는 자신이 아직도 시민권을 취득하지 못한 것이 하나님에 대한 기도가 부족하기 때문이라고 믿는다.

식탁에 혼자 앉아 저녁을 먹는다. 하루중 가장 쓸쓸하지만 가장 평화롭기도 한 시간. 거실 창문 너머로 건너편 아파트가 보인다. 불을 밝힌 창은 모두 아홉 개. 커튼이 쳐진 창 안이 따뜻하고 정겨워 보인다. 그곳에 사는 사람들은 어쩐지 모두 행복할 것만 같다. 눈으로 커튼을 걷는다. 사람들이 다정하게 식탁에 둘러앉아 저녁을 먹고 있다. 삼칠은 이십일. 나는 뜬금없이 입속으로 되뇌어본다.

처음에 비행기를 탈 때는 아무 생각이 없었다. 물론 여기서 이렇게 오래 머무르게 될 줄도 몰랐다. 내 머릿속에 든 생각은 오직 하나였으니까. 떠난다. 이제 떠난다. 늘 커튼이 쳐져 있는 그의 창으로부터. 늘 전원이 꺼져 있는 그의 휴대폰으로부터. 늘 그것들에서 떠나지 못하는 나 자신으로부터. 그러므로 별 생각 없이 택한 여행지 뉴욕으로 와서, 공항에서 마주친 어느 한인 여성의 짐을 들어주느라 별 생각 없이 플러싱까지 따라왔다가, 혼자 살고 있다는 그 여자의 집에 별 생각 없이 눌러앉게 될 줄은 정말이지 상상도 하지 못했다. 그것이 벌써 석달 전의 일이다. 그러나 상상도 하지 못했던 일상을 살고 있는 것도 나쁘지는 않다. 이것이 꼭 진짜 내 삶이 아닌 것 같은 기분이 들기 때문이다. 남의 삶을 대신 살아주는 것 같은 기분. 그래서 언제든 다 버리고 훌쩍 떠날 수 있을 것 같은 기분.

문득 정이 창고에서 했던 이야기가 떠오른다.

"쿠키맨이 언니만 보면 싱글벙글 웃는 거 몰랐어? 생각해봐. 전에 언니가 나랑 무슨 얘기하다가 파란색을 좋아한다고 하니까 그거 듣고는 다음날 파란색 넥타이 하고 왔었잖아. 그리고 언니가 카운터에 있는 날에만 포춘 쿠키 사는 것도 그래. 괜히 시간도 질질 끌고 말이야. 난 진작 눈치챘는데. 언닌 너무 둔한 게 탈이야."

듣는 둥 마는 둥 했던 정의 말들을 지금 이렇듯 생생하게 기억해낼 수 있다는 것이 놀랍다. 생각해보면 그녀의 이야기가 아예 맹랑하기만 한 것은 아니다. 실제로 남자는 나를 보면 웃는다. 내가 파란색을 좋아한다고 얘기한 다음날 그가 파란색 넥타이를 매고 왔던 것도 사실이다. 내가 계산대에 있는 날에만 포춘 쿠키를 샀었는지 그것까지는 모르겠다. 하지만 그가 계산대 앞에서 빨리 안 가고 뭉그적거렸던 것 같기는 하다.

현관문 밖에서 인기척이 난다. 2848. 하루종일 네일숍에서 남의 손발톱을 다듬느라 유독한 화학약품에 짓물러졌을 이모의 손가락이 비밀번호 네 자리를 누른다. 이만하면 오늘은 퇴근이 이른 편이다. 그러나 문이 열리고 모습을 드러낸 것은 이모가 아니다.

"어…… 사장님 오셨어요?"

나는 쭈뼛거리며 식탁의자에서 몸을 일으킨다.

"괜찮아. 그냥 앉아 있어."

남자는 손짓으로 나를 만류하더니 곧장 거실 쏘파로 향한다. 현관문이 닫히기 전에 이모가 뒤따라 들어올 줄 알았는데 바깥바람이 잠시 들어오나 싶더니 그대로 문이 닫힌다. 이모 없이 남자가 혼자 이 집에 온 것은 처음 있는 일이다.

"사장님, 저녁은 드셨어요?"

"응. 집에선 그냥 이모부라고 부르라니까 그러네."

남자는 내가 일하고 있는 99쎈트 스토어의 사장이다. 그에게 나를 아르바이트생으로 소개해준 것이 이 집의 주인여자다. 그녀는 나더러 자신을 이모라 부르라고 한다. 그래서 사장도 나더러 자신을 이모부라 불러달라고 한다. 하지만 나는 그들의 조카가 아니다. 그들은 내 앞에서 부부처럼 행세한다. 하지만 이모는 법적으로 미혼이고 사장에게는 법률혼 관계의 아내가 따로 있다. 그렇다면 우리 세 사람의 관계는? 말해놓고 나니 난쎈스 퀴즈 같다. 두 사람이 수레 한 대를 끌고 밀며 간다. 뒤에서 미는 사람에게 앞사람이 아버지냐고 묻자 그렇다고 답한다. 그러나 앞에서 끄는 사람에게 뒷사람이 아들이냐고 묻자 아니라고 한다. 그럼 두 사람의 관계는 무엇일까? 정답은 부녀지간. 이런 유의 퀴즈 말이다.

나는 사장에게 일회용 믹스커피를 타서 가져다준다. 그는 유가가 오르면서 물류비용이 상승하고 가게에 납품되는 물건들의 원가도 덩달아 뛰어서 경영이 점점 어려워지고 있다고 하소연을 한다. 가게에 들여놓은 오천여 종의 물건 중에서 수익성이 낮은 오백여

종은 조만간 폐기해야겠다는 말도 한다. 그는 고작 이런 이야기를 하려고 일부러 나 혼자 있을 게 뻔한 시간대를 골라 이곳을 찾아왔을까.

"참, 한국에서 어느 대학을 다녔다 그랬지?"

그에게서 같은 질문을 들은 게 벌써 세번째다.

"말씀드려도 잘 모르실 거예요. 생긴 지 얼마 안된 학교거든요."

같은 대답을 세번째 한다. 설령 다르게 말한대도 그는 개의치 않을 것이다. 내가 어느 대학을 다녔는지 알고 싶은 것이 아니라 자신이 대학 다녔을 때 이야기를 하고 싶은 거니까.

"이모부는 서울대를 나왔잖냐. 정동영이가 내 동창이야."

세번째 듣는 레퍼토리. 플러싱에 거주하는 한인들은 모두 서울대 아니면 고려대를 나왔다. 나는 황우석과 동창이라는 사람도 보았고 차범근과 학교를 같이 다녔다는 사람도 보았다. 그러나 두 대학 외에 다른 대학을 다녔다는 사람은 아직 한 명도 만나보지 못했으니 참 신통한 일이다. 더 신통한 것은 같은 학교를 같은 시기에 다닌 사람들끼리 만나면 다들 하나같이 이런저런 이유로 중간에 학교를 그만두었다고 뒤늦게 덧붙인다는 것이다. 게다가 막상 서울대 혹은 고려대의 재미 한인 동문회가 열리면 그들 중 누구도, 심지어 졸업을 했다는 이도, 당최 참석하는 법이 없다.

사장은 자신이 대학 시절 얼마나 전도유망한 학생이었는지를 이야기한다. 나는 열심히 고개를 끄덕여준다. 다른 건 몰라도 사장이 정말 하고 싶은 이야기가 이것은 아니라는 사실 하나는 알 것 같다. 그는 전속력으로 달리다가 일순간 다리가 풀려 고꾸라진 사람처럼 갑자기 말을 멈춘다. 그러고는 다 식은 커피를 마시지도 않고 입으로 후후 불기만 한다.

"혹시 말이야, 이모가 무슨 얘기 안해?"

결국 그거였다, 그가 정말 하고 싶었던 이야기는.

"네? 무슨 얘기요?"

사장은 커피잔에 눈을 고정시킨 채 고개를 젓는다. 나는 그가 궁금해하는 것이 무엇인지 안다. 사장은 며칠 전 이모에게 동거를 하자고 했다. 얼마나 오래 망설이다 말한 것인지 그 한 문장을 전하는데 진땀까지 흘렸다. 그러나 사장이 집으로 돌아가자마자 이모는 나를 붙잡고 신경질을 냈다. 자신은 시민권 때문에 극도의 스트레스에 시달리고 있는데 그는 아무리 아내와 별거중이라도 그렇지 양심도 없이 어떻게 동거하자는 소리부터 하는지 모르겠다는 거였다. 두 사람이 함께 살게 되면 나는 갈 곳이 없어진다. 사장 앞에서 실제 조카도 아닌 나에게 이모 행세를 하는 그녀의 진짜 속내를 알 수는 없지만, 그녀가 사장과 한집에 살게 될 상황에서도 나를 거두어주려고 할 만큼 내게 특별한 애정이 있을 리 없다는 것쯤은 나도 안다. 사장은 어깨를 축 늘어뜨리고 쏘파 끝에 엉덩이만 걸친 자세로 커피를 홀짝거린다. 밥그릇에 꾹꾹 눌러 담은 밥처럼 뭐랄까, 포화 직전의 긴장을 유지하고 있는 듯한 얼굴이다. 그는 시민권자다. 그는 자신이 시민권자가 아니어도 이모가 과연 자신을 계속 만나줄지 그것 또한 알고 싶을 것이다.

"그러니까…… 좀 도와줘."

들릴 듯 말 듯한 목소리. 나는 고개를 쳐든다. 방금 그것은 사장이 내게 한 말인가. 그는 찻숟가락으로 빈 커피잔 바닥에 덜 녹은 채 남아 있는 설탕 덩어리를 짓이기고 있다. 내가 무엇을 어떻게 도와줄 수 있을까. 천장에 닿을 듯 거실 벽 높은 곳에 걸려 있는 십자가를 올려다본다. 구원의 손길은 역시 너무나 높고 멀리 손 닿지 않는 곳에 있다. 사장은 이모를 사랑하는 것일까. 정이 권을 좋아하는 것처럼? 십자가의 맞은편 벽에는 달력이 걸려 있다. 마찬가지로 지나치게 높은 곳에서 12월 31일이 나를 내려다본다. 아무 표시도 되어 있지 않은 그 날짜에 붉은 색연필로 그려놓은 동그라미가 내 눈에는 보이는 것 같다.

마침내 이모가 귀가한 것은 열시. 그녀는 집에 들어오자마자 외투도 벗기 전에 내게 우편물을 내민다. 손끝에 닿는 종이의 표면이 뜻밖에 차가워서 나는 흠칫 놀란다. 그것은 한국에서 온 엽서다. 수취인불명. addressee unknown. 우표가 붙어 있는 자리에 두 나라의 언어로 반송 사유 스탬프가 찍혀 있다. 그러니까 그것은 내가 보름 전쯤 그에게 보냈던 엽서다. 생일 축하한다고. 곧 12월 31일이라고. 엽서는 그런 문장으로 시작되고 있다. 나도 안다. 그가 더이상 그 곳에 있지 않음을. 그 겨울 그의 집, 우리가 어깨를 나란히 기대고 앉아 눈 내리는 창밖을 바라보았던 그곳에 그는 이제 없다는 것을. 그러니 그것은 어차피 되돌아올 수밖에 없는 엽서였다.

이모 앞에서 사장은 태엽 감은 인형처럼 연방 웃음을 흘린다. 나와 둘이 있던 때와 딴판으로 사근사근한 게 보는 내가 민망할 정도다. 이모가 열 손가락을 부챗살처럼 펴서 그에게 내민다. 손가락이 죄다 더운물에 오래 불린 것처럼 통통 부어 있다. 손톱 주위에는 거스러미가 연한 보랏빛을 띤 채 갈라져 있고 몇군데는 피가 맺혀 있기도 하다. 그녀는 밤마다 그 손가락들로 그 손가락들을 긁어대느라 잠을 이루지 못한다. 사장이 그녀의 손가락에 연고를 발라준다 붕대를 감는다 호들갑을 떤다. 이모가 그의 손길을 뿌리치며 방으로 들어간다. 그가 황급히 그녀의 뒤를 쫓는다. 나는 미완의 연극무대 같은 거실에 크리스마스트리와 되돌아온 엽서와 함께 남겨진다. 엽서의 앞면은 브루클린 브릿지 사진이다. 나무바닥에 벤치가 놓여 있다. 가로등 불빛을 정수리로 받으며 벤치에 앉은 두 남녀가 입을 맞춘다. 여자는 눈을 감고 있지만 남자는 뒤통수만 찍혀 눈을 감았는지 떴는지 여부를 알 수 없다.

이 세상에 자신을 사랑해주지 않는 이를 사랑하고 있는 사람은 몇명이나 될까. 나는 다시 거실 창으로 밖을 내다본다. 건너편 아파트의 불 켜진 창은 이제 열두 개가 되었다. 눈은 내리지 않고 소리 없이 밤이 깊어만 간다.

뉴욕의 잔디밭은 한겨울에도 새파랗다. 한국과 종이 다른 잔디를 심는 것일까. 눈 속에서도 여전히 파릇파릇한 이파리들을 보면 비 내리는 하늘에 떠 있는 해를 볼 때처럼 경이로운 생각마저 든다. 잔디밭을 대각선으로 가로지르면 곧바로 7호선 메인 스트리트역이 나온다. 정오가 가까워서인지 대로변은 점심 먹으러 나온 사람들로 붐빈다. 비슷비슷하게 생긴 동양인들의 얼굴을 가만히 들여다보면 한국인 중국인 일본인이 오묘하게 구분된다. 사실 이곳에 일본인은 거의 없으니 중국인과 한국인을 구분할 수 있다고 해야 옳을 것이다. 물론 오묘하게 구분되는 그 얼굴들 사이에도 공통점은 있다. 표정에 생기가 없다는 것이다. 그들의 얼굴에는 생활만 있다. 밥을 먹을 때도 웃을 때도 이야기를 나눌 때도 그들은 하나같이 힘겨워 보인다. 이판 아니면 사판. 어쩌면 그래서 다들 그렇게 외치는지도 모르겠다.

그래도 여기는 미국이잖아. 한국에서 사는 것보단 백배 낫지. 여기서 살다가 한국 가면 못 살아. 생각만 해도 끔찍해.

잔디밭을 가로지른다. 이마에 차가운 것이 와 닿는다 했더니 눈이 내리고 있다. 하늘을 쳐다보았다가 다시 고개를 숙이는데 눈앞에서 살진 쥐 한 마리가 느긋하게 기어가는 것이 보인다. 행인들은 그것을 보고도 놀라지 않는다. 쥐가 행인들을 보고 놀라지 않듯이. 걸을 때마다 사방에서 기름 냄새와 뒤섞인 지린내가 진동한다. 눈발이 점점 굵어진다. 저만치 골목 어귀에서 붕어빵 장수가 그의 아내로 보이는 뚱뚱한 여자에게 삿대질을 하고 있다. 여자가 그를 힘껏 밀어 넘어뜨린다. 한국어 쌍욕이 허공에 눈발처럼 난무한다. 넘어졌다 일어난 남자가 급기야 여자의 얼굴을 주먹으로 때린다. 나는 놀라지 않는다. 다만 생각한다. 뉴욕이 커다란 사과라면 플러싱은 그것의 멍든 부분일 거라고. 껍질을 깎아보기 전에는 멍든 줄도 모르는.

오늘은 사장이 오전부터 출근하는 날이다. 이런 날에는 점심 먹는 것도 일이다. 사장이 별스럽게도 메뉴판에 음식 사진이 실린 식당에서는 절대로 밥을 먹지 않기 때문이다. 그러나 메뉴판에 음식 사진이 없는 식당은 의외로 드물고, 공교롭게도 모두 우리 가게에서 멀리 떨어져 있으며, 배달도 해주지 않는다. 그래서 정과 권과 나 우리 중 한 사람은 지금처럼 매번 그곳까지 원정을 가서 음식을 포장해와야 한다.

자꾸 눈이 감긴다. 어깨가 뻐근하다. 머리끝부터 발바닥까지 스르르 녹아서 땅속으로 스며들고 싶을 정도다. 만성 수면부족 탓이다. 미국에 온 후로는 깊은 잠을 자본 적이 단 하루도 없으니까. 어젯밤에는 오랜만에 주문을 외워보기도 했다. 3×7=21. 그것은 영화 「황태자의 첫사랑」에서 황태자가 하이델베르크로 돌아가는 기차 안에서 중얼거렸던 대사다. 삼칠은 이십일. 사랑하는 여자를 잊어야 하는 현실을 잊기 위해서 아무 의미 없이 떠올렸을 숫자들. 네가 잠을 이루지 못하는 건 잊지 못한 게 있어서야. 잊어버려. 뭔가 다른 걸 생각해봐. 그러면서 그는 내게 황태자 이야기를 들려주었다. 아마 당시의 그는 짐작도 하지 못했을 것이다. 내가 삼과 칠을 곱할 때마다 「황태자의 첫사랑」이 아니라 그를 떠올리게 되리라는 것을. 그래서 다른 것은 잊어도 그는 잊지 못하게 되리라는 것을.

바로 몇발자국 앞에 메인 스트리트 역이 나타난다. 역 주변의 벽은 눈 닿는 곳마다 온통 누군가의 콘써트 포스터로 도배된 상태다. 가수의 이름은 한자로 쓰여 있다. 이곳은 플러싱이므로. 郭富城. 나는 한자를 읽기 전에 포스터의 가수 얼굴을 보고 그것이 곽부성임을 알아차린다.

그런데 저 사람, 누구더라?

지하철역 입구를 막 지나갈 때다. 어디서 본 듯한 얼굴 하나가

에스컬레이터를 타고 지상으로 올라온다. 두툼한 잿빛 파카를 걸치고 검은색 털목도리를 두른 저 남자. 선량하고 유순해 보이는 저 표정. 분명히 낯이 익은데.

"안녕하세요?"

엉겁결에 인사부터 하고 나서야 나는 그가 누구인지를 깨닫는다. 그 남자다. 쿠키맨이다. 그가 양복을 입지 않은 모습은 처음 본다. 남자는 당혹스러운 표정을 숨기지 못하고 자꾸 주위를 두리번거린다. 그의 뒤에서 에스컬레이터를 타고 올라온 사람들이 우리를 흘깃거리고 지나간다. 무안하지만 이왕 이렇게 된 거, 그대로 밀어붙이는 수밖에 없다.

"저 기억하세요? 요 뒤의 99쎈트 스토어에서 일하는……"

"기억합니다. 제가 어떻게 잊겠습니까."

안 그래도 내 생각을 했다고 그는 웃지도 않고 말한다. 나는 헛기침을 한다. 어떻게 잊겠느냐니, 안 그래도 내 생각을 했다니, 그는 정말로 나에게 관심이 있는 것일까.

"요즘 안 보이시기에 무슨 일이 있으신가 했어요."

"죄송합니다, 그게 실은……"

어느 틈엔가 우리는 지하철역 앞 메이씨 백화점 입구에 서 있다. 백화점이라고는 하지만 도떼기시장이나 다름없는 곳이다. 유리문 너머로 사람들이 매장 바닥에 아무렇게나 떨어져 있는 갭이며 폴로, 아베크롬비 티셔츠들을 밟지 않으려 발을 골라 디디는 것이 보인다. 남자와 나는 둘 다 손에 트로피카나 주스병을 들고 있다. 이 추운 날 어쩌자고 차가운 오렌지주스를 샀을까.

"실은 며칠 전에 은행을 그만두었습니다."

아, 그랬구나. 그는 은행원이었구나. 그럼 점심시간마다 우리 가게에 들렀던 거구나. 가까이에서 바라보니 남자는 눈썹이 유난히 검다. 마치 4B연필로 그려놓은 듯 색이 짙고 숱이 많다. 그 아래 눈동자가 물속의 조약돌처럼 깨끗하고 단단해 보이는 것이 새삼스럽게 눈에 들어온다.

"눈치채셨겠지만 전 실적도 좋지 않고…… 잘려도 할 말은 없어요."

내가 어떻게 눈치챌 수 있었겠는가. 그가 실적이 좋지 않아 은행에서 해고되었으리라는 것을. 다만 그가 나처럼 잘 알지도 못하는 이에게 속내를 털어놓고 있다는 사실에 나는 흔들린다. 그는 나를 믿는 것이다. 내일 타임스퀘어에 같이 가자고 말해볼까. 주저하는 마음을 누르며 주스병의 뚜껑을 돌려서 연다.

"이제 다시 시작해야죠. 무슨 일이든."

그가 한숨을 쉰다. 그의 얼굴에도 어김없이 생활이 깃들어 있다. 희미하게 잡힌 팔자주름 위의 일상을, 그 남루함을 나는 말없이 바라본다. 당신이 우리 가게에서 샀던 포춘 쿠키들이 행운을 가져다줄 거예요. 그렇게 말해주고 싶다. 그가 가게에서 나를 볼 때마다 지어 보이곤 하던 예의 그 미소를 짓는다.

"하지만 잊지 않겠습니다. 늘 고맙게 생각할 거예요."

그제야 나는 이야기가 뭔가 이상하게 돌아간다는 것을 알아차린다.

"네? 뭘 고맙게 생각한다는 거예요?"

"저의 첫 고객이셨잖아요. 그 펀드 때문에 손해도 많이 보셨을 텐데."

아, 하고 나는 입을 열었다 곧 다문다. 그는 내가 은행에 처음 왔던 날 자신에게 건네준 포춘 쿠키를 아직도 간직하고 있다고 한다. 그날 이후로 쿠키의 운을 믿게 되었다고. 그러니까 우리는 이제껏 서로 착각하고 있었던 셈이다. 그는 나를 자신의 은행 고객으로, 나는 그를 내게 관심있는 남자로 오해해왔던 것이다. 우리의 눈앞에서 에스컬레이터가 계속 움직인다. 새로운 얼굴의 사람들이 계속해서 지상으로 올라온다. 자신들 앞에 서 있는 두 남녀의 우스꽝스러운 사연을 알지 못하는 그들은 무표정한 얼굴로 바삐 제 갈 길을 간다.

"무슨 일을 하시든 잘 풀리기를 바랄게요."

남자와 헤어지기 전에 나는 말했다. 이런 식의 인사가 형식적으로 들리리라는 건 알지만 진심으로 하는 말이었다. 그리고 어쨌든 그것은 내가 그에게 처음이자 마지막으로 건네는 포춘 쿠키였다.

맨해튼으로 가는 지하철 안. 정과 권은 낮은 목소리로 이야기를 나눈다. 권이 조만간 거처를 옮길 거라고 한다. 브루클린에 있는 학원생 전용 기숙사로 가겠다는 것이다. 정이 잘 생각했다고 맞장구를 친다. 자신도 거처를 옮길지 말지 고민중이었다며 그녀는 플러싱에서는 영어를 쓰는 사람을 통 만나기가 어렵다고 투덜거린다. 하기야 그들은 유학생이다. 첫째도 둘째도 목표는 어학 실력을 키우는 것이다. 권이 기숙사비가 한달에 1,200달러라고 하자 정은 두 손바닥을 위로 펼쳐 보이며 웁스 하고 소리친다. 오늘따라 그들은 유난히 말이 많다. 며칠 새 급격히 친해질 만한 계기라도 있었던 것일까. 권이 제 손바닥을 펴서 정에게 보여준다. 정이 집게손가락 끝으로 그의 손바닥에 나 있는 손금들을 어루만진다. 권이 간지럽다는 듯 웃으며 어깨를 움츠린다. 이번에는 정이 제 손바닥을 펴서 권에게 보여준다. 그들의 옆자리에 앉은 나는 장갑을 끼지 않은 두 손을 코트 주머니에 찔러넣는다. 그렇다. 연인들끼리는 언제나 손바닥을 펴고 있다. 주먹을 쥘 일이 없기 때문이다.

지하철이 강을 건넌다. 물론 퀸즈 미드타운 터널을 통해 건너기 때문에 서울 지하철에서 한강을 보듯 창밖으로 이스트 리버를 볼 수는 없다. 나는 차창에 비친 내가 문득 오래전 그날을 떠올리고 있는 것을 바라본다. 세상에 사람의 감정이 변하는 것만큼 당연하고도 자연스러운 일은 없다. 하지만 당연하고 자연스러운 일이라고 해서 그것이 상처가 되지 않는 것은 아니었다. 언젠가부터 우리는 서로에 대한 마음이 예전 같지 않음을 알았다. 그래서 그날도 사소한 일로 다투었다. 우리는 둘 다 아무 말도 없이 차창만 바라보았다. 한강 수면 위로 거대한 물비늘이 저녁놀을 받아 붉게 번뜩였다. 아름답다고 나는 말했다. 그는 못 들었다. 눈이 올 것 같다고 나는 조금 더 크게 말했다. 그는 못 들은 척했다. 나는 속으로 그의 장점들을 하나씩 꼽아보았다. 예전에 그와 함께했던 시간이 얼마나 행복했는지에 대해서도 생각했다. 사실 그런 건 나 혼자 있을 때 생각하는 게 더 자연스러울 터였다. 당사자와 함께 있는 상황에서 굳이 그의 장점을 떠올리고 그와 행복했던 순간을 떠올린다는 건 현재 내가 행복하지 않다는 뜻이고 그의 장점이 느껴지지 않는다는 뜻이었다. 많은 연인들이 이런 식으로 멀어지고 헤어지는 거겠지. 어쩌면 우리도. 나는 한강을 바라보며 우리 관계의 끝을 상상했다. 그렇다 해도 그날은 12월 31일. 그의 생일이었다. 다투기 전에 미리 축하한다는 말을 했더라면 좋았을걸 하고 나는 생각했다. 이따가 화해하고 나서 하면 되지 뭐, 그렇게도 생각했다. 하지만 나는 결국 축하한다는 말을 하지 못했다, 지금까지도.

　열차가 속도를 늦춘다. 7호선 종점이 타임스퀘어 역이다. 권과 정과 나는 평소보다 훨씬 더 많은 인파에 휩쓸려 역을 빠져나온다. 저녁 일곱시밖에 안되었는데도 한 해의 마지막 날 거리는 이미 발 디딜 틈이 없다. 다들, '제야의 공' 정도로 풀이할 수 있는 이른바 볼 드롭을 보러 온 것이다. 나도 예전에 텔레비전으로 본 적이 있다. 뉴욕은 해마다 12월 31일 밤 12시, 그러니까 새해 1월 1일 오전 0시를 기해 타임스퀘어 빌딩 위에서 거대한 공 모양의 발광체를 떨어뜨리는 이벤트를 벌인다. 텔레비전 화면 속의 타임스퀘어 일대는 그것을 직접 보기 위해 세계 각지에서 몰려든 여행객과 뉴욕 시민 들로 꽉 차 있었다. 저마다 자신의 조국을 상징하는 디자인의 옷을 입고 국기를 흔들며 환호하던 그 사람들이 지금 내 눈앞에 있다. 노란 머리, 붉은 머리, 푸른 눈, 까만 피부…… 어디를 둘러보아도 동양인의 얼굴은 찾기 힘들다. 나는 비로소 이곳이 미국임을 실감한다.

　차도를 완전히 점거하고 있는 관광객들의 백태는 보는 것만으로도 흥미롭다. 낚시의자를 가져다놓고 모여앉아 카드놀이를 하는 이들이 있는가 하면 기타를 치며 노래 부르는 이들도 있고 관광객 사이를 누비며 광고문구가 찍힌 휴대용 핫팩이나 무릎담요를 나눠 주는 호객꾼들도 있다. 레게음악을 틀어놓고 춤을 추는 청년들도 있고 물감과 빨레뜨를 손에 든 채 사람들 뺨에 성조기 문양의 페이스페인팅을 해주는 소녀들도 있으며 이 모든 것들을 비디오카메라로 촬영하는 노인도 있다.

우리는 일단 저녁을 먹기로 한다. 브로드웨이 주변의 식당가를 돌아다닌다. 그러나 가는 곳마다 빈자리가 없다. 한 해의 마지막 날 저녁인 만큼 근사한 곳에서 먹어보자고 플러싱이 아닌 이곳까지 온 건데, 자칫하면 맥도널드 같은 패스트푸드점에서 대충 때우게 될 판이다. 42번가에서 45번가까지 내려간다. 레스또랑 입구마다 행인들이 볼 수 있게끔 메뉴판이 걸려 있다. 메뉴판마다 먹음직스러운 스테이크며 해산물 요리, 빠스따 사진들이 실린 것을 보더니 권이 소리내어 웃는다.

"우리 사장님은 이 동네선 아무것도 못 드시겠구만."

정이 그를 따라 웃음을 터뜨린다. 우리는 마침내 47번가 근처의 조그만 레스또랑에서 빈 테이블을 발견한다. 메뉴판의 사진을 보고 피자와 빠스따와 쌜러드를 주문한다. 사진과 전혀 다른 음식이 나왔지만 아무도 불평하지 않는다. 권이 다음주에 가게를 그만두겠다고 한다. 정이 내 눈치를 살피더니 자신도 곧 그만두겠다고 한다.

"누난 어떡할 거야? 계속 거기서 일할 거야?"

"글쎄, 아직 생각해본 적이 없어서."

권은 영어가 늘지 않는 것도 문제지만 그보다는 99쎈트 스토어에 있으니 자신도 그곳에서 취급하는 싸구려 물건들과 똑같이 99쎈트짜리처럼 느껴지는 게 더 싫단다. 정도 덧붙인다. 자신은 가게에서 도둑맞는 물건들이 너무 많아 재고와 수입이 맞아떨어지는 날이 하루도 없다는 게 싫다고. 가게를 그만둔다는 것에 대해 생각해본 적도 없지만 생각해봐야 달라질 것도 없이 그곳에 그대로 남을 나는 둘의 말을 듣기만 한다.

"언니는 참 특이해."

레스또랑을 나오면서 정이 내 팔짱을 낀다.

"내가? 왜?"

"앞날에 대해 전혀 신경쓰지 않잖아."

"………"

"신경써봐야 별로 달라질 게 없다는 걸 알고 있는 사람 같아."

뒤처져 있던 권이 앞쪽으로 오자 정은 나머지 한쪽 팔로 그의 팔짱을 낀다.

거리의 인파가 아까보다 배로 불어나 있다. 어디서 나타났는지 깜짝 놀랄 만큼 많은 수의 경찰들이 인도와 차도 사이에 바리케이드를 치고 사람들이 인도로 올라오는 것을 통제한다. 권과 정이 앞장서서 쏘리, 쏘리를 연발하며 사람들 사이를 비집고 차도 안쪽으로 진입한다. 그러나 우리 자리에서는 앞사람들의 뒤통수밖에 보이지 않는다. 볼 드롭을 가까이에서 볼 수 있는 자리는 애초에 노릴 생각도 하지 않았지만, 먼발치에서 볼 수 있는 자리마저도 모두 사람들에게 점령당해버린 것이다. 거리 곳곳의 대형전광판에 타임스퀘어의 상황이 생중계되고 있다. 전광판에 비치는 사람들이 카메라를 향해 괴성을 지르며 손을 흔든다.

우리는 그렇게 두어 시간을 버틴다. 어느 순간부터 턱이 덜덜 떨린다. 이가 위아래로 맞부딪친다. 한 자리에 꼼짝 않고 서 있으니 오한이 점점 심해진다. 주위 사람들이 시끄럽게 떠들어대는 통에 나는 머리까지 아프다. 뭐하러 여기까지 왔을까. 새해를 맞이하는 게 뭐 그리 대단한 일이라고. 새해라면 이미 스무 번이 넘도록 맞았다. 앞으로도 별일이 없다면 최소한 스무 번은 더 맞게 될 것이다. 손이 꽁꽁 얼어 손가락에 감각이 없다. 장갑을 찾아 주머니를 뒤진다. 장갑과 함께 구겨진 종잇조각 하나가 딸려 나온다.

Your love is around the next corner.

며칠 전 가게에서 주운 포춘 쿠키 속에 들어 있던 것이다. 나는 종이를 구겨 길바닥에 버린다. 바로 다음 모퉁이에 있을 내 사랑은 곧 각종 광고전단과 파티용 색종이와 인조 꽃가루 따위에 묻혀버린다.

권이 어디론가 사라지더니 한참 만에 커피 세 잔을 들고 나타난다. 내 옆에 서 있던 장신의 백인 사내와 그의 어깨에 목말을 타고 있던 금발 꼬마가 키 작은 동양인 우리 셋을 신기한 듯 내려다본다. 아이의 금빛 머리카락 뒤편, 허공에 떠 있는 낯익은 디자인의 옥외광고판이 푸르스름하게 반짝인다. 삼성의 로고가 새겨진 그것은 위로는 HSBC은행, 아래로는 코카콜라 광고판 사이에 세로로 끼어 있다.

"누나! 여기서 삼성 간판 보니까 반갑지!"

권이 뜨거운 커피가 든 종이컵을 제 뺨에 가져다 대며 고함을 지른다. 정이 한국이 그립다고 소리친다. 주위가 너무 시끄러워서 누구나 대화를 하려면 악을 써야 했다.

"나는, 돌아가고 싶지 않아."

그래서 그들은 내 말을 알아듣지 못한다. 한국으로 가고 싶지는 않다. 그렇다고 이곳에 머무르고 싶은 것도 아니다. 그이가 이혼하겠대. 나한테 네일숍을 차려주겠대. 이모는 사장과 동거하기로 했다. 알레르기 때문에 죽을 것 같았는데. 이것 봐. 손가락들이 다 못쓰게 됐잖아. 이젠 괜찮을 거야. 하나님이 내 기도에 응답해주셨어. 시민권도 문제없을 거라고. 그녀는 나에게 집에서 나가달라고 말하지 않았다. 하지만 이해해달라고 말했다. 이해하므로 나는 이제 그 집에서 나가야 한다.

"뭐라고! 하나도 안 들려!"

권이 두 손을 입가에 가져다대고 소리를 지른다. 그의 등 뒤로 가로등 꼭대기마다 걸린 천 조각들이 바람에 펄럭이는 것이 보인다. 그것들의 중앙에는 커다란 붉은 사과가 그려져 있다.

"누나! 더 크게 말하라니까!"

할 수 없이 나도 고함을 친다.

"있잖아! 뉴욕을 왜 빅 애플이라고 할까!"

권과 정이 내 말을 알아듣고는 입을 크게 벌리고 웃는다. 이 질문이 뭐가 우스운 걸까. 하기야 이제 막 연인이 된 사람들에게는 세상에 재미있지 않은 일이 없고 인상적이지 않은 일이 없으리라. 나는 문득 두 사람만 따로 있게 해주는 편이 낫겠다고 생각한다. 둘이 있으면 어색하니 같이 가달라고 정이 졸라서 온 건데, 이제는 내가 구태여 그들 사이에 끼어 있을 필요가 없다. 나는 화장실에 다녀오 겠다고 한다. 말하고 나니 정말 요의가 느껴진다.

"카운트다운 삼십분 전이야! 빨리 갔다 와!"

권이 악을 쓰며 손끝으로 어딘가를 가리킨다.

"저기 맥도널드 보이지! 그 위로 쭉 올라가면 까페가 하나 있 어!"

사람들의 머리통에 가려 아무것도 보이지 않는다. 나는 그들의 머리 위, 붉고 화려하고 탐스럽게 빛나는 브로드웨이의 마천루들 을 올려다본다. 춥다. 손 닿을 수 없는 곳을 바라보는 일은 쓸쓸하 다. 그는 지금 저 빌딩들보다도 더 높은 세상에 머무르고 있을 것 이다. 나는 다시 한번 중얼거려본다. 삼칠은 이십일.

까페는 금방 눈에 띈다. 안에도 밖에도 사람들 천지다. 화장실 앞 에서부터 시작된 줄은 아예 출입문 밖까지 늘어서 있다. 그것을 보 자 되레 요의가 맹렬해진다. 줄 끝에 선다. 내 뒤에도 곧 줄이 생 긴다. 사람들은 일이분 간격으로 손목시계를 들여다보고 줄 길이 를 가늠하며 초조해한다. 내 앞에 서 있던 흑인 여자가 뒤를 돌아보 며 시간을 묻는다. 나는 화장실 옆 벽에 걸린 디지털시계를 가리킨 다. 11시 45분. 벌써 시간이 그렇게 되었나. 아니나 다를까, 탁자에 앉아 있던 사람들이 삼삼오오 까페를 빠져나간다. 11시 50분. 화장 실 줄을 이탈하는 사람들이 하나둘씩 생긴다. 지금쯤 밖으로 나가 지 않으면 타임스퀘어까지 와서 볼 드롭을 못 보고 화장실 줄에서 새해를 맞이하게 될 것이다. 11시 55분. 이제 탁자들은 모조리 비어 있다. 까페 안에는 끈기있게 화장실 줄을 지키고 있는 이들밖에 없다. 11시 57분. 카운트다운을 삼분 남겨놓고 사람들이 눈에 띄게 동요한다. 특히 줄 앞부분에 있는 이들의 얼굴이 참담하게 일그러진다. 이윽고 11시 59분. 마지막까지 버텼던 이들이 결국은 백기를 든다. 고! 고! 누군가 외친다. 허리 업! 대열이 일시에 무너진다. 그들은 전속력으로 달려 까페를 뛰쳐나간다. 새해가 도래하는 순간을 거리에서 군중과 함께 나누는 것이 당장의 생리현상을 해결하는 것보다 더 중한 것일까. 화장실에도 어차피 새해는 오는데 말이다.

내 뒤에 세 명, 그리고 내 앞에는 이제 한 명밖에 없다. 흑인 여자가 전리품을 사이좋게 나눠 가진 아군 병사처럼 나를 돌아보며 웃는다.

"유, 넥스트."

그렇다. 다음은 나다. 어쨌든 차례는 온다. 까페 안이 갑자기 고요해진다. 시간이 00시 00분을 향해 가고 있다.

프라자 호텔

목적지를 정하는 것은 아내 몫이었다. 이번에는 프라자로 가자고 그녀가 말했다. 나는 즉각 컴퓨터 전원을 켰다. 목적지에 예약을 하는 것은 나의 몫이었으므로.

아내가 처음 호텔 이야기를 꺼낸 것은 사오년쯤 전이었다. 다가올 여름휴가를 시내 호텔에서 보내고 싶다는 말에 나는 코로 웃었다. 명색이 휴가 아닌가. 어디 괜찮은 휴양지의 리조트도 아니고, 매일 아침저녁 출퇴근하며 가로지르는 도심 한복판의 호텔에 가자니. 대체 거기 가서 뭘 하자는 말인가.

하지만 나는 결국 아내의 말을 따랐다. 생각해보니 코웃음칠 일만은 아니었다. 집에서 낮잠이나 늘어지게 자고 그동안 놓친 프리미어리그 중계나 실컷 보는 것이 최상의 휴가라고 믿는 나로서는 사실 먼 휴양지보다 가까운 호텔에 다녀오는 게 훨씬 덜 귀찮은 일이었기 때문이다.

그렇게 시작된 우리 부부의 호텔 나들이. 어쩌다 보니 그것은 해마다 연례행사인 양 이어져왔다. 쉐라톤 워커힐, 소공동 롯데, 신라, 밀레니엄 힐튼…… 아내는 한 번 간 호텔에는 다시 가지 않았다. 오히려 휴가 때마다 이번에는 어느 곳으로 갈지 고르는 과정을 즐겼다. 옆에서 보는 내가 혹시 그녀가 진짜로 원하는 것은 단순히 호텔에서 휴가를 보내는 것이 아니라, 무술 고수가 도장 깨러 다니듯 더이상 정복할 곳이 없을 때까지 이 호텔 저 호텔 두루 투숙을 해보는 것이 아닐까 의아해할 정도였다.

객실 중 가장 낮은 등급인 슈페리어룸과 그보다 한 등급 높은 디럭스룸의 요금 차이는 사만원이었다. 마우스 포인터가 자연스럽게 디럭스룸 예약 버튼으로 향했다. 등 뒤에 서 있던 아내가 내 오른쪽 어깨에 손을 올렸다.

"근데 있지, 자기 좀 변한 거 알아?"

"내가 뭘?"

나는 모니터에서 눈을 떼지 않았다.

"옛날엔 늘 불평했잖아. 호텔 같은 델 뭐하러 가냐고."

일박에 삼십이만원. 세금과 봉사료를 포함하면 사십만원 가까이 지불해야 했다.

"기억 안 나? 세상에서 제일 아까운 게 호텔비라 그랬었잖아."

그랬었나. 그랬었던 것 같다. 호텔 시설이 어떠니 써비스가 저떠니 해봐야 결국은 잠자러 가는 거 아닌가. 잠자는 건 어디서 자나 똑같이 자는 것일 뿐인데 쓸데없이 거금을 들여야 하는 이유를 사오년 전에는 납득하지 못했을 것이다.

"맞아. 그땐 그랬지."

나는 천천히 고개를 끄덕였다.

"진짜 아까운 건…… 호텔비 같은 게 아닌데 말이야."

그러자 문득 내가 아주 많이 늙어버린 것 같은 기분이 들었다.

스무살 때는 세상에서 가장 아까운 것이 택시비라고 생각했다. 대학 진학을 위해 상경하기 전까지 택시 기본요금이면 읍내 어디든 다 가는 손바닥만한 고향땅을 벗어나본 적이 없던 나는, 서울에서는 술 마시다가 버스가 끊겨 택시 타고 집에 갈 때 요금이 무려 이삼만원씩 나올 수도 있다는 사실에 경악했다. 하여 택시비 아끼자고 버스 첫차가 다니는 새벽까지 술을 마시다 보면 결국 술값이 택시비보다 더 많이 나왔다. 그래도 그건 안 아까웠다. 먹는 게 남는 거니까. 한편 취업 후 차를 직접 몰고 다니면서부터는 주차비가 그렇게 아까울 수가 없었다. 아무것도 하지 않고 차만 잠시 세워놓는 건데 돈을 내라니 도둑놈이 따로 없다고 느껴졌던 것이다. 예컨대 술을 마시면 술이 뱃속에 남고 책을 읽으면 책이 머릿속에 남는다. 하지만 차를 잠시 세워두었다고 남는 건 전혀 없지 않은가. 그런 비논리적인 논리로 나는 술값 십만원은 턱턱 내면서도 주차비 만원에는 벌벌 떨었다.

그리고 이제 어느덧 삼십대 중반. 지금 나에게 가장 아까운 것이 무엇인지 일부러 따져본 적은 없다. 하지만 택시비는 분명 아니었다. 주차비도 아니고 호텔비도 아니었다. 그렇다면 무엇일까.

"여긴 사실 월드컵 때 갔어야 하는데."

무슨 소리인가 싶어 아내를 빤히 바라보았다.

"그럼 시청 앞을 가득 메운 붉은 악마를 한눈에 내려다볼 수 있었을 텐데."

시청 앞이라니. 잠깐. 호텔 이름이 뭐였지. 다시 모니터로 눈을 돌렸다. 그랬다. 예약을 하면서도 미처 깨닫지 못했는데 이번 휴가의 목적지는 그곳이었다. 시청 부근을 지날 때면 누구나 한번쯤 올려다보게 되는, 차도 건너 서울광장을 호위하듯 늠름하게 서 있는, 서울 프라자 호텔. 나는 마른 코를 들이마셨다. 갑자기 매서운 겨울바람이 코끝을 스치는 것 같았다. 차고 맑은 대기 속으로 흩어지던 구세군 냄비 종소리가 귓가에 선했다.

선배들은 어이가 없다는 표정이었다. 입학식도 아니고 예비소집일에 정장을 입고 온 신입생이 셋이나 되었기 때문이다. 셋의 공통점은 모두 지방에서 올라온 유학생이라는 것. 처음부터 촌놈 티를 냈다는 사실이 부끄러웠지만 나는 그래도 내 양복이 가장 비싸리라는 확신으로 어깨를 폈다. 대입 합격자 발표날 아버지가 읍내에 하나뿐인 양복점에서 맞춰준 정장은 조끼를 빼고도 가격이 삼십만 원이나 했던 것이다. 그러나 선배들의 관심을 끈 것은 다른 녀석의 양복이었다.

"아르마니구나. 진품 같은데?"

"그럼 얼마야, 이백?"

이백이라니. 두보 친구 이백은 아닐 테고.

"아뇨. 백만원 조금 넘어요."

녀석의 대답을 듣고서야 나는 그게 가격을 말한 것이었음을 알아차렸다. 세상에 그렇게 비싼 옷이 있다니. 그런 옷을 사입는 인간이 있고 그걸 또 알아보는 인간이 있다니. 기가 죽었다기보다 기가 막혔다. 지방 유지의 아들이라는 녀석에게 선배들이 보인 반응은 뜻밖에도 냉랭했다. 이 캄캄한 절망의 시대에 명품이라니 창피한 줄 알라며 대놓고 비난하는 선배도 있었다. 캄캄한 절망의 시대가 뭔지, 명품이 뭔지는 몰라도 어쨌거나 대학생이 된 후 나의 첫 깨달음은 그거였다.

아, 서울은 정말 놀라운 곳이구나.

놀라운 것은 그뿐이 아니었다. 대학에는 담임선생도 없고 정해진 수업시간표도 없었다. 신입생들은 전산실에 우르르 몰려가 각기 수강신청을 했다. 내가 듣는 수업을 내가 고른다는 이 난생처음 획득한 학생으로서의 권리를 최대한 행사하고자 나는 느긋하게 강의 목적과 커리큘럼을 비교해가며 어떤 수업이 흥미로울까 저울질했다. 그런데 어느 순간 주위를 돌아보니 전산실에 남은 신입생이 셋밖에 없었다. 셋 다 양복을 입고 있었다. 알고 보니 수강신청이라는 것이 빨리 하지 않으면 금세 정원이 차서, 다들 후닥닥 끝내고 밥 먹으러 간 것이었다. 결국 우리 양복쟁이들은 아무 수업이나 닥치는 대로 신청해서 간신히 19학점을 채웠다. 신입생 수가 30명이고 수업 정원도 30명인데 왜 빨리 신청하지 않으면 자리가 모자라 수강이 불가능한지 이해할 수 없었지만, '철학입문'이라든가 '인문학개론' 등 뭔가 지적으로 느껴지는 과목명들을 보고 있자니 스스로 지성인이 된 것 같아 금세 우쭐해졌다.

학생식당에는 먼저 도착한 신입생들이 탁자 여러개를 하나로 길게 이어붙이고 마주앉아 밥을 먹고 있었다. 나도 끄트머리에 끼어앉았다. 앉고 보니 옆에도 여자, 앞에도 여자였다. 학생 전원 남자, 교사도 전원 남자인 중고교를 다닌 나는 지난 육년간 여자와 반경 1미터 이내의 거리에 있어본 적이 한 번도 없었다. 고개도 못 들고 국이 짠지 밥이 진지도 모르는 채, 아무도 아무 말 하지 않아 젓가락 부딪치는 소리만 탁자 위를 떠도는 가운데 내 젓가락 소리를 슬며시 보탰다. 그때 앞자리 여자애가 말했다.

"얘들아, 콩나물 먹지 마. 쉬었어."

나는 마침 콩나물무침을 한 젓가락 집어 입에 욱여넣던 참이었다. 그녀와 나의 눈이 마주쳤다. 순간 무슨 말이든 해야겠다는 생각이 들었다.

"어, 난 잘 모르겠는데. 괜찮은 거 같은데."

주장을 뒷받침하려는 건 아니었는데 나도 모르게 입에 든 것을 꿀꺽 삼켰다. 곧이어 사방에서 어쩐지 맛이 이상했다느니, 쉰 거 처음부터 알았다느니, 한입 먹고 뱉었다느니 하는 소리들이 들려왔다. 젠장.

"너 콩나물 처음 먹니?"

말투는 새치름했지만 그녀는 웃고 있었다. 갑자기 젓가락을 쥔 손의 힘이 풀렸다. 여자가 웃는 얼굴을 그렇게 가까이에서 본 것은 처음이었다. 그녀는 얼굴이 조막만했다. 피부는 희고 눈동자는 새카맣고 입술은 붉었다. 한마디로 백설공주 같았다. 이렇게 예쁜 여자가 내 앞에 앉아 있었다니. 예비소집일에 양복 입고 온 촌놈에다 수강신청도 엉망으로 한 얼뜨기에다 콩나물 쉰 것도 구분 못하는 등신에게 웃어주는 윤서를, 나는 그렇게 만났다.

재수를 했다는 그녀는 스물한살이었다. 생일이 빨라 일곱살 때 초등학교에 입학한 나는 열아홉살. 그런데도 그녀는 학번이 같으니 말을 놓자고 했다. 윤서야. 윤서야. 그녀의 이름을 부를 때마다 나는 거스름돈을 더 받은 것처럼 소박한 횡재를 한 기분이었다. 하지만 횡재란 게 원래 그렇듯 기회가 흔치 않았다. 윤서는 툭하면 수업에 빠졌다. 찾아보면 과방이나 학교 앞 술집에 죽치고 앉아 있기 일쑤였다. 주위에는 늘 재수한 스물한살짜리 남학생들이 어슬렁거리고 있었다. 현역 동기들을 은근히 애 취급하며 저희만 어른인 척 폼을 잡던 그들 때문에 나는 윤서에게 다가가기가 쉽지 않았다.

새끼들. 재수없게, 재수한 게 뭐 자랑이라고.

정작 그들 앞에서는 말도 못 꺼낼 거면서 나는 애꿎은 길가의 돌멩이만 찼다.

언제 갔는지도 모르게 정신없이 봄날이 갔다. 이 써클 저 써클 기웃거리던 나는 아무 곳에도 들어가지 않았고, 아무 곳에도 관심 없을 줄 알았던 윤서는 교내 방송국 PD가 되었다. 교정에서 우연히 방송을 듣게 되면 나는 잠시 그 자리에 서서 눈을 감아보곤 했다. 그녀의 목소리가 나오는 것은 아니지만, 아나운서가 읽는 원고를 윤서가 썼다고 생각하면 스피커에서 흘러나오는 문장들 뒤에 그녀의 얼굴이 떠다니는 듯했던 것이다. 그렇게 어쩌다 한번 들어놓고 윤서만 보면 방송 좋았네 멘트가 신선했네 선곡이 탁월했네 떠들어댔으니 열혈 청취자로 보였을 내게 그녀가 출연을 제의한 것도 무리는 아니었다.

"방송에? 내가? 어떻게?"

"딱 십분만. 녹음방송이니까 부담 가질 거 없어. 부탁할게."

최근에 프로그램 개편을 하면서 학우들에게 좀더 친근하게 다가가기 위해 일주일에 한 번씩 학우와의 대담 코너를 기획했다는 것이었다. 누구 부탁인데 거절하겠는가. 나는 당장 그날부터 매일 한 개씩 날달걀을 먹었다. 신청곡은 김건모의 「잘못된 만남」과 룰라의 「날개 잃은 천사」와 R.ef의 「이별 공식」 중 어느 것으로 할지 고민도 했다. 녹음 당일에는 약속시간보다 십분이나 먼저 가는 성의도 보였다.

그러나 내가 출연한 부분은 통째로 편집되어서 단 일초도 방송되지 않았다. 이해했다. 소풍 가는 기분으로 간 곳에서 세계무역기구 출범이니 재벌가의 변칙세습이니 학원 자유화니, 말하자면 캄캄한 절망의 시대에 대한 질문을 받고 쩔쩔매던 나는 누가 봐도 쪼다 같았을 테니까. 심지어 교수 뺨치게 나이들어 보이던 국장이라는 자는 깨진 그릇 보듯 딱한 표정으로 나를 향해 혀까지 찼다. 그날 내 신청곡 대신 선곡된 것은 노찾사의 「마른 잎 다시 살아나」라는 노래였다.

말이 돼? 마른 잎이 어떻게 다시 살아나? 예수야?

방송을 들으면서 나는 또 애먼 길가의 돌멩이를 찼다.

이튿날, 대담 내용을 미리 알려주지 못한 것에 대해 사과하러 온 윤서에게 데이트 약속을 얻어냈으니 사실 불발로 그친 방송 건은 결과적으로 내게 박씨 물고 온 제비와도 같았다. 우리는 명동에서 돈가스를 먹고 생맥주를 한 잔씩 마신 후 좀 걷기로 했다. 복잡하게 얽힌 명동의 골목들을 윤서는 요리조리 잘도 빠져나갔다. 겟 유즈드, 닉스, 보이 런던 등 유명 메이커 상점들이 즐비한 거리는 보는 것만으로도 눈이 즐거웠다. 초고층빌딩, 화려한 쇼윈도우, 삼삼오오 몰려다니는 젊은 남녀들. 내게는 내딛는 걸음걸음이 다 신세계였다. 고향에서라면 십분 전이나 십분 후나 걷고 있는 길의 풍경이 똑같을 텐데, 이곳은 일분마다 바뀌지 않는가. 을지로입구역을 지났다. 시청 쪽으로 계속 걸었다. 그 어디에도 아는 얼굴이 전혀 없다는 것 역시 신기한 일이었다.

아, 서울은 정말 놀라운 곳이구나.

나는 속으로 다시금 부르짖었다. 그리고 무엇보다 지금 이 시간 이 세계가 온전히 윤서와 나 둘만의 것이라는 데 흥분하여 쉴새없이 찧고 까불었다. 중학교 때는 반공 웅변대회에 나갔다 하면 일등이었다는 둥, 고등학교 때는 야영 가서 손으로 뱀을 잡은 적이 있다는 둥, 엿으로도 못 바꿀 변변찮은 전력들을 그녀는 웃으며 들어주었다. 그러나 속으로는 딴생각을 하고 있었는지 내 말이 끝나자 뜬금없는 소리를 했다.

"난 옛날부터 저기에 꼭 한번 가보고 싶었어."

"저기라니, 어디?"

딴소리가 서운한 와중에도 호기심이 동했다. 윤서가 손끝으로 가리킨 시청 앞 교차로의 분수대 건너편에는 고층빌딩이 서 있었다. 꼭대기 좌측에 부착된 문자 간판이 조명을 받아 황금빛으로 번

적었다. SEOUL PLAZA HOTEL.

방은 16층 복도의 왼쪽 끝에 있었다. 문을 열자 전면의 통유리 창이 먼저 눈에 들어왔다. 유리에 틴팅이 되어 있는 것인지 아니면 밖에 비가 오고 있어서인지, 하늘이 쎄피아 모드로 촬영한 사진처럼 비현실적인 보랏빛을 띠고 있었다. 아내가 슬리퍼로 갈아 신기도 전에 창 앞으로 가더니 탄성을 질렀다.

"어머, 여기서 덕수궁도 보여!"

그녀가 덕수궁을 보고 있는 동안 나는 방 안을 둘러보았다. 대충 봐도 구조며 가구와 집기 들이 이제껏 가본 호텔들과 별로 다를 것이 없었다. 침대에 걸터앉았다. 맞은편 화장대의 거울에 휴가 첫날을 맞은 직장인의 얼굴이 비쳤다. 이곳에서 보낼 시간이 최근 바빠서 보다 만 '프리즌 브레이크' 씨리즈를 마저 보는 것보다 결코 흥미롭지도 가치있지도 않으리라는 것을 잘 안다는 듯한 얼굴이었다.

그도 그럴 것이, 호텔에서 보낸 휴가들이란 항상 뻔했다. 체크인을 한다. 호텔 레스또랑에서 저녁을 먹는다. 스카이라운지 바에서 술을 마신다. 방으로 돌아와 쎅스를 하고 잔다. 그게 다였다. 이튿날도 방을 나가봐야 스파를 하고 피트니스 클럽이나 수영장에 들르는 게 고작이었다. 그러니 특별히 기억에 남을 게 없었다. 호텔도 작년에 간 곳이나 재작년에 간 곳이나 냉장고 속의 달걀들처럼 다 그게 그거 같기만 했다.

매트리스는 탄성이 좋았다. 시트는 보송보송했고 햇볕에 바싹 마른 수건 냄새를 풍겼다. 나는 아예 드러누웠다. 에어컨 바람에 적당히 차가워진 공기가 얼굴이며 팔뚝 위로 기분좋게 내려앉았다. 눈을 감았다. 완벽한 온도, 완벽한 습도, 완벽한 청결 상태, 완벽한 써비스, 완벽하게 대접받는다는 느낌. 호텔을 계속 찾게 되는 것은 바로 그 완벽의 느낌이 좋아서 아닐까. 돈을 주고 완벽을 산다니 그거야말로 자본주의의 축복이 아닌가.

아내가 화장대 위에 소지품을 늘어놓았다. 하룻밤 짧은 나들이를 갈 때도 보부상처럼 짐을 한보따리씩 꾸리곤 하던 그녀답지 않게 이번에 챙겨온 화장품들은 제법 단출해 보였다. 결혼하고 나서 내가 가장 놀란 것 중 하나가 여자 화장품의 가짓수였다. 그게 그토록 다양하게 세분화되어 있을 줄은 몰랐다. 스킨과 로션과 크림. 거기까지는 나도 알고 있었다. 에쎈스니 쎄럼이니 하는 것들도 이해할 수 있었다. 그러나 그것이 다가 아니었다. 아이 크림, 넥 크림, 핸드 크림, 풋 크림, 바디 크림, 립 크림 등등 무한증식하는 화장품의 종 앞에서 인체는 낱낱이 분절되고 해체되었다. 넥이나 핸드나 풋이나 다 바디의 일부인데, 그렇게 구분해놓으니 풋 크림을 넥에 바르면 큰일이라도 날 것 같지 않은가. 그것들이 기초화장품이고 색조화장품이 또 따로 있다는 얘기를 들었을 때는 더이상 알고 싶지도 않아 손을 내저어야 했다.

살림살이도 마찬가지였다. 가습기에 에어컨에 히터에 공기청정기, 정수기, 보풀 제거기, 음식물쓰레기 건조기에 식기세척기에 비데에 칫솔 살균기까지, 필요한 것들은 점점 늘기만 했다. 없이 살아도 괜찮았던 것들이 언젠가부터 있으면 좋거나 꼭 있어야만 하는 것들로 바뀌었다. 앞으로는 점점 더 그렇게 될 것이다. 그러니 잠시

나마 그런 잡다한 살림살이들로부터 떨어져 있을 수 있다는 점에서라면 호텔에 온 것도 휴가는 휴가였다.

눈을 뜬 것은 사방이 너무 고요해서였다. 아내의 뒷모습이 보였다. 화장대 정리를 끝냈는지 그녀는 팔짱을 낀 채 다시 창밖을 보고 있었다.

"뭘 그렇게 보고 있는 거야?"

"노무현."

"뭐?"

나는 몸을 일으켰다. 아내는 덕수궁 대한문 쪽을 내려다보고 있었다.

"노무현 생각하고 있었어. 저기 분향소가 있었잖아."

불과 몇달 전의 일이었다. 아침부터 노무현 대통령 서거 소식이 온오프라인 세상을 완전히 장악했던 그날, 아내는 저녁 늦게까지 집에 들어오지 않았다. 종일 통화도 되지 않았다. 내가 아내를 본 것은 텔레비전 아홉시 뉴스에서였다. 그녀는 덕수궁 담장을 따라 길게 늘어선 조문행렬 속에 흰 국화꽃을 들고 서 있었다. 클로즈업 화면 속에서 손등으로 눈물을 훔치고 있는 그녀는 어쩐지 슬프다기보다 고단해 보였다. 나중에 듣자 하니 조문을 위해 꼬박 다섯시간 줄을 서 있었다던가. 고단하기도 했을 것이다.

바지 주머니에서 담배를 꺼냈다. 라이터가 손에 잡히지 않았다. 아까 집에서 나올 때 분명히 챙긴 것 같은데. 주머니 말고 가방에 넣었던가.

"혹시 내 라이터 어디 있는지 알아?"

아내는 내게 눈을 흘기더니 구석에 치워놓은 짐가방들을 뒤지기 시작했다. 창밖으로 펼쳐진 지상 16층 높이의 하늘은 여전히 보랏빛이었다. 발밑 저 까마득한 아래 인도에서 색색의 우산들이 만났다가 헤어졌다. 의외로 검은색 계통의 우산이 제일 많았다. 빗줄기가 수그러들고 있는 것일까. 서울광장 입구에 우산 없이 서성이는 한 떼의 사람들이 눈에 띄었다. 그들은 일부러 맞춘 듯 모두 검은 옷을 입고 있었다.

"못 찾겠어. 프런트에 성냥 좀 갖다달라고 할까?"

"어, 그래. 그러면 되겠네."

아내는 전화기로 다가갔다. 그녀의 어깨 너머로 시청에서부터 광화문까지 길게 뻗은 태평로가 건너다 보였다. 익숙한 건물, 낯익은 거리, 눈 감고도 떠올릴 수 있는 풍경들. 나는 가방에서 우산을 꺼내들었다.

"아냐. 내가 나가서 사올게. 바람도 좀 쐴 겸."

아내가 수화기를 내려놓으며 반색을 했다.

"잘됐다. 그럼 들어올 때 아이스 아메리카노 한 잔만 사다줘."

협탁 위 디지털시계의 숫자가 17시 14분에서 15분으로 막 넘어가고 있었다.

호텔 앞 횡단보도. 그 한가운데 미처 신호를 받지 못한 관광버스 한 대가 엉거주춤 정차해 있었다. 승객들이 다들 차창에 머리를 기대고 졸고 있는 것이 보였다. 언제부터였을까, 세상 사람들이 항상 피곤해 보인다고 느끼게 된 것은. 왜일까. 우산을 폈다. 빗줄기가 제법 가늘어져 있었으나 맨머리로 다닐 정도는 아니었다. 덕수궁 옆과 을지로 방향 쪽 건물들을 살폈다. 평소에는 발에 차이던 그 많은 편의점들이 하나도 보이지 않았다. 호텔 뒤편으로 가보는 게 낫겠다 싶었다. 걸음을 옮기면서 나는 피곤한 승객들로 가득한 버스를 무심히 곁눈질했다. 그 뒤에 교차로가 있고 분수대가 있고…… 시청 건물이 있고 지하철역이 있고…… 그 어딘가에 윤서와 내가 있을 것 같았다.

첫 데이트 후 우리는 한 차례 더 둘만의 시간을 보냈다. 때는 5월. 광주민주화운동의 진상 규명을 요구하는 시위에서였다. 평소 내게 잘해주던 학생회 형이 하도 권해서 마지못해 따라간 자리였다. 사람들에 섞여 학교 정문을 나설 때까지는 뭐 그러려니 했다. 그러나 명동에 도착하자 입이 딱 벌어졌다. 서울 시내 대학생이 다 모인 듯 규모가 어마어마했던 것이다. 도중에 눈치껏 빠져나오려 했지만 스크럼이 빡빡하여 그것도 쉽지 않았다. 몇번의 시도 끝에 가까스로 대열을 이탈했다. 시위대를 구경하는 시민들로 붐비는 인도에 발을 디뎠을 때였다. 별안간 등 뒤에서 거대한 함성이 일었다. 귀가 얼얼할 정도였다. 방금 전까지 앉아 있던 차도로 고개를 돌렸다. 까마득히 먼 대열의 선두에 짚으로 만든 실물 크기의 전두환 인형이 등장해 있었다. 살인마의 화형식을 거행하겠다고 누군가 외쳤다. 등줄기에 식은땀이 흘렀다. 구경하던 시민들이 더 잘 보려고 앞다투어 발돋움을 했다.

나는 인파를 헤치며 지하철역으로 향했다. 땀범벅이 된 몸을 어서 씻고 싶다는 생각뿐이었다. 그리고 대열 후미에 이르렀을 때 낮

익은 얼굴을 발견했다. 교수라 해도 믿을 듯 나이들어 보이던 예의 그 방송국 국장. 카메라를 든 남학생 둘. 그들 옆에 서 있는 여학생 하나.

"윤서야! 이윤서!"

그녀가 나를 돌아보고, 최루탄이 터지고, 전경들이 밀어닥치고, 스크럼이 무너지고, 비명이 난무했다. 어느 것이 먼저였는지는 모르겠다. 정신을 차리고 보니 나는 윤서의 손을 잡고 미친 듯이 달리고 있었다. 다리가 풀려 더는 꼼짝할 수 없어 멈춘 곳은 헌혈의 집 앞. 거친 숨을 몰아쉬며 무턱대고 안으로 들어갔다. 어서 오세요. 환영합니다. 간호사가 상냥하게 웃으며 우리를 맞았다. 실내는 아늑하고 평화로웠다. 바깥과 완전히 다른 세상. 서울은 과연 놀라운 곳이었다.

우리는 둘 다 헌혈 불가 판정을 받았다. 하기야 죽을힘을 다해 뛴 직후니 혈압이 정상으로 나올 리가 없었다. 윤서의 혈액형은 A형이었다. 나는 O형. A형 여자와 O형 남자 궁합이 그렇게 좋다던데. 생각만으로도 얼굴이 훅 달아올랐다. 윤서는 말이 없었다. 핏방울이 맺힌 검지 끝을 알코올 솜으로 문지르기만 했다. 한참을 그러더니 불쑥 물었다.

"우리도 나중에 더 나이들면, 아까 그 시민들처럼 될까?"

"무슨 소리야? 시민들이 뭘 어쨌는데?"

"나도 왕년에 철없던 시절 데모 좀 했지, 하면서 느긋하게 구경만 하게 될까?"

"설마. 그런 식으로 생각하는 사람 없을 거야."

"아냐. 내가 아까 들었어. 어떤 아저씨가 그러더라. 어린 학생들이 뭘 안다고, 어차피 졸업하고 사회 나가면 다 잊어버릴 거면서 왜 자꾸 데모질이냐고. 그래봐야 차만 막히지 세상은 안 바뀐다고."

윤서는 착잡한 얼굴로 피 묻은 솜을 쓰레기통에 버렸다. 탁자에 놓인 초코파이 포장지를 뜯으며 이번에는 내가 물었다.

"전두환 말이야, 진짜로 죽일 수 있을까?"

"진짜로 못 죽이니까 짚 인형을 태우는 거잖아."

"그러니까 내 말은, 만약 진짜로 죽일 수 있다면, 넌 어떡할 거야?"

"난…… 못해. 사람을 어떻게 죽여?"

"맞아. 사람을 어떻게 죽이겠어."

"………"

윤서도 초코파이를 집었다. 헌혈도 안하는 주제에 간식이나 축내면서 위험천만한 대화를 주고받는 두 대학생을 간호사들은 내쫓지 않았다.

그날도 우리는 시청역까지 걸었다. 한국은행 앞을 지날 때 윤서는 오늘 처음 만난 사람인 양 내게 서울 생활은 할 만하냐고 물었다. 그러고 보니 서울살이 어느새 석달째였다. 어린 시절 조용필의 「서울 서울 서울」이나 이용의 「우리의 서울」 노래를 들으면서 품었던 환상 속의 서울과는 좀 달랐지만 그래도 나쁘지는 않았다. 윤서는 서울이 고향이라고 했다.

"난 여기가 싫어. 사람도 너무 많고 너무 시끄러워. 보이는 건 똑같이 생긴 아파트들밖에 없고 공기는 탁하고. 밤에도 너무 밝아 잠을 잘 수가 없어.”

사람이 많고 시끄러워서 나는 오히려 좋았다. 나까지 덩달아 흥이 났으니까. 서울은 어디를 가도 똑같은 곳이 한 군데도 없고 마음만 먹으면 1년 365일 데이트 코스를 365가지로 짤 수도 있었다. 밤에도 밝으니 혼자 있어도 덜 외로운 것처럼 느껴졌다. 하지만 굳이 윤서에게 반대의견을 내놓을 필요는 없었다. 아니, 윤서에게라면 무엇이든 그녀 뜻대로 설득당해도 좋았다. 저만치 프라자 호텔의 측면이 보였다.

“너 그때 저긴 왜 가고 싶다고 했어?”

윤서의 표정은 진지했다.

“예컨대, 내가 이십년 전 부모에게 버림받고 외국으로 입양된 고아인데……”

“니가? 진짜?”

“아이참, 예를 들어서 말이야.”

그녀의 목소리는 나직했다. 조금 전에 우리가 최루탄 연기 가득한 명동 거리를 뛰어다녔던 것이 아주 오래된 일처럼 느껴졌다. 하늘에는 별도 없고 땅에는 꽃도 없었지만 나는 그녀와 함께 걷는 이 밤길이 영영 끝나지 않았으면 좋겠다고 생각했다.

“스무살이 되고 나서 처음으로 고국을 찾았어. 친부모를 만나러 온 거지. 그래서 프라자 호텔에 묵어. 서울 한복판에 있으니까 상징적이잖아. 시청 바로 앞이기도 하고 포인트제로도 가깝고. 아무튼 그래서 부모님을 만나기로 한 전날 밤, 호텔에서 고국의 수도 야경을 내려다보며 상념에 잠기는 거야.”

윤서는 말끝에 하늘을 쳐다보았다.

"그런데? 그게 끝이야?"

"응. 그게 어떤 심정일지 궁금해서 가보고 싶었어."

"하지만 예를 든 거라며. 넌 입양아가 아니잖아."

"그런 상황에서 바라보는 서울은 꽹장히 낯설고 새롭겠지. 내가 한 번도 본 적 없는 곳 같을 거야. 이십년간 부대끼며 살아온 익숙한 고향땅이 아니라 난생처음 보는 어떤 매혹적인 이방의 땅. 하지만 나를 버린 비정한 도시. 그걸 보고 싶은 거야."

나는 걸음을 늦추었다. 뭔가 도움이 되어주고 싶었다. 그녀의 소망을 이루어주고 싶었다. 프라자 호텔에서 하룻밤 묵는 비용은 얼마나 될까. 까짓것, 비싸봤자지. 돈이야 모으면 될 것이다. 나는 목청을 가다듬었다.

"너 크리스마스 때 뭐 할 거야?"

그녀는 큰 소리로 깔깔거렸다. 크리스마스까지는 무려 일곱달이나 남아 있었으니까. 나는 웃지 않았다. 천천히 주먹을 쥐었다 펴보았다. 손바닥이 땀으로 척척했다.

"별일없으면…… 그날 나랑 만날래?"

나로서는 일생일대의 용기를 낸 것이었다. 흡사 청혼을 하는 것 같은 기분이었달까. 윤서의 대답을 기다리는 그 몇초의 시간이 끔찍하게 길게 느껴졌다.

"좋아. 그러자."

그녀는 환하게 웃었다. 학생식당에서 처음 만났을 때 그랬듯이. 터져나오는 기쁨의 외침을 참으려 나는 이를 꽉 물었다. 발부리에 걸리는 돌멩이를 찼다. 그것은 아주 멀리까지 날아갔다.

일회용 라이터 가격은 한 개에 삼백원. 정말 오랜만에 사보는 것이었다. 요새도 삼백원으로 살 수 있는 게 있다니. 껌도 한 통에 오백원씩 하는데. 투명한 초록색 라이터를 새삼스럽게 내려다보았다. 그럼 옛날에 대학 다닐 때는 백원쯤 했다는 얘긴가. 그래도 그때는 세상에서 가장 아까운 게 어쩔 수 없이 사게 되는 라이터값이었을 것이다. 당구장이며 술집을 뻔질나게 드나들던 시절이라 그곳에서 하나씩 집어온 색색의 일회용 라이터가 책상서랍에 서른개쯤 들어 있을 때도 있었으니까.

다시 호텔 앞으로 돌아왔다. 이제는 아이스커피를 살 차례였다. 아내는 상표를 가리지 않았지만 커피빈의 아메리카노를 제일 좋아했다. 언젠가 파이낸스쎈터 근처에서 커피빈 매장을 보았던 것이 떠올랐다. 나는 빨간불이 켜진 신호등 아래에 섰다.

횡단보도 맞은편 서울광장 입구에 검은 옷을 입은 사람들이 우산도 없이 서 있는 것이 눈에 띄었다. 가만히 보니 아까 호텔방에서 창문으로 잠깐 내려다보았던 그 사람들 같았다. 엉성하게 줄을 맞춘 대열의 맨 앞에는 여자들이 서 있었다. 그녀들이 입은 것은 상복이었다. 그녀들의 왼쪽에 선 사람은 야당 정치인인지 시민운동가인지 어디서 많이 본 듯한 얼굴의 사내. 그리고 그들 뒤에는 흰 수염이 덥수룩한 노인이 사제복을 입고 지팡이에 몸을 의지한 채 서 있었다. 노인이 펼쳐든 현수막의 문구가 빗속에서도 선명했다.

대통령은 유족 앞에 사과하고, 용산 참사 해결하라!

용산 참사라니, 새해 벽두에 있었던 그 일이 여태까지 해결 안되었단 말인가. 철거민이 다섯인가 여섯인가 하여튼 여러명 사망한 그 사건을 기억하는 것은 공교롭게도 내가 그날 저녁 아내와 함께 사고현장을 지나갔기 때문이다. 아내의 친정이 있는 이촌동에 가는 길이었다. 경찰버스와 무장 전경들과 취재진들이 진을 친 신용산역 일대는 차가 몹시 막혔다. 아내는 승용차 안에서 '어떡해, 어떡해'를 연발했다. 그게 용산 참사를 어떡하느냐는 것인지 차가 막혀서 어떡하느냐는 것인지는 알 수 없었다. 그날 우리는 예정보다 한시간이나 늦게 목적지에 도착했다.

멀리 시청사 외벽의 대형시계가 5시 30분을 가리켰다. 상복 입은 여자들이 난데없이 땅바닥에 엎드렸다. 정치인으로 보이는 사내와 흰 수염 사제와 예닐곱 명의 시민들이 옆에서 뒤에서 함께 발을 내디뎠다. 세 걸음 걷고 한 번 절하고. 다시 세 걸음 걷고 한 번 절하고. 그들은 삼보일배를 하고 있는 것이었다.

신호등에 파란불이 들어왔다. 순간적으로 하늘이 요동을 치는가 싶더니 폭우가 쏟아졌다. 곧바로 돌풍이 휘몰아쳤다. 나는 횡단보도를 건너다 말고 서서 마구 뒤집히는 우산을 간신히 바로잡았다. 광포한 빗줄기에 가려 앞이 잘 보이지 않았다. 누군가 상복 입은 여자들에게 우비를 건넸다. 여자들은 그것을 받지 않았다. 폭우 속에서 우비도 우산도 없이 그들은 세 걸음 걷고 한 번 절하며 광장을 돌았다. 함께 행하는 이도 몇 안되지만 구경하는 이도 몇 없는 초라한 풍경이었다. 나는 횡단보도 중간쯤에서 그만 되돌아섰다. 이 비를 뚫고 다녀오기에 커피빈은 너무 멀었다. 그리고 아내는 커피 선택에 까다롭지 않으니 덕수궁 옆 던킨의 아메리카노도 좋아할 것이었다.

흠뻑 젖은 소매와 바짓단에서 물이 뚝뚝 떨어졌다. 눈치빠른 도어맨이 마른 수건을 건네주며 웃음을 지었다.

"콘니찌와."

일본인이 아니라고 해명하기 귀찮아서 나도 수건을 돌려주며 응수했다.

"아리가또오 고자이마스."

설마 한국인 남성이, 한여름 서울 한복판의 호텔에서, 휴가를 보내고 있으리라고는 생각하지 못할 터였다. 업무상 지방에서 출장 온 한국인으로 보일 수도 있겠지만 야자수 무늬가 그려진 하늘색 셔츠와 반바지, 맨발에 가죽샌들을 걸친 내 모습은 열에 아홉 일본인 관광객으로 오해하기 쉬웠다.

호텔 로비에 들어서자 내 집에 온 듯한 안락함이 나를 감쌌다. 악소리가 나올 만큼 덥고 습한 바깥과 달리 이곳은 앗 소리가 나올 만큼 서늘하고 쾌적했다. 엘리베이터 문이 닫혔다. 혼자가 되자 나는 일없이 한숨을 내쉬었다. 손에 아이스커피가 들려 있지 않음을 깨달은 것은 16층에 막 내렸을 때였다. 로비에서 수건으로 몸의 물기를 닦는 동안 컵을 잠시 옆에 내려놓았다가 깜빡 잊고 두고 온 것이었다. 다시 엘리베이터를 향해 돌아섰다. 이미 늦었다. 15, 14, 13…… 운행 층을 알리는 램프에 내림차순으로 불이 켜졌다. 나는 주위를 흘깃거렸다. 복도에는 아무도 없었다. 언젠가 텔레비전「주말의 명화」에서 본 외국영화의 한 장면이 떠올랐다. 아무도 없는 호텔 복도에서 어느 뚱뚱한 사내가 벽을 향해 전속력으로 달리던 장면.

"내가 바로 나라는 걸 보여주겠다!"

사내는 그렇게 외쳤다. 그리고 벽에 부딪히는 순간 그것을 뚫고 나갔다. 나는 사내의 몸이 빠져나간 구멍을 들여다보듯 눈앞의 벽을 응시했다. 정확히는 그 앞에 놓인 탁자를, 더 정확히는 그 위의 전화기를. 수화기를 들면 어떤 말이 흘러나올지 알고 있었다. 오래전에 이미 한번 들었다 놓은 적이 있으니까. 감사합니다. 무엇을 도와드릴까요? 그 비슷한 내용이었을 테지만 수화기 너머의 프런트 직원이 구사한 일본어를 그때의 나는 전혀 알아듣지 못했다. 그래서 차라리 다행이었다. 대화를 하고 싶었던 게 아니니까. 나는 단지 이 세상에 나 혼자만 있는 게 아님을 확인하고 싶었던 것뿐이니까.

하필 기온이 급강하한 날이었다. 시청사 앞에는 나처럼 누군가를 기다리는 사람들이 예닐곱 명쯤 되었다. 손이 곱고 몸이 떨리고 이가 위아래로 맞부딪쳤다. 그래도 실실 웃음이 나오는 것은 어쩔 수 없었다. 내 생애 열아홉번째 크리스마스였다. 조금 있으면 그녀 생애 스물한번째 크리스마스를 맞는 여자가 올 것이었다. 이 순간을 얼마나 오래 공들여 준비해왔던가. 좋아하는 사람을 기다리면서 바라보는 서울의 야경은 놀랍도록 차고 맑고 아름다웠다. 행인들이 시청 앞 인도 한쪽에 놓인 구세군 자선냄비에 돈을 넣고 지나갔다. 제복 입은 남자가 흔드는 종소리가 12월의 찬 공기 속으로 투명하게 흩어졌다.

"널 위해 프라자 호텔을 예약했어."

윤서를 깜짝 놀라게 해줄 크리스마스 선물은 그거였다. 물론 호텔에 나도 함께 가겠다는 얘기였지만 다른 뜻은 없었다. 그녀에게 손끝 하나도 대고 싶지 않았다면 거짓말일 터. 하지만 내가 진짜로 원하는 것은 그런 게 아니었다. 내 바람은 호텔방에서 그녀가 이십 년 만에 처음으로 고국을 찾은 입양아의 심정을 경험해볼 수 있었으면, 그 눈에 비친 낯선 서울의 풍경을 오래 기억할 수 있었으면 하는 것이었다.

약속시간이 삼십분 지났다. 그녀의 집으로 전화를 걸었다. 휴대폰이 없던 시절이라 공중전화부스에서 전화를 걸면서도 나는 그새 윤서가 와서 길이 엇갈리면 어쩌나 연방 뒤를 돌아보았다. 한시간이 지났다. 여전히 아무도 전화를 받지 않았다. 삼십분이 더 지났다. 마침내 전화를 받은 것은 그녀의 어머니였다. 윤서는 점심 때 이미 친구들과 어울려 밖으로 나갔다고 했다. 나와의 약속을 까맣게 잊어버린 것이었다. 혼자 호텔까지 터벅터벅 걸었다. 숙박 예약을 취소할 수도 있다는 생각을 그때는 왜 하지 못했을까.

16층 창밖으로 내려다보는 서울의 밤. 시청에서부터 광화문 방향으로 쭉 뻗은 태평로를 라이트를 밝힌 차들이 계속해서 달려가고 달려왔다. 하얀색 차가 가장 많았다. 좋아하는 사람에게 바람맞고 나서 바라보는 서울의 야경은 여전히 차고 맑고 아름다웠다. 그리고 쓸쓸했다. 칠개월 동안 갖은 아르바이트를 하며 모은 돈으로 산 하룻밤은 그렇게 지나갔다. 나는 그날 일을 아무에게도 말하지 않았다. 호텔방에 혼자 있었다고. 내내 창밖만 보다 잠들었다고. 새벽에 깨어서는 고국에 처음 와본 입양아처럼 불현듯 외롭고 서럽고 막막하여 복도를 서성였다고. 그러다가 엘리베이터 앞 탁자에 놓인 전화기를 발견했고 프런트 직원의 목소리를 들었다고.

나중에 윤서에게도 시청 앞에서 추위에 떨며 그녀를 기다렸다는 이야기는 했지만 호텔 이야기는 하지 않았다. 그 밤의 기억을 그때는 그냥 혼자만 간직하고 싶었다. 어차피 이야기했어도 믿지 않았을 것이다. 당시 호텔 하룻밤 숙박비가 내 자취방 월세 석달치와 맞먹는 거금이었으니 말이다.

십수년의 세월이 흐른 지금 그 이야기를 한다면 그녀는 믿을까. 그때의 일을 기억이나 할까. 내가 바로 그때의 나라는 걸, 우리가 바로 그때의 우리라는 걸, 증명할 수 있을까.

빗속을 뚫고 가서 사온 아이스커피를 건네며 슬쩍 얘기해봐야겠다고 나는 생각했다. 아내가 믿지 않아도 기억하지 못해도 상관없었다. 그런 건 사실 중요하지 않았다. 이제 겨우 휴가의 첫날. 우리에게는 아직 여러날이 남아 있었으므로.

꿈을 잃은 시대, 희망의 근거를 묻다

한기욱

김미월은 이번 소설집 『아무도 펼쳐보지 않는 책』을 통해 자신의 예술적 지향을 분명히 드러낸 것으로 보인다. 첫 소설집 『서울 동굴 가이드』(2007)와 장편소설 『여덟번째 방』(2010)에서 이번 소설집에 이르기까지 그의 소설에는 치열한 경쟁시대에 고립무원의 젊은 남녀가 불안한 삶을 살아내는 모습이 오롯하다. 이번 소설집에 실린 아홉 편의 단편에서 도드라지는 것은 시대의 가혹함에도 생기를 잃지 않는 상상력과, 어떤 깨달음의 순간을 통해 낯익은 현실을 새롭게 대하는 예술적 방식이다. 이런 특성은 그의 소설이 2000년대 이후 소설문학의 흐름에서 점하는 특별한 자리와 관련되어 있다.

2000년대 이래 한국소설은 크게 두 방향으로 나아가고 있다. 하

나는 새로운 시대의 이야기를 흥미롭게 들려주려는 다양한 시도
인데, 이것은 주체의 감수성 변화와 그에 따른 언어적 혁신이 동반
되지 않으면 일종의 세태소설로 귀결되기 쉽다. 다른 하나는 기존
의 세계관과 감수성, 형식을 해체하는 데 몰두하는 경향이다. 새로
운 삶의 싹을 발견하자면 이런 탈근대적인 예술이 불가피한 면이
있지만 이는 대중의 구체적인 삶과 유리되는 순간 관념적 전위주
의로 흐르기 십상이다. 작금의 문학에서 긴요한 것은 이 두 방향을
가로질러 해체와 파괴의 과정을 생산과 창조의 과정에 접목하려는
서사적 흐름이다. 김미월의 소설은 이 가교의 역할을 착실히 수행
하면서, 이야기를 통해 시대현실과 개인의 삶을 동시에 성찰하는
소설문학 특유의 미덕을 유감없이 보여준다. 그의 소설이 범상한
듯 비범하게 느껴지는 것은 화려한 기법과 수사, 파격적인 언어 및
형식 실험을 오히려 절제하면서 이 시대 젊은이들의 삶과 꿈의 맥
을 차분히 짚어가는 소설적 작업에 정진하고 있기 때문이다.

꿈을 심문하다

『여덟번째 방』의 주인공 화자 영대는 짝사랑하던 같은 과 선배
로부터 "그런데 있지, 넌 꿈이 뭐니?"라는 질문을 받고 허를 찔린
듯 당혹해한다. 사실 이 질문은 꿈을 갖기 힘든 우리 시대 청춘들
의 삶의 핵심을 찌르는 물음이니, 질문을 제대로 받자면 자신이 얼
마나 가치있는 삶을 살고 있는지 자문하지 않을 수 없다. 영대는

황당해하면서도 "나의 꿈은 무엇일까. 나에게도 꿈이란 게 있기는
한가." 하고 반성하며 생애 처음으로 독립된 삶을 시도한다. 이처
럼 김미월 소설은 우리 시대 현실의 이런저런 측면을 들춰내 비판
하기보다 개인의 간절한 꿈을 심문함으로써 주어진 현실에 대한
주체의 반응과 태도에 초점을 맞춘다.

　물론 사람들의 꿈을 제대로 심문하자면 가혹해진 시대현실을
비판적으로 살펴보지 않을 수 없다. 가령 「29200분의 1」의 여고생
화자가 처한 현실은 꿈을 꾸는 것 자체를 불가능하게 만든다. 부모
없이 지게꾼 할아버지와 함께 사는 화자는 "인문계 고등학교 3학
년에게는 대학이 인생의 전부까지는 아니더라도 구십 퍼쎈트 이상
은 되"(40면)는 상황에서 가난 때문에 대학에 가지 못하기 때문이
다. 오로지 입시를 위한 수업을 들으면서 그녀가 할 수 있는 일은
"나는 과연 10년 후에도 지금 이 순간을 기억할 수 있을까"(34면)
하고 자문하는 것뿐이다. 그런데 "대답은 언제나 '아니요'였다. 그
것이 희한하게도 위로가 되었다."(같은 곳)는 것이다. 미래에서 초라
한 현실을 되돌아보는 이런 행위를 뭐라고 부를 수 있을까. 꿈꾸기
의 반대가 있다면 바로 이것이 아닐까.

　부모도 친구도 없고 대학에 진학할 수도 없는 고등학교 3학년이
꿈을 갖는 것은 고사하고 절망에 빠지지 않는 것만도 대견한 일이
다. "집에 가면 아무도 없고. 할아버지는 새벽에 나가 밤에 들어오
고. 우리 집 전기요금 고지서에는 기초생활수급자 감면 내역이 인
쇄돼"(47면) 있는 가난과 외로움에 지친 그녀가 절망의 늪을 건널
가능성은 희박해 보인다. 그러나 그녀는 초라한 현실과 "너무나 우

중충한 미래"(45면), 부모조차도 자기를 떠났다는 아픈 사실에 맞서 상상 속 희망의 자원을 불러낸다. 거기에는 자기 글을 칭찬해준 영어선생과 준 오빠, 그리고 아직도 자기를 떠나지 않은 지게꾼 할아버지가 있다. 그녀는 사십년 지게질로 골병이 든 할아버지가 젊은 시절 품었을 법한 "당신의 육체처럼 젊고 단단하고 아름다운 꿈"(53면)을 상상하면서 생애 29200분의 1인 하루를 담담하게 견뎌낸다.

화자가 절망의 늪을 건널 수 있는 것은 상상 속에서 할아버지를 비롯한 선한 타자들을 향한 공감과 연대의 감정을 불러내어 그 마음에 의지했기 때문이다. 묘한 것은 이 공감과 연대는 순전히 상상 속의 일이므로 이것 역시 일종의 꿈이라는 사실이다. 가난한 외톨이에게 어떻게 이런 꿈 같은 마음이 가능한지도 눈여겨보아야 한다. "누구나 떠나고 누구나 떠나보낸다. 잘못한 것이 없어도, 이해할 수 없어도, 떠나는 것은 떠나는 것이다."(52면)라는 회자정리의 깨달음으로 부모를 비롯한 세상 사람들이 나를 버렸다는 상처받은 자의식을 넘어서지 않았다면 이런 마음의 꿈은 가능하지 않을 것이다. 이 점에서 김미월의 꿈 이야기는 깨달음의 이야기이기도 하다.

꿈과 깨달음의 간단치 않은 연관은 「아무도 펼쳐보지 않는 책」에서 한층 더 깊이 탐구된다. 강원도 산골에서 자란 진수는 라디오에서 교통정보를 듣다가 "먼 이국의 감수성 풍부한 소녀의 이름 같"(11면)은 '테헤란로'의 부드러운 어감에 매혹되어 그곳에 가보고자 서울 소재의 대학에 진학하기를 꿈꾼다. 시를 잘 쓰는 특기를 살려 서울 소재 대학의 문예창작과에 입학하고 졸업 후 출판사에 직장을 구했으니 꿈을 이루었다고 할 만하다. 그러나 진수의 삶의 속내를 들여다보면 사정은 판이하다. 그는 대학 시절에 이미 "자신에게는 타고난 시적 재능이 없다는 점"(18면)을 간파했지만 그럼에도 해마다 신춘문예에 시를 투고했다. 졸업을 앞둔 해 어느 일간지의 신춘문예 최종심에 그의 이름이 올랐지만 그 시를 쓴 사람은 그와 동명이인이었다. 그는 시인이 되는 꿈을 접었거니와, 출판사에 삼년 동안 근속하고 있지만 "편집자로서 내세울 만한 재능이나 근성"(9면)이 없어 자기 직업에 대한 긍지를 갖고 있지도 못하다.

진수는 농구선수, 변호사, 가수 등이 되고 싶었지만 이런 꿈들을 모두 포기했다. 그는 연이은 꿈의 포기에 대해 "'되고 싶다'와 '될 수 없다' 사이의 지난한 투쟁의 역사였다. '되고 싶다'가 번번이 패배했다. 기권패였다."(24면)고 정리한다. 그런데 농구선수, 변호사, 가수가 되려는 진수의 꿈은 그의 신체조건과 재능을 감안하면 '기권'한 것이 현명하지만, 그의 인생의 꿈이랄 수 있는 테헤란로에 가보는 꿈과 시인이 되는 꿈은 그렇게 '기권'해도 좋은 것인가. 진수가 그날 겪은 착잡한 사건을 생각하면 이런 의문은 더 깊어진다.

진수는 업무에 빈틈없는 팀장이 스타 시인의 다음 시집을 계약하는 자리에 자기를 대동하는 이유를 알지 못했다. 팀장은 2차 술자리에서 자신도 신춘문예에 시를 투고해왔거니와 진수는 신춘문예 최종심에까지 올랐으나 아깝게 낙선했다고 자연스럽게 말한다. "시인이 되고 싶었고 될 뻔도 했으나 끝내 되지 못한 두 남녀의 사연이 진짜 시인의 마음을 움직였던 것"(22면)인지는 확인할 길이 없으나, 계약을 따내기 위해 팀장이 진수를 이용한 것은 분명하다. 3차로 간 시인의 오피스텔에서 팀장과 시인 사이에 일어날 뻔한 '부적절한' 일을 막으려는 진수의 행동은 도덕적으로 정당하지만 시집 계약을 위태롭게 만들고 만다. 스타 시인이 천박한 속물임이 드러났기에 진수의 다음과 같은 독백은 진솔한 자기성찰을 담고 있는 듯하다.

진수는 더이상 꿈을 꾸지 않았다. 어릴 때 그는 자신이 세상의 중심인 줄 알았다. 꿈꾸는 것은 모두 이루어지리라 믿었다. 하지만 그건 착각이었다. (…) 그는 세상의 주변이었다. 서점 베스트셀러 진열대 뒤 구석에 꽂힌, 아무도 펼쳐보지 않는 책이었다. 엄연히 존재하지만 아무도 입어주지 않는 옷이고 아무도 불러주지 않는 노래였다. 그것을 알아버린 순간부터 그는 꿈을 꾸지 않게 되었다. 꿈이 꾸어지지 않았다. (25면)

꿈을 이룬 스타 시인의 오만한 횡포를 생각하면 진수가 시인이 되는 꿈을 꾸지 않는 편이 나은지 모른다. 자신이 '세상의 중심'이 아니라 '세상의 주변'임을 직시하는 것도 용기 있는 자기성찰이라 할 만하다. 하지만 이런 깨달음의 독백 속에는 자신이 '세상의 주변'으로 밀려난 것에 대한 원망과 동시에 꿈의 '기권패'를 정당화하는 방어논리가 스며 있다. 그가 '아무도 펼쳐보지 않는 책'과 '아무도 입어주지 않는 옷'과 '아무도 불러주지 않는 노래'가 되어버린 것은 스타 시인과 팀장 같은 세상의 속물들 탓만은 아니다. 책이라면 읽어주고 옷이라면 입어주고 노래라면 불러줄 타자들과 관계를 맺지 못한 자신의 책임 또한 크다. 이 점을 충분히 자각하지 못하기에 진수는 자기 삶과 시와 꿈의 '진수(眞髓)'를 보여주지 못하고 일종의 자기기만에 빠져든 것이다.

"언제나 자신감에 차 있고, 자신의 직업에 자긍심을 가지며, 실제로도 능력을 인정받는 멋진 어른이 되"(24면)는 '테헤란로에 가보는 꿈'에 대해서도 비슷한 태도를 감지할 수 있다. "테헤란로는 그가 삼년간 아침저녁으로 매일 다닌 길"(30면)인데도 "왜 자신은 아직 한번도 테헤란로에 가본 적이 없는 듯 느껴지는 것일까."(같은 곳)라는 반문에도 자기 삶과 꿈의 온전한 주체가 되지 못한 진수의 각성과 자기기만이 뒤섞여 있다. 이 작품은 오늘날 불안한 직장인의 한 전형이랄 수 있는 진수라는 인물의 꿈과 꿈의 상실을 각성과 자기기만이 뒤섞인 미묘한 지점까지 추적함으로써 그 삶의 공허와 곤혹스러움을 포착한 수작이다.

대안의 삶, 공감과 소통의 길

속물들이 득세하는 세상에서 진수처럼 꿈을 포기하지 않고, 달리 살아가는 방법은 없을까. 자신의 이름을 '달리'라고 바꾼 「현기증」의 화자가 직장에서 해고되자 세상의 획일적인 방식과는 판이한 사고방식을 보여준 인물을 기억하고 찾아가려는 것은 우연이 아니다. 그러나 달리는 해고된 다음날 아침 너저분한 방바닥에 떨어져 있는 압정을 밟는다. '달리'라는 이름 속에 화자의 꿈이 응축

되어 있다면, 그의 발바닥에 박힌 압정은 방심하는 순간 가차없이 찌르는 강퍅한 현실을 환기하는 듯하다.

달리가 문제의 인물을 찾아가는 여정은 그의 대학 시절을 거쳐 중학교 3학년 시절로 거슬러올라가는 시간여행이기도 하다. 사장이 자기를 해고하는 사유("우리가 아니어도 자넬 원하는 회사가 얼마든지 많이 있을 걸세."(61면))가 대학 때 과 동기가 자기의 구애를 거절한 이유("나 아니어도 너 좋아해줄 사람 얼마든지 많이 있을 거야."(63면, 71면))를 연상시켰던 것이다. 그런데 달리는 자신이 처음부터 그녀에게 강하게 끌렸던 것이 그녀가 중학교 3학년 때의 담임선생을 빼닮았기 때문임을 그녀와 헤어지는 순간에야 깨닫는다. 작가는 이처럼 이중적인 플래시백 화법을 구사함으로써 달리의 '달리' 살고자 하는 욕구가 그의 삶의 결정적인 국면들을 관통해왔음을 보여준다.

달리의 담임이 "특히 달리를 탄복시킨 것은 그녀의 사고방식이 세상의 보편적 질서에 구애받지 않는다는 점"(73면)이었다. 여기서 '세상의 보편적 질서'란 실제로는 '보편적'이기는커녕 편협하기 짝이 없다. 그 일사불란한 질서는 달리의 담임이 홈룸 시간에 평화통일에 대해 정부의 반공주의적 지침과 어긋나는 생각을 표명했음을 귀신같이 알고 붙잡아갈 정도로 전체주의적이기도 하다. 이 일화는 그 자체로 독재정권 당시 시골마을의 편협한 반공주의에 대한 예리한 비판이지만, 더 눈여겨볼 것은 담임에 대한 달리의 공감과 친밀감이 현기증을 매개로 이뤄졌다는 사실이다. 땡볕이 내리쬐는 아침 조회 시간 "흰색 교복을 갖춰입고 서 있는 아이들 수백 명의 등”(74면)을 보다가 현기증을 일으키며 쓰러졌다가 깨어난 달리의 곁에 담임이 있었던 것도 우연한 일이 아니다. 달리의 현기증은 담임의 남다른 사고방식과 마찬가지로 ‘세상의 보편적 질서’를 자기도 모르게 거부하는 기제였을 테니까.

어쨌든 달리는 대학 시절의 동기가 일러준 정보에 의지하여 담임이 개업하고 있을지 모를 점집을 찾아가지만, 그를 맞이한 사람은 쉰살가량의 사내다. “사주는 사주고, 우린 그저 열심히 살면 되는 거지.”(82면)라는 그의 조언은 투박한 생김새와 마찬가지로 점쟁이답지 않다. 사실 그 점집은 그날이 개업일이었고 그 자리에 원래 있던 점집은 장사가 너무 잘되어 시내로 진출했다고 한다. 그전의 점쟁이가 담임인지 알 수는 없으나 달리는 더이상 그녀를 찾지 않을 것이다. 찾는다고 해서 달리 무슨 수가 있는 것은 아니기 때문이다. 세상의 주류와 ‘달리’ 살고자 하는 꿈도 압정이 놓여 있을지 모를 삶의 길을 가면서 추구할 수밖에 없는 것이다. 이 작품에서 ‘달리’라는 이름은 삶의 ‘다른’ 방식이 소중함을 환기하는 동시에 그것의 실현에는 ‘달리’ 정답이 있는 것이 아님을 암시한다.

「현기증」에서 담임의 남다른 사고방식에 대한 달리의 공감과 연대감은 담임과의 상봉이 이뤄지지 않음에도 달리의 마음속에서 힘을 발휘하여 희망의 근거가 된다. 그런데 이 시대의 대표적인 약자인 비정규직 노동자들에게 이런 ‘상상적’ 공감과 연대감은 얼마만큼 유효한 것인가. 가령 그것은 오늘날 국경을 넘나드는 숱한 이주노동자들과 같은 타자들에게도 가닿을 수 있을까. 「중국어 수업」은 이런 질문을 제기하는데, 그 특이한 방식은 소설의 형식적 구성과 맞물려 있다.

소설은 크게 세 개의 서사가 결합되어 있다. 하나는 서울과 인천을 오가는 전철 속에서 일어나는 광경을 보여주는 부분이다. 화자인 '수'가 타는 전철 객차에는 고정 멤버들이 있는데, 그중에서도 화교 남매와 그들의 엄마, 그리고 이들에게 접근하여 매일 아침 중국어를 배우는 노인이 주요 등장인물이다. 여기서 그 객차의 내부는 연극 무대와 같은 역할을 한다. 또하나의 서사는 수의 생각과 삶을 보여주는 부분이다. 수는 인천의 한 전문대학 부설 어학원에서 외국인을 상대로 한국어를 가르치는 강사인데, 번듯해 보이지만 사실은 "턱없이 낮은 월급은 둘째로 치더라도 석달을 주기로 생사가 엇갈린다는 데 노심초사해야 하는 비정규직 노동자일 뿐"(95면)이다. 그녀의 장래 역시 그리 밝은 편은 못된다. 수는 자신의 처지를 이렇게 진단한다. "상황을 타개하기 위해 뭘 어떻게 해야 하는지는 모르지만, 뭘 어떻게 해도 크게 달라지는 게 없으리라는 것은 안다. 그래도 바라는 게 있다면 일단 서울로 가는 것이다. (⋯) 하지만 말이다, 어찌어찌하여 '나중'에 요행 서울로 돌아간다고 치자. 그다음에는?"(105~106면) 수에게 '넌 꿈이 뭐니?'라고 물으면 서울 입성이라고 하겠지만, 이것이 꿈인지 생존전략인지는 구분하기 힘들다.

마지막 서사는 수의 학생인 중국인 쓰엉이 연인 멍나를 찾으러 한국에 와서 겪는 이야기이다. 학생 신분으로 택배일을 하면서 멍나를 찾으러 다니는 쓰엉의 삶은 수보다 훨씬 더 고달프고 암울하게 보인다. 그의 꿈은 멍나의 사랑을 되찾는 것이지만 멍나는 이미 한국인 남자의 아내가 되어 현재 임신중이다. 김미월은 쓰엉과 멍나의 사랑 이야기를 통해 이주노동자 및 다문화가정의 문제를 다루는데, 여기서도 그들의 구구절절한 사연을 일일이 추적하기보다 그들의 꿈과 삶의 핵심적인 문제에 초점을 맞춘다. 우리는 멍나가 어찌하여 사랑하는 쓰엉을 두고 한국인 남자와 결혼했는지, 쓰엉은 왜 인천의 옐로우하우스 근처를 배회했는지 짐작할 수 있을 뿐이다. 그러나 이런 선별적인 서사방식이 이 이야기의 핵심, 즉 멍나의 사랑을 되찾으려는 쓰엉의 꿈이 어찌하여 노인의 다문화가정에 비극이 되는가의 문제에 집중하는 데 훨씬 효과적이다.

이 작품의 미덕은 앞서 거론한 세 개의 서사가 독자적으로 흘러가다가 가끔씩 맞물리면서 빚어내는 협주의 효과와 빼어난 균형감각에 있다. 가령 비정규직 노동자인 수와 이주노동자 쓰엉의 삶이 겹쳐지면서 형성되는 연대감, 노인의 며느리가 쓰엉이 찾아 헤매는 멍나임이 드러날 때의 놀라움, 수가 자신의 학생인 쓰엉과 노인 사이에서 어느 한쪽을 편들지 못할 때의 곤혹스러움이 섬세하게 와닿는 것이다. 중국으로 송환되는 쓰엉에게 패딩 점퍼를 전해주려는 노인의 따뜻한 배려가 쓰엉과 멍나의 문제를 해결해주지 못하지만 화자 수의 곤혹스러움을 얼마간 누그러뜨리는 효과는 있다. 수 자신의 우중충한 삶과 쓰엉과 멍나의 비극적인 사랑이 화교 남매의 천진난만한 언행과 노인의 사심없는 모습과 겹쳐지면서 작품은 전체적인 균형을 찾는다. 노인의 모습이 생생하게 기억되는 까닭은 그의 '중국어 수업'이 이국에서 온 며느리뿐 아니라 전철 안 타자들을 향한 소통의 몸짓으로 느껴지기 때문이다.

맺고 풀리는 인연을 따라

「정전(停電)의 시간」의 주인공 화자 병태도 「현기증」의 달리와
마찬가지로 일자리를 잃자마자 어떤 여인을 찾아가지만, 두 작품
의 분위기는 사뭇 다르다. 우선 해고 사유가 다르다. 달리는 사장에
게 해고되지만 시민공원 관리사무소 직원인 병태는 "공원이 지구
상에서 갑자기 뿅 사라지게"(174면) 되는 바람에 일자리를 잃는다.
그리고 "사람들이 병태의 공원을 외면하는 것은 공원이 형편없기
때문이 아니었다. 그들은 공원 자체를 더이상 원하지 않았"(같은 곳)
기 때문이다. 병태의 상심은 단순한 일자리 상실 자체보다 그런 일
이 공원보다 초고층 주상복합아파트를 원하는 사람들의 물욕 때문
에 일어났다는 사실에 있다. 한마디로 병태는 이런 물욕이 지배하
는 시대에 실망하고 상심한 것이다.

병태는 자신의 심정을 친구 건우의 결혼식 전날 만난 고등학교
동창들에게 말하지 못하고 건우가 그날 밤 불러내었으되 정작 자
신은 술에 곯아떨어진 사이에 당도한 초면의 지연에게 불쑥 토로
한다. 술집이 문 닫을 시간이 되어 헤어질 때에 지연은 "저는 내일
절에 들어가요."라는 말을 하고, 병태가 그 말의 의미를 곱씹는 동
안 "아마 지금쯤 동백꽃이 한창일 거예요."라고 덧붙인다.(178면)
병태와 지연의 짧은 만남은 「현기증」에서 달리와 중학교 담임과의
의미심장한 관계와 달리 그야말로 옷깃을 스치는 인연과 같은 것
이다. 작품은 병태가 이 가냘픈 인연을 따라 동백꽃으로 유명한 절

간에 들어와 어느날 밤 정전을 맞이한 상황에서 시작해 과거의 회상과 현재의 진행을 번갈아가며 서술하는 방식으로 전개된다.

병태의 회고 장면을 통해 분명해지는 것은, 별명이 부처님인 그는 심성도 부처님처럼 착하고 어질어서 경내 곳곳에 떨어져 있는 동백꽃을 밟을까 봐 조심하며 세면장에 갇힌 귀뚜라미가 딱해서 꺼내줘야겠다고 다짐하는 인물이라는 사실이다. 그는 이 절에 지연이 없음을 확인하고 그녀가 떠오르지 않게 될 "낯선 시간"(183면)을 두려워하면서도 그녀와의 인연이 끊겼음을 결국 받아들인다. 한편 현재의 '정전의 시간' 동안 병태는 하마터면 밟아죽일 뻔한 귀뚜라미를 살리게 해준 더벅머리 여자애와 새로운 인연을 맺는다. 물론 병태는 이 인연에는 지연과의 인연처럼 어떤 집착도 하지 않을 것이다. 다시 전기가 들어오면서 경내가 순식간에 환해지는 순간 병태는 "나무에 매달려 있던 동백꽃 한 송이가 제 그림자를 조준하며 천천히 떨어지"(187면)는 광경을 목격한다. 이 낙화의 순간은 병태가 집착에서 벗어나는 순간 비로소 환하게 드러나는 지연과의 곱고 붉은 인연의 찰나적인 모습을 방불케 한다. 이 작품은 상처받은 사람들의 만남과 헤어짐을 인연의 맺힘과 풀림이라는 불가(佛家)의 발상과 서정적인 비유로 형상화하는 한편 과거와 현재의 교차적인 서술을 통해 이런 인연이 덧없기도 소중하기도 함을 암시한다.

병태와 지연의 인연과는 달리 「프라자 호텔」의 화자와 대학 시절 과 동기의 인연은 결혼으로 이어지지만 독자는 그 사실을 마지막에 가서야 알게 되며, 그것이 하나의 신선한 반전이 된다. 소설의 서사적 얼개는 앞의 작품들과 마찬가지로 현재의 사건을 진행하면서 과거를 회상하는 이중적 구조로 되어 있다. 현재 사건의 골자는 화자 부부가 여름휴가를 시청 앞 프라자 호텔에서 보내기로 한 일이다. 객실에 당도한 화자는 라이터와 아내한테 부탁받은 아이스커피를 사러 호텔 바깥으로 나갔다가 돌아오면서 십수년 전 프라자 호텔에 얽힌 추억을 떠올린다. 회상은 서울의 대학으로 유학 온 화자가 '백설공주' 같은 윤서와 만나서 인연을 이어가다가 그해 크리스마스 날 프라자 호텔 앞에서 만나기로 약속하는 데서 절정에 달한다. 윤서가 그날 그곳에 나타나지 않아 화자는 윤서를 깜짝 놀래줄 요량으로 예약해둔 호텔 방에서 홀로 지내야 했다. 현재와 과거의 이야기가 합쳐지는 길목에서 화자는 윤서였던 아내에게 그때의 이야기를 하기로 작정하면서 "내가 바로 그때의 나라는 걸, 우리가 바로 그때의 우리라는 걸, 증명할 수 있을까."(241면) 하고 설렌다.

이 소설에서 프라자 호텔이라는 역사적 장소성이 다뤄지는 방식과 김미월 소설에서 중요한 상징성을 부여받아온 '방'의 의미 변화가 눈길을 끈다. 화자와 윤서의 인연이 순전히 개인적 차원에 그치지 않는 것은 프라자 호텔이 한국 현대사의 기념비적인 사건들을 목격해왔음을 심심찮게 상기시키기 때문이다. 가령 현재의 이야기에서 아내는 호텔 바깥을 내려다보면서 몇달 전에 죽은 노무현 대통령을 생각하고 남편은 아이스커피를 사러 가다가 한 노인이 들고 있는 현수막에서 "용산 참사 해결하라!"(236면)라는 문구를 읽는다. 십수년 전 그들이 명동 거리에서 광주민주화운동 진상 규명을 요구하는 시위를 하던 때와 통하는 바는 있되 사뭇 다른 방식이다. 이런 역사성이 개인의 삶에 개입하는 방식도 그때와 다르다. 어디까지나 화자와 윤서의 개인적인 관계가 중심이고 역사는 거의 가시화되지 않은 채 미묘한 방식으로 그들의 삶에 영향을 미치는 듯하다. 방의 의미는 더욱 두드러진 변모를 보인다. 이전의 소설들에서 방은 도시의 가난한 개인들의 고립과 병증을 암시하는 상징적 공간의 성격이 강했다. 가령 「서울 동굴 가이드」의 고시원 방과 「골방」에서 양아버지로부터 성추행을 당해 도벽이 생긴 여자의 원룸이 그렇다. 그러나 프라자 호텔의 방은 한국사의 기념비적인 사건들과 연인 간의 인연이 반추되고 새롭게 지속되는 공간이 아닌가.

이 점에서 「안부를 묻다」에서 초등학교 6학년 아이가 여름방학 동안 남의 집에 맡겨져서 경험하게 되는 수수께끼 같은 방을 둘러싼 사건은 특별한 주목을 요한다. 주인공 아이를 맡은 '이모'라고 불리는 엄마 친구네가 사는 이층 전셋집 한끝에는 항상 잠겨 있는 조그만 방이 있다. 아래층 주인집 부부가 미국으로 여행간 사이에 밤마다 이 방에 누군가가 들락거리는 소리가 나는 기이한 사건이 일어나지만 화자도 이모도 이모부도 차례로 무서워하기만 할 뿐 어떤 조치도 취하지 않는다. 나중에는 그들 모두가 그 소리에 익숙해지고 그런 사이 주인집 부부가 돌아와 그 소리의 정체가 밝혀지지 않은 채 사건은 종결되지만 그 여운은 길게 남는다. 회고의 형식이되 어린아이의 관점을 차용해 서술되고 이모와 이모부가 모두 아이처럼 순진한 데가 있어 이 수수께끼 같은 사건은 마치 사랑스러운 동화 같은 분위기를 띤다. 김미월은 여기서 '방'을 미리 무엇이라고 예단하지 말고 그 신비한 면에 귀기울여보자고 청하는 것 같다.

　이번 소설집의 분위기가 밝게 느껴지는 또 하나의 이유는 첫 소설집에서 종종 눈에 띄던 트라우마에 의한 비극이 사라진 점이다. 트라우마가 될 법한 사건들이 깨달음의 과정을 거쳐 여전히 고통스럽되 더이상 트라우마는 아닌 것으로 진화했다고 할까. 더불어 예전의 소설들에 두드러졌던 작위적인 설정이나 자극적인 발상이 자제되고 뭔가 강렬한 것을 보여주려는 강박이 사라지면서 소설의 서사와 사유의 흐름이 한결 자연스러워졌다. 이런 자연스러운 서사에 예사롭지 않은 평정심과 특유의 풋풋한 상상력이 어우러져 대중의 삶과 밀착된 깨달음의 이야기들이 탄생했다. 여기에 장편소설에서 연마한 긴 호흡이 더해진다면 우리는 김미월에게서 2010년대 한국문학의 중요한 서사적 흐름을 기대해도 좋을 것이다.

韓基煜 | 문학평론가

나는 눈 오는 날을 좋아한다. 비 오는 날도 좋아하지만 실은 맑은 날도 좋아한다. 그래서 그건 아무것도 안 좋아하는 것이나 마찬가지라고 믿는 사람들로부터 종종 핀잔을 듣는다. 하지만 진실이 그러한데 어쩌랴. 집에 틀어박혀 있기를 좋아하지만 여행 다니는 것도 좋아하고, 힙합을 좋아하지만 발라드도 좋아하고 판소리도 좋아하며, 술자리에서 술 못 마시는 사람을 좋아하지만 술 잘 마시는 사람도 좋아하는 것을 말이다. 아무래도 나는 너무 많은 것을 좋아하는 모양이다. 그러나 내 소설만은 영 좋아할 수가 없으니 안타까울 수밖에.

이번에 책을 묶기 위해 2007년부터 틈틈이 쓴 단편소설들을 다시 일독했다. 다 읽고 나서 고개를 드니 눈앞의 세상은 흐릿하고 두 뺨을 감싸쥔 손바닥은 차가웠다. 모든 이야기들이 원래 의도보다 얼마쯤 모자라거나 혹은 넘쳤다. 내가 하고 싶은 이야기와 할 수 있는 이야기와 해야 하는 이야기의 접점을 찾고 균형을 맞추는 일, 언젠가 그것이 가능해지면 마침내 세상이 투명하게 보일까. 지금의 이 부끄러움이 조금은 가실까.

소설뿐 아니라 삶에서도 내가 늘 얼마쯤 모자라거나 넘친다는 것을 안다. 심지어는 얼마쯤 기울어져 있거나 구겨져 있다는 것도. 그런데도 괜찮다고, 넌 잘하고 있다고, 앞으로 더 잘할 거라고, 그렇게 말해주어 나를 황황하게 만드는 이들이 있다.

여기 실린 아홉 편의 소설을 쓰는 동안 물리적으로도 심리적으로도 가장 가까운 곳에서 든든하게 뒷배를 보아준 眞亭, 막연히 소설가를 동경하던 십대 시절이나 운 좋게 소설가가 된 지금이나 이십년째 한결같은 나의 절대 아군 昌淑, 소설 쓰기가 갈수록 어렵게만 느껴져 심란하던 어느날 불쑥 내게 다가와 이 세상 단 하나의 특별한 소설을 꿈꾸게 해준 俐瑞.

그들 덕분에 나는 더 나은 내가 되고 싶어졌고 더 나은 소설을 쓰고 싶어졌다. 그러니 그들이 나의 은인이다. 고맙다는 말보다 더 나은 표현은 없을까 주저하다가 결국 나는 고맙다는 말을 멋쩍게 꺼내놓는다.

2011년 12월
김미월

| 수록작품 발표지면 |

아무도 펼쳐보지 않는 책 …『현대문학』 2007년 11월호

29200분의 1 …『실천문학』 2009년 봄호

현기증 …『문예중앙』 2007년 가을호

중국어 수업 …『한국문학』 2009년 겨울호

모자 속의 비둘기 …『작가세계』 2009년 여름호

안부를 묻다 …『문학동네』 2010년 가을호

정전(停電)의 시간 …『현대문학』 2009년 5월호

수취인불명 …『문학수첩』 2009년 겨울호(「삼칠은 이십일」로 발표)

프라자 호텔 …『서울, 밤의 산책자들』 강 2011